二十一天，遇见淡定优雅的自己

迟语 著

中国铁道出版社
CHINA RAILWAY PUBLISHING HOUSE

图书在版编目(CIP)数据

二十一天，遇见淡定优雅的自己/迟语著. —北京：
中国铁道出版社，2018. 4

ISBN 978-7-113-24148-3

Ⅰ. ①二… Ⅱ. ①迟… Ⅲ. ①故事-作品集-中国-当代
Ⅳ. ①I247. 81

中国版本图书馆 CIP 数据核字(2017)第 324821 号

书　　名：二十一天，遇见淡定优雅的自己
作　　者：迟　语　著

责任编辑：郭景思　　　　**电子信箱：**guojingsi@sina. com
封面设计：潜龙大有
责任印制：赵星辰

出版发行：中国铁道出版社（100054，北京市西城区右安门西街 8 号）
网　　址：http://www. tdpress. com
印　　刷：中煤（北京）印务有限公司
版　　次：2018 年 4 月第 1 版　2018 年 4 月第 1 次印刷
开　　本：880 mm× 1 230 mm　1/32　印张：9. 5　字数：221 千
书　　号：ISBN 978-7-113-24148-3
定　　价：42. 00 元

序言

在上班高峰时间拥挤的地铁里，在独自难眠的清冷午夜，总有一些时候，我们憔悴得如同一个没有安全感的孩子。面对着生活带给我们的种种负担，觉得自己能够活成一个普普通通的样子已经是艰难无比了，所以从不敢奢求精致优雅。

年少时，我们曾幻想过自己是生活在城堡里的美丽公主，只要在世界的拥簇中高贵地长大，就会有邻国的王子前来迎娶，然后获得一个幸福美满的结局。可长大以后却发现，现实与梦境背道而驰。

我们不过是芸芸众生中微不足道的一个，可能你身边的世界并不关心你苦不苦，累不累，难不难过。这时，你只能学会跌倒时一个人挣扎着爬起，受伤时忍着泪将伤口包扎，孤独时对着镜子中的自己说说话。

的确，这个世界有冷漠而复杂的一面，有功利而龌龊的一面。

但是，你甘愿在冷漠中冷却体内温热的血液，成为一个没有温度的人吗？你甘愿在复杂中放弃本性的纯粹与率真，成为一个阴险自私的人吗？

如果这世界功利，我们就可以放任自己随波逐流吗？如果这世界龌龊，我们应该沉沦其中满身泥污吗？

寒冬冰冷，烛火尚可选择温暖；夜晚漆黑，星辰尚可选择明亮；河泥污浊，莲花尚可选择洁白。而你，即便在最残酷最落魄的生活中，也依然可以选择优雅前行。

优雅的女人，有毅然活出自己的那份勇敢，有朝着梦想逆风飞翔的那份努力，有真诚待人的那份善良，也有勇于挑战不公的那份自信。她们优秀而不张扬，从容而不妥协，柔善却不失原则，独立却不失温暖。

优雅，不是成功或富有的专利，不是样貌美丽、出身高贵的特权，它是一种生活的态度，是一种宣誓。

当你昂首挺胸地告诉世界，你愿意在生命的每一天中竭尽所能，在暴雨中坚强，在受伤后微笑，愿意把平凡的人生过成最绚烂多彩的样子，让自己像花朵一样美丽绽放，整个世界，都会对你肃然起敬。

优雅并不是与生俱来的，那些无论身处何时何地，都能够淡然优雅的女子，都曾在生命的起伏沉沦中历经磨难，然后让时光把自己打磨成了如今这个女王一般高贵优雅的模样。

而你，可以选择在漫长的生活里继续平庸，也可以同她们一样，化身优雅女神，成为一道让人艳羡的风景。

生活操劳，但别忘了在失落时听一段音乐，在卸妆后敷一片面膜，在临睡前读一本好书。你可以不富有，但一定要把生活过得精致，你可以不美丽，但请不要素面朝天自暴自弃，你可以不优秀，但请为了美好的明天而拼搏努力。

当你把生命中的每一天都过成自己最想要的那个样子，你会发现，这世界其实并没有你想的那么不好，因为它从不会亏待任何一个努力的人，也从不会辜负任何一个虔诚的期许。

或许现在的你还不够优秀，不够出众，或许未来的你依然平庸，依然默默无闻，但是，只要每一个明天的自己，都比今天的自己优雅一点点，只要生命中的每一天，你都未曾辜负，生活便已经足够美好。

女孩，人生是一段漫长而艰辛的旅途，愿你心怀温暖，潜心修炼。

目录

森林中出现了两条路，这是余生的第一天，你必须做出选择。或者一个人精彩，或者哀求全世界的爱。

第一天

选择

你有权过高配的人生

•

也许只有让你得一次癌症，你才知人生真的只有一次。

曾经你也以为人生有无数种选择，后来你才明白，人生其实只有一种选择。

十七八岁的时候，选择了精彩斑斓，烟花式一爆即散的青春，下半生就得做负重致远、沉默无奈的中年人。

二十五六岁，选择了做谨小慎微、委曲求全的姑娘，你就得战战兢兢地活在人群中，一边给别人点赞，一边收敛自己的光芒。

将人生当作一道选择题，是绝境还是盛景，是苍白还是丰盈，是欢愉或者彷徨，一切全在于你自己。

当生命寸寸枯萎于手心，当你明白人生真的只有一次，你才敢放下所有的顾虑、忐忑、担忧，酣畅淋漓地拼一把。

如果不逼自己一把，你永远不知道自己可以出类拔萃到何种地步。

女孩，记住，你有权选择高配的人生。

如果人生只有一种选择，我不要做懒惰自私、空洞肤浅、得过且过的女人，我不要过灰头土脸的人生。

如果人生只有一种选择，我要做美丽优雅、淡定从容、岁月静好的女人，要过就过扬眉吐气的人生。

几天前，阿福刚刚得知自己患了癌症。她在医院里枯坐了半天，第二天头也不回地登上了飞机，按照原计划开始了自己的清迈之行。

在那之前，她在忙一场会展。她没日没夜地忙着工作，像个团团转的陀螺，又像个拧紧了发条的机器人。

阿福是那种宁愿累到爆肝吐血也要圆他人体面的女孩。突如其来的会展让同事们望而生畏，集体哑然。总监一句话，这个烫手的山芋便砸到了阿福的头上。

按照以往的经验，做好了，功劳是大家的，做得不好，阿福便是最完美的背锅对象。她无数次欲言又止，最终还是咬紧了嘴唇，接下了这个任务。

她不敢对总监说，自己正准备休年假。她老早就想飞去清迈，看看异国风光，好好休息一下。

她不是梁朝伟，想看鸽子，买张机票就飞去了伦敦。为了这场清迈之行，她在网上查攻略订旅馆足足花了一个礼拜的时间。临时一个会展，让所有计划都泡了汤。

尽管如此，她还是全身心地投入到了工作中，忙得连之前订好的机票和旅馆都来不及退。若不是那一天头昏目眩，差点晕倒的她被同事强压着送去医院，她也不会知道原来自己竟然患了乳腺癌。

阿福面色苍白，不敢相信自己竟被死神判了刑。

两天后，阿福头顶清迈艳丽的阳光，背着小包光着脚丫走过炙热的马路。她住在长莫旅馆里，一个叫做 Noom 的年轻人会时常过来和她搭讪，他是这家家庭旅馆的服务员。吃午餐的时候，旅馆里的一只肥猫总会窝在她脚边，亲昵地蹭着她的脚踝。

阿福发现自己爱极了清迈，一路从暹罗广场逛回周末市场，再逛回乍得，颤颤抖抖的腿肚子不停抗议着阿福的丧心病狂。绯霞漫天的傍晚，她抱着一大束火红热烈的玫瑰花，坐在音乐喷泉前的长椅上，看着周围的人来人往。那一瞬间，她豁然开朗，心情是如此澄澈、安静。

有天晚上，阿福斜靠在落地窗前的沙发上，一条条看过手机里的短信。大部分是总监发给她的。总监对她的“叛逃”很是痛心，并义正词严地警告她，如果不能按时出席在三日后的会展现场，后果自负。阿福心里一紧。

她斟酌半晌，回了一个信息：“林总监，不好意思，我得了乳腺癌。三天后要复诊。”

那一晚，阿福她大睁着双眼，躺在床上怎么也睡不着觉。东方的天刚刚泛白，她突然从床上跃起，匆匆忙忙地收拾起了行李。离开房间的时候，她回头看了一眼床头玻璃瓶里那束怒放的玫瑰。

回程路上，阿福心里五味陈杂，风声鹤唳。谁也没有想到的是，她准时出现在会展上，一身素雅旗袍，长发盘起，妆容精致。她自如穿行在外国商人和本地供销商间，侃侃而谈，笑容清丽。

会展很成功，林总监持着香槟和她碰杯，面上有淡淡的歉意。没等他说话，阿福便向他提出了辞呈。

林总监有点吃惊，也有点遗憾：“如果我之前的话伤害了你，我愿意向你道歉。阿福，保重身体。”

阿福接受了他的道歉。她和同事们一起离开了会展现场，却走向了相反的方向。她踩着细高跟，欢快地走在马路上，只觉得眼前的一切都美得冒泡。

最狗血的事情发生在了她的身上，她的乳腺癌是误诊。回来的第二天她接到了医院的电话，立马赶去了医院。阿福瞧着医生朝她连连道歉，自己却恨不得鞠躬磕头千恩万谢。

眼瞧着丰盈的生命正寸寸枯死，如今却在她的掌心里满血复活，阿福突然对人生充满了感谢。因着这场癌症风波，她决定放自己自由。

她听从家人的安排，在自己不喜欢的工作上耗费了整整三年的时间，她向往轻舞飞扬的人生，却又胆怯唯诺，从不敢肆意绽放光芒。

也许只有得了癌症，你才知自由价高，爱情可贵。你诚惶诚恐，原来生命真的只有一次。站在命运那风起云涌的交叉口，阿福心中突然涌起了自信，自己根本不必活得这样委屈。她也有权追逐梦想，她也有权让自己变得更完美。

经过两年的打拼，阿福的人生焕然一新。她开了家花店，叫作玫瑰人生。从此后，卖花、写书、旅行，获得精致潇洒，生机盎然。

如果伤及尊严，你是选择一个人快活到老，还是去哀求全世界的爱？

前几年，有关“便利贴女孩”“抹布女孩”的故事在电视屏幕上、在小说里频频上演。

实际上，现实生活中有太多这样的女孩。她们在繁华都市里生存得很辛苦，被沉重的生活一日日磨灭了情怀和理想。太多的身不由己，太多的无奈，让她们逐渐迷茫。

没有一个女孩会抗拒精彩的人生，没有一个女孩会由衷地甘愿平凡。所谓的现世安稳、顺其自然，不过是对胸无大志的自己、对随波逐流的现实的一点伪装。

撕开了这层伪装，苍白的灵魂、空洞的心将无所遁形。

女孩，你要有一点脾气，不能做任人捏扁压平的“包子”。

女孩，哪怕你被生活压得喘不过气来，也要保留你的清高和自尊。

女孩，你要心存梦想，你要强大内心。

我们是最普通的女孩，我们有着最模糊的面孔，我们却也有权选择高配的人生。

我们将努力变得更美，更优秀，我们将在岁月里历久弥香，走过越多的风暴，就越能够绽放出属于自己的光芒。

临近年关，荔枝拖着大包小裹，走进火车站。她昏昏沉沉地挤在人群里，最狼狈的时候，收到前男友发来的信息。

她一屁股坐在行李箱上，手指疾飞在虚拟键盘上，噼里啪啦就是一段话。想了想，还是一个字一个字删掉了。她看着自己褪色斑驳的指甲，突然一阵心酸。

几年前，仿佛还是王小波笔下的黄金年代。还有好多奢望，想爱，想吃，还想在一瞬间变成天上忽明忽暗的云。

几年前，她还梦想着被天下掉下来的馅饼砸晕。如今她却只想着脱贫。

大年初二的晚上，烟花璀璨在干冷的空气里。屋内济济一堂，亲朋好友们各施所长，你方唱罢我登场。荔枝恨不得将脑袋塞进地板里，只用脚趾头来应对那一轮轮“胡萝卜加大棒”。

这几天都不好过。荔枝劝自己，再忍忍。

送走亲戚后，母亲开始了“关门打狗”。三个回合下来，荔枝缴械投降：“见见见，我见还不行吗？”

第二天，荔枝呵欠连连地坐在咖啡店，在等得快要原地爆炸之后，随着一股颇有风韵的香味，一位男子缓缓而至，“啪”的一声坐在了她的对面。荔枝揉揉眼睛，刚瞥了眼对方，突然猝不及防地打了个喷嚏。她捂住口鼻，接连打三四个喷嚏。

男子皱了皱眉，嫌弃地向后挪了挪屁股：“吴女士，你是感冒了吗？”

荔枝呛得眼泪哗哗流，恨不得掏出纸巾堵住鼻孔，只留嘴巴呼吸。她艰难地说：“不好意思，我对特殊气味有点过敏，可能是你的香水……”

男子第一时间冷笑道：“这可是Hermes，吴女士不大懂香水吧。”他眯起眼睛，上上下下地打量起荔枝来。从发型到上衣，到手腕上的转运珠，再到脚下的那双黑皮鞋，瞧他那架势，恨不得给她整个人都打上一个大大的差评。

荔枝颇有受辱之感。她忍住要将面前的咖啡泼到对方脸上的冲动，硬扯出一个微笑：“这咖啡再喝下去，只怕你我都有性命之虞，我先走一步。”

说着，荔枝又打了个惊天动地的大喷嚏，将对方晾在那里，飘然离去了。

她提早回到了工作的城市。刚回到自己那久违的小窝，荔枝便将自己整个扔在床上，昏睡了一整天。醒过来的时候已经是傍晚，荔枝有一瞬间的恍然，乃至不知今夕是何夕。

她冲好一杯咖啡，一边拿着手机刷起屏来。朋友圈里，前男友和他的现女友站在唯美的雪景中笑得十分开心。荔枝心里一阵刺痛。

窗外烟花璀璨，倒映在窗户上，一片绚烂色彩。荔枝一条条删掉有关前男友的信息，一封封邮件，一张张照片，从头梳理过往的回忆。

她倒头就睡，一夜无梦。第二天早起，发现阳光灿烂，正是个晴天。

突然间心情大好。她放起一首暴烈的摇滚歌曲，扎起头发，换上牛仔裤大衬衫，将小窝收拾得焕然一新。

她为自己买了一盆水仙，放在窗台上。清水上绿叶舒展，顶上一丛白花金盏。闻着那醉人的芳香，荔枝心里充满着希望。

新年新气象。新的一年里，她选择做坚强、快乐、勇敢的自己。

女孩，别让岁月磨平了你的脾气。如果靠着祈求，才能换来温暖和爱，不如坚持一个人的寒冬里继续精彩。

••

森林里出现了两条路，你是选择向左走，
还是向右走？

从你进这片森林的第一天起，你迟早会面临选择，你迟早会心灰意懒遍体鳞伤。有人却硬是将这满目疮痍视作繁花似锦，将那遍野荆棘看成远山斜阳。

向左走，是阳光道；向右走，是独木桥。选择哪条路？

选择热闹顺当，还是选择孤独坎坷？

你要去的是不一样的地方，所以你选择了后者。纵不平，亦心满意足；纵受苦，亦甘之如饴。

春日蝴蝶在阳光下翩翩起舞，那是何等惊人的美，谁又记得当初它那丑陋的蛹？

你只看到了女神如今那耀眼的光芒，却不曾关注过她过往那阴影斑驳的面容。

踏着荆棘，她修炼出了自信；蹚过河流，她多了一些淡然；翻过高山，她铸成了属于自己的优雅美丽。

优雅淡然，从来不是纸上谈兵。你无数次与世界交锋，哪怕伤痕累累，亦能恣意潇洒，面带微笑，坚持希望，这样的你，便早已超越了时光。

苏洛在候场间隙接到了母亲的电话。电话里，母亲喋喋不休：

“……中秋节带男朋友回来吧，什么，又分手了？你这孩子，老是飘着可怎么好……”

节目组导演吼着苏洛的名字，苏洛赶紧应了声。挂断电话，一路小跑上前，苏洛点头哈腰，问了声好。导演瞅了她两眼，对身边的助理说：“这个妆不够夸张啊，口红涂那么整齐做什么？大蒜给她。赶紧准备着，马上就上场了！”

助理不由分说，掏出兜里的口红，捧着苏洛的脸，粗鲁地补了两笔，成功将一张樱桃小口化成了个血盆大口。随后朝苏洛手里塞了几瓣蒜：“赶紧嚼了，准备上场吧！别愣着了！”

苏洛拨开蒜瓣，扔进嘴里，大力嚼了几下，瞬间被辣得泪眼汪汪。几分钟后，她穿着一身廉价的套裙，化着“如花”的妆，被匆匆推上了场。

一片哄笑声中，她像一只花蝴蝶般扑向舞台上的“小鲜肉们”。扑到了人，就向对方哈口气，浓烈的大蒜味逼得对方连连求饶。扑不到人，还得一屁股赖在地上撒泼打滚。场上场下一片爆笑，气氛很热烈。

丢死人了。苏洛悲凉地想。随即真的“哇”得一声哭了起来。

节目结束后，助理在后台遇到正在卸妆的苏洛，喜气洋洋地对她说：“效果不错，你挺有梗的，也很豁得出去。”

苏洛笑了笑，眼神很认真。

“其实，我是一个演员。”她说。

演员梦是什么时候开始的呢？小学四五年级的时候，她指着电视上的美女，对爸爸妈妈说：“我想成为仙女姐姐……”

后来才知道，这个世界上有一种职业叫作演员。只要站在摄影技前，就能变成仙女，就能试炼千百种不同人生。

高中的时候，她发了疯般地准备着艺考。她不漂亮，却拥有一副好嗓子。阴差阳错般，她居然考上了这个全国最知名的电影学院。虽然家境不算差，父母却也没有多余的精力和足够的财力去支持她的演员梦。

毕业即失业。没有一个人找她拍戏。父母劝她回家，她却赖在了这个繁华大都市。她去酒吧里唱歌，去做群演，去做综艺节目里的谐星，也算能养活自己。跌跌撞撞地走到了二十九岁，她还是孑然一身，一无所有。

苏洛走出摄影棚来到大街上，这时候已经是深夜。邀朋友出来喝个大醉，吐得一塌糊涂。第二天早上起来，苏洛化了个淡妆，跟没事人似的去参加了一场面试。

一个小剧团招聘演员，面试的人寥寥无几。轮到苏洛的时候，她搬了把椅子，大大方方地坐在年轻小导演的对面，畅聊梦想，聊过往的磨难和坎坷，聊自己的坚持和执拗。

年轻小导演看她的目光颇带着几分欣赏。

苏洛说："我是一个好演员。"

"我信。"对方说。

两年后，这个喜剧小剧团大火特火。苏洛成了最受欢迎的台柱子，有了点名气后，开始有人尝试着找她演一些低成本电影。苏洛觉得自己一路走来做的每一项选择都正确无比。

母亲照常逼着结婚，苏洛却是油嘴滑舌巧舌如簧，哄得二老毫无办法。苏洛风风火火地忙着自己事业，闲下来的时候，她会想，这就是生活最好的模样。

苏洛年轻的时候热烈潇洒，历经岁月淘洗，却历练出了另一份淡然优雅的美，叫人羡慕，叫人赞叹。

选择一条孤独的路走下去，需要莫大的勇气。用痛苦丰富自己、壮大自己的女人，得到的是愈发精彩的人生。

颜值重要么？

当然重要。 正确的说法是，颜值和才华同样重要。

一朵花，那梦幻的颜色好比颜值，那浓郁的香味好比才华，两者相结合，才会叫人流连忘返。

一个女孩，不仅要增值才华，更要精致面容。

选择让自己变得更美，绝不是肤浅的行为。

不为了取悦别人，只为了讨好自己。

你要以最美好的模样、最优雅的姿态活在这个世界上。 不为了成为别人的女神，只为了丰富自己的人生。

选择丰厚的内涵、不俗的谈吐，也要选择美好的容颜、修长的身材。 选择读书、旅行，开阔眼界增长阅历，也要选择健身、美容，像蝴蝶一样完美蜕变。

人生就是一场旅行，也许在某个时刻，你会突然觉悟，清醒。你会像修剪花枝一般，一点点修剪出自己的美丽。

纤纤和闺蜜打了个赌，要在一个月里瘦下二十斤。 输了的那个人，要去参加运动会。 赢了的那个人，却能得到男神。

闺蜜姓唐，纤纤叫她小唐。两人是同学加室友，来自同一个城市，同样都讨厌运动会，甚至喜欢同一个人。

她们还都是胖子，都喜欢染紫色的头发。每个人见到她们都会惊叹：哇，你们简直是双胞胎。

体育课上，纤纤和小唐的跑步成绩难分伯仲，经常共享着倒数第一的荣誉。她们一起逃课睡懒觉，躲在寝室里吃着薯片，兴致勃勃地谈论着共同的男神。

男神清秀、白净、内向，带着一副细框眼睛，是学生会的风云人物。

在所有人眼里，纤纤和小唐又懒又丑又蠢，实在是一对绝配。而她们为了男神打赌的消息不胫而走，一时间，男神成了大家的笑柄。

食堂里，纤纤和小唐一出现在众人的面前。大家就围着男神取笑起来。

“哟，被这两个活宝喜欢，你可真荣幸。”有人幸灾乐祸地说。

“瞧瞧，那对双胞胎吃那么多，跟猪一样，真的是在减肥吗？”

男神忍无可忍，冷着脸离开了爆笑的人群。

一个月后，胜负已分，小唐赢得了胜利。虽然她只瘦了五斤。只是纤纤不仅没瘦，还胖了好几斤。小唐看着哭花了妆的纤纤，自觉自己应该得到男神。

那天傍晚，小唐穿上了白裙子，抱着一捧花，站在男神宿舍前那用蜡烛摆出的爱心前，精心准备着一场告白。

很多年后，小唐说了什么，大家都已经忘得差不多了。只知道最后男神端着一盆凉水风风火火地冲向小唐，尽数都倒在了她的身上。男神什么也没说，冷着脸冲了过来，又冷着脸走回大楼。

一阵爆笑，夹杂着经久不衰的掌声。大家围着小唐指指点点。

天慢慢黑下来，周围的人陆续走光了。小唐张皇失措，一脸茫然。

纤纤走过去，将她又拖又拽，拉回了寝室。两人缩在阳台的一角，被寒风吹得瑟瑟发抖。

这一天是她们人生中的转折点，而那一日的痛彻心扉，仍历历在目。从那时候起，她们发誓，一定要变得更好。

让所有人大出意外的是，纤纤和小唐竟然共同出现在运动会上。她们像两个肉球般滚动在操场上，费力向终点跑去。没有人为她们加油打气，大家不约而同喝着倒彩，场下嘘声一片。

然而她们还是挣扎着跑完了全程。两人大汗淋漓，面如金纸。她们歇息了一会儿，默默走出了人群。

运动会后，纤纤和小唐完全变成了另外一个人。她们收起了一切八卦杂志，不再逃课，不再凑在一起叽叽喳喳。她们在图书馆里一坐就是一天，寒暑假一起出去兼职。

她们一点点瘦了下来，变得越来越美。因为开始拿奖学金，老师提到她们的次数也多了起来。纤纤喜欢COSPLAY，漫画画得很好，她画的漫画获了很多奖。小唐喜欢架子鼓，她在校外组织了一个乐队，经常出席一些音乐会。实际上，她们很久以前就如此优秀。因为胖，因为丑，从没有人注意到她们。

到毕业那年，纤纤和小唐变成了学校里最耀眼的女生。聚餐的时候，当初的男神借着酒意，对小唐连连道歉。

小唐笑了笑，只点点头，再没多说什么。她和纤纤安静地坐在一旁，明艳的样子如一对双生花。

也许每个女孩，都能等来一次脱胎换骨的机会。Hold 住了，便能绽放。Hold 不住，便是沉沦。

困厄不期而至的时候，若是选择走下去，就做好流血流泪的打算；若是选择躺在那里，也不要抱怨世风日下，人生艰难。

内外兼修，才是最正确的选择。女孩们，任何时候，你都有权过高配的人生，只是需做好选择。

我经过断尾求生的历程，是为了让自己更加坚定，是为了将绕指柔化为百炼钢。

第二天

坚定

你可以迷茫，但必须坚定

•

这世上有一千个人，就会有一千种样貌，有一千个人，就会有一千个梦想。女孩，请记住，永远不要为了讨好他人而放弃自己应有的模样，因为别人的梦境再美，终究不是属于你的。

其实，每个人的心里，都有一块小小的花田，有人说玫瑰很美，有人说蔷薇最香，可最后决定播种什么的人，却是你自己。

永远不要被别人的评价影响自己的决断，更不要为了讨好别人，就丢弃属于自己的梦想。

这是一方自由的土地，你只有让心变得坚定，不左顾右盼，不随波逐流，才能在下一个花季，收获属于自己的美丽。

人生之事，其实原本便没有对与错之分，若喜爱光鲜，便追逐一世的耀眼，若喜爱热闹，便盛开出一场繁华，若内心沉静，便甘愿现世安稳，若迷恋远方，便应当恣意洒脱。

终于又挨过了漫长的一天，走出公司大门的那一刻，朵儿抬头看了一眼被雾霾笼罩着的天空，长长地叹了一口气。

在别人眼中，她是那样优秀的一个人，家境良好，才貌双全。从小到大，她都是亲戚邻居口中的那个“别人家的孩子”，考试永远是前三名，从来没有闯过祸，从来没让父母操过心。

高考后，她遵从父母的意愿学习了法律专业，毕业后便进入这家知名律师事务所工作，如今，刚刚26岁的她，已经年薪几十万。

她还记得自己收到律所offer的那天，母亲激动得热泪盈眶，因为成为一名律师曾是母亲年轻时的梦想，现在，女儿终于帮她圆了梦。

看着母亲开心的样子，朵儿默默回到自己的房间，将满墙的照片一张一张地取下来，连同她的梦想一起，锁进了外公送给她的那个檀木盒子里。然后，她站起身，将钥匙用力地扔出了窗外，夜晚的凉风从敞开的窗子吹进来，吹干了她脸上的泪痕。

就这样吧，她在心里默默地告诉自己，别再做什么摄影梦了，这辈子，就做一个优秀的律师也很好，父母开心了，自己才能开心。

一天又一天，她拼命地工作，事业上顺风顺水，短短几年便已经在律师行业小有名气。

她原本以为，时间久了，自己就会习惯现在的生活，把儿时那个虚无缥缈的摄影梦抛诸脑后，然而事实却正相反，那个梦想就像是岩石里扎根的树苗一样，越是被打压，就越是对阳光充满执念，在她的心里拼命地生长。

在人前的朵儿总是一副精明干练的样子，然而，每当夜深人静的时候，她却像个弄丢了宝贝玩具的小女孩一样，蜷缩在被子里默默哭泣。

有很多次，朵儿都下定决心想去跟父母谈谈，可是，每当看到母亲在邻居们面前夸赞女儿时心满意足的表情，她便会再次心软。整整几年，她有能力解决工作中遇到的所有问题，却唯独在梦想与现实的夹缝中无能为力。

直到有一天，她被公司派去代理一个离婚案件。她的当事人是一位三十多岁的女性，因为工作能力优秀而被公司外派到美国总部去进修两年，她的丈夫坚决反对，两人僵持不下，最终选择离婚，因为在孩子的抚养权问题上起了争执，所以闹上了法庭。

一开始，朵儿不太希望接这个案子，因为她觉得这位女性太过自私，毕竟一个做母亲的人，要出国去工作两年，又如何能照顾自己的孩子呢！然而，在交谈中，她的一番话却令朵儿感到动容。

她说，我之所以宁愿家庭破裂也要选择离婚，就是为了要告诉我的孩子，这世上，没有任何一个人有义务让你放弃自己的梦想和追求，如果他爱你，就应该爱你的一切，而不是把你关在笼子里。

这句话就像一把匕首插进了朵儿的心脏，她感觉心里一直压抑着的某股力量突然喷薄而出，然后整个世界豁然开朗了。

对了，这就是自己一直以来要找的答案！接下来的一个月，她尽心尽力地打完了这场官司，在法庭宣判女方胜诉后的第二天，她把辞呈交到了领导的手中。

在朋友的引荐之下，她拜了丹麦的一位著名摄影师为师，独自一人飞往异国他乡，开始了她全新的生活。她唯一的行李，就是那个曾经锁住过她梦想的檀木盒子。

在飞机冲入云霄的那一刻，望着窗外广阔的天空，眼泪止不住地从她的两颊滑落下来，这一次却不是痛苦，而是激动，因为她似乎看到了自己心里拼命破土而出的那棵小树，终于在阳光下，骄傲地仰起了头。

我们常常害怕迷茫带来的恐惧，所以情愿放弃远方，在眼前的生活中寻找一种归宿，却不知，真正可怕的不是对未知的恐惧，而是把自己牢牢锁在狭小的笼子里，渐渐失去了对天空的幻想，失去了飞翔的能力。

女孩，如果你对生活感到迷茫，那是因为你还没有选定自己未来的方向。因为一个心中有方向的人，一个敢于在现世浮沉中忠于自己的人，是永远不会迷失自我的。

在生活中，我们总能看到一些很耀眼的女子，她们的耀眼，不在于华丽的衣着、超高的收入，而来自于一种气场，一种在物欲沉浮中淡定从容、坚守本心的气场。她们清楚自己的目标，从不会因外界的阻挠与诱惑而分心动摇，能为自己做好清晰的人生规划，并且坚定地勇往直前。

所以，无论外界怎样变化，别人如何随波逐流，她们的心都是安稳的。因为有一个清晰的目标摆在前方，所以能够在错综复杂的生活中牢牢掌控好自己的方向，就像风筝，无论飞得再高再远，也因为那根线的牵引，从不会迷失在广阔的天空中。

所以，心中有目标、有期待的人，其实是幸运的。

女孩，如果你有梦，就坚定地把它握在手中，去完成一场精彩的拼搏吧。

我们生来，不是为了把自己锁在笼子里，而是为了在广阔的天地间自由翱翔，在美丽的田野间自由生长。

:

当脚下的道路遍布荆棘时，你是会坚定地继续向前，还是懦弱地中途离场？

放弃永远比坚持更容易，但放弃过后，等待你的将只有懊悔与惋惜，而坚持下去，才有可能成全一个更好的自己。

这并不是一个仁慈的世界，没有什么是不付出代价就能唾手可得的。 所以，身为女子，更当潜心修炼，潜心努力。

假若命运的路途中几多风雨，我便学会在暴雨中奔跑，在泥泞中撒欢。

假若命运的路途上几多波折，我便学会在低谷时微笑，在山巅上唱歌。

我没有雄鹰强壮有力的翅膀，就做一只小小的蜗牛，虽然力量微薄，但只要心里对远方有着虔诚的信仰，时刻不停下前进的脚步，再远的远方，也终会有到达的一天。

如果前方的道路布满荆棘，我便将双手化为利剑，为自己开辟出一条坦途，即便遍体鳞伤，也绝不停留在原地哭泣。

“你等着，我一定会成为一个优秀的新闻人！”当面试官面带嘲讽地将她的简历甩在地上的时候，她曾在心里暗暗发誓，自己终有一天，一定要成功给他看。

从家乡小镇来到这座大都市时，她的口袋里只有700块钱，这两年来，她一边做兼职赚生活费，一边自学了新闻专业的全部课程，可即便如此，中专毕业的她依旧被应聘过的所有公司拒之门外。

“瑶瑶，别再任性了，你也老大不小了，再这么混下去可不行，跟你一起毕业的同学，现在都已经结婚生子了，你听爸妈的话，别折腾了，大城市不是好混的，回家里来考个公务员，安安稳稳地过日子多好！”每天晚上，母亲都会在电话里对她重复着这样的话，她知道，父母是担心自己，可是，心里却始终是不甘心的。

在被拒绝了无数次后，她终于被一家名不见经传的小型杂志社录用了，但却是以实习生的身份录用的，每个月只有1800元的薪水。可即便如此，瑶瑶依旧开心得不得了。

杂志社的员工只有 6 个人，每个人的工作量都很大。因此，打从工作的第一天起，她就忙得不可开交，从采访、撰稿、编辑，到叫外卖、修电脑、打扫卫生，作为唯一一个实习生，她每个月拿着最少的薪水，却承担着所有的脏活累活。

同事们曾偷偷打赌，赌她一定不可能在这里坚持超过三个月，然而令所有人都没想到的是，她却在这样的情况下坚持了整整一年的时间。一年后，领导终于被她的诚意所感动，破格与这个只有中专学历的女孩签订了正式的劳动合同。

在杂志社，与采访对象打交道是采编们最重要的一项工作内容，每次遇到脾气不好的人，同事们都相互推脱，但瑶瑶却从来没有把到手的工作向外推过，无论是多么刁钻的采访对象，她都满怀热情地去沟通，想尽一切办法做出最好的采访稿来，久而久之，社里一遇上难啃的硬骨头，领导便会直接交到她的手中。

瑶瑶在这样高强度的工作中迅速学习和成长起来，渐渐成了社里的顶梁柱。机会也在这时悄然降临了——在一次采访过程中，她被当地电视台的一位主管看中。当时，电视台正在筹备一个新的新闻专题，刚好缺一个外派记者，主管觉得瑶瑶很有做新闻记者的潜质，所以把她招进了自己的新闻组。她就这样跳槽到了电视台，如愿以偿成了一名正式的新闻记者。

然而，就在她以为梦想即将实现的时候，却被当头泼了一盆冷水。由于没有上过镜，她在镜头面前的表现达不到要求，很快被别人取代了。

那段时间是她人生中最灰暗的时光，虽然已经成了电视台的一名正式员工，可是却什么工作都没有，每天只是帮着搬道具，买咖啡，同事们都对她嗤之以鼻，连担保她进入电视台的那位主管都因此备受非议，瑶瑶觉得心里很过意不去，每天进入办公室，对她来说都成为了一种煎熬。

她不止一次想到过辞职，可是，心里却有一股不服输的劲头，让她在那段最迷茫、最艰难的日子里坚持了下来。

她每天一有空闲，就偷偷跑到演播厅里去观摩别人的节目，学习他们交流的手势、说话的方式，她从蹲马步开始学习基本功，像蜗牛一样，虽然进步很慢，却从不停下努力的脚步。

为了学做新闻策划，她每天要求自己根据当天的新闻做出三个选题来，然后去跟有经验的同事请教和学习，做得不好，便重新来过。

一年后，当地的镇上发生了一次大型矿难，台里的记者不够用，她便被派往了一线做报道，这一次的临危受命，她的表现让所有人都震惊了，相比一年前，此刻的她已然完全可以胜任新闻记者的工作了。

报道上交后，审核领导对她赞不绝口。在那之后，她终于在电视台里站稳了脚跟，开始一步步爬向她事业的巅峰。

多年后，她已经成为当地新闻界炙手可热的领军人物，在一次采访中，谈及追梦的过往，她感慨地说："我总是不断地告诉自己，要像一个战士一样，就是死，也要死在奋斗的路上，绝不回头做一个逃兵。"

人生是一场艰难的旅途，半途而废的人终将被无情抛弃，只有坚持到最后的人，才能守得云开见月明。所以，女孩，无论眼前的生活如何艰难，都请记得坚持下去，坚持到感天动地时，奇迹自然会发生。

很多时候，我们心里的目标是清晰而明确的，只是因为缺乏了一些勇往直前的胆量，所以宁愿停留在原地踟蹰不前，也不敢去承担奋斗路上的那些坎坷与失败。

可是，时光永远不会停留在原地等你，在你犹豫不前的日子里，最好的岁月都已经被白白蹉跎；优秀的人也永远不会停留在原地等你，在你毫无进步的日子里，他们已经像战士一样翻越了一座又一座高山，把你远远地甩在了身后。

所以，你能做的，只有珍惜每一个日子，珍惜每一次机会，朝着心中的目标奋勇向前。

不要畏惧那些风雨，那些失败，因为它们会成为铺就你前进之路的基石，在未来的某一天，助你一臂之力。

只有最深沉的黑夜与最凛冽的暴雨，才能生成最清澈的天空与最明亮的日光，可是如果你选择停留在半途，便无法等到长夜将尽、日光飞升的那一刻。

所以，迷茫的时候，绝望的时候，不要害怕，要坚信，无论此刻的天空多么昏暗，乌云多么浓重，阳光终会回归，风雨只是暂时，唯有晴朗才是永恒。

••

当整个湖水变得肮脏时，你是否能做到出淤泥而不染？当整个世界都被欲望迷了双眼时，你是否敢与所有人背道而驰？

面对浮躁喧嚣的社会，沉浮于物欲的洪流之中，有一种坚定，是守住本心的方正，不肯随波逐流，不肯有半点苟且，拣尽寒枝不肯栖，情愿寂寞沙洲冷。

在这个纷繁的世界中，芸芸众生各有各的姿态，或高傲伟岸，或躬身卑微。你若昂首挺胸，看到的便是天地广阔，你若低眉俯首，看到的便是尘土飞扬，这一高一低，终究是两个不同的世界。

李云锦出生在一个动荡的年代，但作为一个从小养尊处优的娇小姐，即便在灾荒之年里，她也依旧没有受过苦挨过饿。

然而，作为知青，花样年华的她竟被分配到了东北那样一个苦寒之地。

东北的冬天，大雪飞扬，寒风呼啸，每一天都有沉重的劳动要做，吃着棒子面粗粮，她总是饿得几乎虚脱，常常一起身便因为贫血栽倒一旁。

那天晚上，又下了一整夜的雪，屋里冷得连杯子里的水都结成了冰，她和几个同伴又冷又饿，睡不着，便围坐在火炉旁，有一句没一句地聊天来打发时光。

“我今天路过老杨家的时候，看到鸡舍里养了几只大母鸡，反正我们也饿得睡不着，不如就趁天没亮的时候去偷两个鸡蛋回来怎么样？”其中一个女孩提议说。

“这……不太好吧……”另一个女孩有些犹豫。

“再这样下去，我们都快饿死了，哪还管得了那么多！”

几个女孩犹豫了片刻，还是没能抵挡住鸡蛋的诱惑，纷纷点了点头，只有云锦在一旁眉头紧锁，沉默不语。

“云锦，你不跟我们一起吗？”

“不了，我还扛得住。”她默默站起身，钻回了被窝里。

清晨三四点的时候，同屋的几个女孩子便蹑手蹑脚地出了屋，没一会儿便兴高采烈地回来了，房间里霎时弥漫起煮鸡蛋的香气，云锦拉了拉被子，将头深埋进被窝里。

第二天早上，女孩们开开心心地出门去了，云锦才一个人起身下地，捡了几把草根，就着冰雪填了填肚子。

在那样一个食物匮乏的时节里，村子里丢了吃的是常事，村干部也多数都是睁一只眼闭一只眼就过去了，所以久而久之，偷和抢就成了知青们填饱肚子的一种方式。

那几个女孩见没出什么大事，胆子也越发大了起来，每天晚上都换着人家去偷鸡蛋。到后来，鸡蛋也不能满足她们的胃口了，商量之下，她们竟壮着胆子去偷了一只鸡，回来美美地做了一顿鸡汤。

第二天，东窗事发了，丢鸡的人家暴跳如雷，在村子里大闹了一番，村干部很快便查出偷鸡贼便是她们这些女知青。云锦也被当作了其中之一，面对村民的谩骂与指责，她没有做出申辩，因为她知道，在那样的情形之下，没有人会相信她说的话。

村干部惩罚她们，让她们去冰天雪地里刨大粪，用箩筐装回来之后，给丢鸡的那户人家当开春种地的肥料。

云锦冻得手脚发僵，胃里也没有任何可以为她提供热量的食物，在冰天雪地里刨了半天之后，终于累得晕倒了。

好心的村民们将她送往最近的小医院，医生说她是严重的营养不良。村民们这才知道，原来这个女孩一口鸡肉、鸡蛋都没有碰过。

村干部感到很愧疚，特地从自己家里捡了一小篓鸡蛋来给她补充营养，看着这个受尽委屈的女孩子，人们问她为什么不跟其他人一起喝鸡汤，她说："因为我没有忘记，我是一个读过书的人。"

一句话，让守在床边的其他几个女孩潸然泪下。

我们的身边有着太多的诱惑，金钱、地位、成功、爱情……大多数人都对这一切趋之若鹜，在达到目的的过程中，渐渐学会了冷漠，学会了欺骗，学会了不择手段，也渐渐迷失了自我，忘却了最初的本心纯粹。

然而，人一旦迷失了自我，便如同断了线的风筝，即便拥有再多，也只能漂浮于苍茫尘世，再望不见灵魂的归途。

所以，我不愿做一湾随波逐流的浅水，而是要做一块拒绝融化的冰，拥有最完美的棱角和最晶莹的色泽，守住内心的那一份洁净与清醒。

坚定地固守本心，是一件何其艰难、何其孤独的事情，然而仰望着光明的人，都会明白这坚持的意义。

乌云密布的天空中，彩虹依旧绚丽，狂风巨浪的大海上，礁石依旧顽固，浮华纷扰的人群中，我心依旧澄澈。因为只要心里拥有光明，即使全世界一片黑暗，也不能使一根微小的蜡烛失去光辉。

女孩，无论身边的世界如何龌龊复杂，无论身边的人如何阴险世故，希望你依旧可以坚守住最初的那份纯粹与美好，以一个美丽而高贵的姿态绽放，而不是委身于污浊。

就算独自清苦，独自寂寞，也要做一棵守护月亮的树，做一株孤芳自赏的菊，情愿曳尾于泥涂。

这世界越是浮华动荡，我们便越是应当坚定，前路越是遥不可及，我们便越是应当坚定。

因为唯有坚定，才能让我们牢记自己是谁，才能在苍茫天地间踏出属于自己的节奏，做那个最高贵、最独一无二的自己。

或许心中的激情已经被命运的风雨熄灭，面对远方，你开始选择沉默；或许心中的温暖已经被人情的冷漠冻结，面对温情，你开始选择转身。

可是，你对得起全世界，却唯独辜负了你自己。

女孩，还记得你当初为什么而上路吗？ 还记得你当初朝着天空信誓旦旦许下的誓言吗？ 如果成长的代价就是要你忘记自己是谁，忘记初衷，那还不如一开始，就不要选择出发。

世事艰难又如何，没人理解又如何，既然心中有不肯忘却的理想，有不肯放弃的信念，就应该耐得住寒冷与寂寞，做一枝凌寒独自开的傲梅，去绽放属于自己的美丽，去重塑生命的希望。

唯有坚定，方得永恒。

这世界糟透了。它荒谬、功利、阴暗、复杂，你我仍倔强、寻觅、等待并快乐。

第三天

和解

与这个世界握手言和

•

我们都曾是一只孤独而逞强的刺猬，在这个冷漠的世界里顽强求存，我们渴望温暖，却被寒风偷袭，渴望关怀，却被残忍背叛。所以，渐渐学会把愤怒变成武器，伤害别人，也伤害自己。

我们越是痛苦，越是选择伤害，而越是伤害，便越加深痛苦，生活在这样一种恶性循环里，时间久了，记忆里便只剩下无穷无尽的悲愁，忘记了幸福最初的模样。

女孩，其实每一种痛苦，都是源于你内心深处对于关怀与承诺的渴望。太过在意别人，太过渴望别人的关照，所以把冷漠当作抛弃，把对立当作背叛。

可是，每个人都是一个独立的个体，别人没有义务顺从你，你也无须为他人而悲喜。世界不可能变成你想要的那个样子，而你也不必磨平自己，变成外界希望你成为的那副模样。

倒不如，学会将利刺化作羽翼，学会微笑着去面对这个世界，用温柔包裹仇恨，用放手成全飞翔。

周日，在那家名叫彼岸花开的咖啡馆里，我见到了阔别半年已久的Vivian，她穿着一件绛红色小碎花的波西米亚风长裙，化着淡雅而精致的妆容，气色看起来比半年前好太多了。

大学里，我与 Vivian 是形影不离的闺中密友，如今虽然已经毕业六年，平日里不常见面，可是每次相聚，依旧是一种别样的亲切与熟络。

我早已替她点好了一杯她最喜欢的摩卡，她笑着坐下，低头望着白色咖啡杯中快要溢出的奶泡，淡淡地开口："前几日，我见到沈临安了。"

她话一出口，我心里便是一惊，急忙抬头去看她的表情，可令我吃惊的是，她竟面容沉静，带着淡淡笑意，没有一丝一毫的怒意或悲痛，仿佛开口提及的，并不是那个曾经让她撕心裂肺的男人。

沈临安是我与她的大学同学，他们两个曾在校园中谈了一场轰轰烈烈的恋爱，毕业后更是决定一起为了未来而努力。小城市出身的 Vivian，也正是因为他，才放弃了家里安排好的稳定工作，留在大城市里辛苦打拼。

可是毕业两年后，当沈临安在 Vivian 的软磨硬泡下不得不随她去见她的家人时，这个男人竟然在火车站落荒而逃，然后用一条短信结束了他们之间几年的感情。他在短信里说对不起，说他还没有想好未来何去何从，还没有决定是否要与她共度一生，所以还不能去见她的家人。

那天下着滂沱大雨，当我从火车站把 Vivian 接回家的时候，她已经连哭的力气都没有了，就傻傻地在窗边呆坐了一整晚。

为了忘记感情上的创伤，这几年，Vivian 拼了命地工作，别人都觉得这是一个事业心很强的女孩子，但是只有我知道，她其实只是在用这种方式来填补感情上的空白。

如今，年近 30 的她已经是一家跨国企业中的高级白领，身边也不乏追求者，可她始终没有再谈过恋爱，初恋的创伤似乎一直横亘在那里，成为她无法逾越的一道鸿沟。

她喝了一口咖啡，将前几天见面的事娓娓道来。原来，Vivian 所在的公司有一个上千万的广告项目，而沈临安刚好是其中一家广告公司的项目负责人，两人见面，自然是万般尴尬。

“这可是你报仇的大好机会！”我打抱不平地说，“你只要不把项目给他，他在领导面前一定会栽一个大跟头！”

Vivian却笑着对我说：“你知道吗？我本以为再次见面，我会恨他入骨，可是当我看到他既尴尬又装模作样讨好我的样子的时候，我竟然释然了，我发现这个人已经无法再泛起我心里的一丝波澜了，他对我而言，就像是一个素未谋面的陌生人。”

她苦笑了一声，“你说好笑不好笑，你的心里原本对一个人恨之入骨，甚至曾幻想过如果他出现在你面前要如何狠狠地去报复，可是，当他真的站在你面前的时候，你却发现这股恨意已经不知何时烟消云散了。而我不但不恨他了，反而很感激他，因为如果不是他当初的不辞而别，或许我今天已经成为他的妻子，每天为他洗衣做饭。是他的背叛，让我有机会以胜利者的姿态站在他面前，也让我知道当初的自己有多么愚蠢。”

“所以……你把项目给他了？”我替她心有不甘。

“从项目本身而言，他们公司的确是我们最佳的合作者，他在我心中留下的那个砝码已经微乎其微，不足以成为我影响工作的理由。”

几个月后，Vivian与追求了她许久的一位男同事结婚了，婚礼当天，她穿着一身洁白的婚纱，满眼含笑，美丽得如同一朵盛放的栀子花。那一刻，我便知道，她终于跨越了心里的那一道鸿沟，放过了过去的自己，成全了以后的幸福。

杨绛曾说：我们曾如此渴望命运的波澜，到最后才发现，人生最曼妙的风景，竟是内心的淡定与从容；我们曾如此期盼外界的认可，到最后才知道，世界是自己的，与他人毫无关系。

的确，很多时候，当我们面对痛苦、背叛的时候，总会在当下那一刹那心生怨恨，恨不得一把刀插进对方的胸口。可是，当时过境迁，再回头看时，其实原本觉得永远过不去的坎儿早已在时光的飞逝下悄无声息地跨过去了，而心底的怨恨、不甘，也在时光的洗刷下渐渐烟消云散。

然后才发觉，有些事情，既然执着其中毫无意义，倒不如潇洒一笑，坦然放手，将一切交给时间去化解。

生活并不是一场童话，只有快乐，没有伤痛。 命运给予什么，从来都由不得我们做选择，但它却从来不曾剥夺我们选择快乐的权利。

纵然他人欺我、负我，纵然生活总是背离我意，但我们却不应因此辜负自己，因为唯有放下苦难，才能学会坚强，放下执念，才能学会潇洒。 或许此刻的天空中乌云蔽日，但只要有缺口，阳光总能照射进来。

：

每一场比赛都有它的规则，所有逾规的行为最终都将被判定为无效。 生于这个世间，如果想赢得比赛，我们就必须遵守这个世界的规则。

所以，有些时候，妥协不代表懦弱，反而是一种睿智的选择。

这世界并不完美，但我们可以接受它，就像我们用包容的心态接受了这个并不完美的自己。

人生的使命，并不是与所有的不完美抗衡到底，而是要在这个残缺不全的世界中，努力修炼，活出一个光彩夺目的自己。

“对不起，我迟到了，市里……堵车很严重……”走进那座位于市郊的独栋别墅，我有些怯意地致歉。

敞开的落地窗前，一位眉目素雅的女子原本正坐在竹椅上读书，看到我进来，便一脸微笑地站起身走上前来，“没关系，快请坐吧。”

这是我第一次采访这样一位知名的大作家，心里难免惴惴不安。她三十多岁的年纪，便已经是全国有名的人气畅销书作者，这样的一种成就，原本就让人望而生畏，何况她向来以文笔犀利刻薄著称，善于审查人性，透察人心，因此外间传言，她是一个极不好相处之人，所以在来之前，我曾做好了充分的心理准备。

我心里紧张，一时不知道该从何处开口，只能礼貌地坐在沙发上，伸手接过她递过来的一杯水。

“大热天的，真是辛苦你跑这一趟。”

出人意料地，她竟是一个言语温和、脸上常挂着笑容的人，交谈了几句，我提着的一颗心渐渐放下，不由感叹，外界仅仅凭借她犀利的文风就给她扣上一顶难以相处的帽子，实在是太草率了些。

“张爱玲曾说，出名要趁早，您 27 岁就已经拥有了第一部畅销的作品，可谓出名很早了，可以给我讲讲您当时的感受吗？”我打开录音笔，按照事先列好的提纲开始提问。

她淡然一笑，“很多人都觉得我年轻成名，成功来得很轻易，其实不然。在成名之前，我曾经为此默默奋斗了 10 年，其间的辛酸苦涩，也只是不为人知罢了。所以我并不觉得我出名很早，相反的，我觉得它是迟来的，也是我应得的报偿。”

我敏感地抓住了其中的新闻点，继续问道：“可否给我讲讲您那十年的辛酸苦涩呢？”

于是，她开始给我讲述那段她未曾对外人道来过的经历。

16 岁的时候，她迷上了杜拉斯，开始立志当一名作家，每天沉浸在外国名著中，因此耽误了高考，勉强考入了一个三本学校。毕业后，因为学历太低找不到工作，而她也不想找工作，便把自己关在家里闷头写作。

父母看她不顺眼，她就跑到外面租了一个简陋的阁楼，每天蓬头垢面，吃着饼干泡面，一门心思想写出一部惊世骇俗的作品来。可是，事情却远没有想象的那么简单，她辛苦创作的作品，在投寄出去之后，几乎都石沉大海了。

那时刚好流行起博客，她便把那些没有发表的作品都更新在博客里，希望能够得到别人的赏识。其实，当时她的一些文章已经写得足够好了，只是即使发在了网上，点击的人也是寥寥无几，看着那些很水的作品被顶上热门，而自己的作品却无人问津，她的心里特别难过。

后来，一位好心的网友给她留言说，你的文章写得很深刻、很独特，只是标题不够吸引人，这是个网络的时代，大家喜欢一眼就能被吸引住的标题。

她抱着试试看的心态，把曾发过的一篇文章的标题，改成了网友喜欢的那种网络标题，文章的内容却一字未改，重新发在了博客里，结果，短短几天，文章的阅读量就过万了，留言和转发量更是数十倍地增长。

那件事对她的打击很大，她不明白为什么谨慎下笔的标题却比不上一个直白狗血的标题有吸引力，为什么辛苦写出的文章却要去迎合网友低级的审美品位。于是，她愤愤地关闭了博客。

她觉得特别委屈，觉得整个世界都对不起自己，她不明白为什么自己的才华需要靠网络那种廉价的包装才能售卖出去，不明白为什么亲人和朋友都不理解她的努力。

“据我所知，您的作品确实是在网络上先火起来的，那是什么让您的想法作出了改变呢？”我好奇地追问。

“其实也没有什么特别重大的转折，只是自己在很长的一段时间里一直处在压抑的状态里，突然有一天就想通了，其实我想当作家的初衷很简单，第一是向别人倾诉我内心的所思所想，第二就是用自己喜欢的方式来谋生。既然变换一个包装方式可以让我的文章被大众所接受，那么又何乐而不为呢。然后，我开始在不违背原则的前提下适当妥协。”

“在我尝试用网友喜欢的方式来倾诉我的思想之后，我的文章渐渐受到了大家的关注，开始有杂志社来跟我约稿，我原来苦苦坚持却没有得到的一切，在转换了一个思路之后，就这样轻而易举地得到了。于是，我开始学会用一种温柔的姿态对待这个世界，我用自己赚的钱买礼物来孝敬父母，向他们诉说我的想法，请求他们的理解支持，而不是像之前一样大声争吵和责备，事实证明，这样做的效果很好。”

她笑着说：“其实很多时候我们离美好只有一个转身的距离，就看你是愿意面对阴影，还是面对阳光。”

后来我们又进行了长达几个小时的交谈，她也讲述了成名之后的许多事情，可是我觉得那些都不重要了。当天夜里，我在电脑前，慎重地敲下了采访稿的标题：《成长，就是学会与世界握手言和》。

或许我们都曾倔强过，曾不甘过，曾抱头痛哭过，曾逆风战斗过，但最终，我们都将学会温柔，学会伸出双手来，好好地拥抱这个世界。

没错，这个世界并不像我们期待的那样完美，可是我们生于其中，享受着它美好的一面，便有义务去承受它不完美的一面。就像生活中的每一天，都不只有温暖明亮的白昼，还有清冷漆黑的夜晚。

所以，与其不屈不挠地战斗到底，不肯放过这个世界，也不肯放过自己，倒不如适当妥协，用一种柔和的方式来善待别人，也善待自己。

妥协并不是认输，温柔并不是软弱，顺从并不是卑微。 如果可以用欢笑代替泪水，我们又何必要哭泣，如果可以用拥抱来代替武力，我们又何必要战争。

与世界和解，是一种为自己赢得话语权的能力，是一种不计较得失喜悲的包容，是一种去留无意的平和洒脱。

儿时，我们都曾梦想过拯救世界，少年时，我们也曾梦想过改变世界，可到后来才发现，我们每个人都不过是茫茫荒宇之下一粒微不足道的小尘埃，与其剑拔弩张，与整个世界为敌，不如握手言和，温柔相待。

••

或许，只有在目睹了死亡之后，我们才会恍然明白，原来自己曾经以为大过天大过地的那些忧伤困顿，都是那么的微不足道。

或许，只有在孩子天真无邪的眸光中，我们才会恍然发现，原来长大成人的自己拥有了一切，却唯独失去了那份善待万物的最宝贵的天真无邪。

世间之事本无对错喜悲，是因为我们有了对错喜悲之心，才在自己的心里为它们支起了一个天平。 世界原本就是一个空虚的存在，你看它像魔鬼，它便将对你百般折磨，你看它像天使，它便将对你充满善意。

所以，世界的模样，其实就是我们心里的那个样子。

阳光明媚的下午，与朋友约好了去看一场画展，没想到却被临时放了鸽子。我索性一个人走进了位于798艺术区东侧一角里的小画廊。

慵懒倦怠的午后，画廊里只有稀稀拉拉的三两个人，如此安静的氛围，倒是让我的心平静了下来。我低头看了一眼门口展台上的简介，是一位不甚有名气的画家的个人展。可既然来了，又哪里有转身就走的道理，好在人少安静，氛围倒是极佳的，我便耐着性子，在展厅里观赏起来。

在晃过了大半个展厅之后，我正觉得兴致索然，却蓦然眼前一亮，脚步不由驻足在一幅画前。

赤脚白裙的女孩站在一面大镜子前，身后是低沉的天空，灰暗的大地，而镜子中女孩的倒影与她相对而立，却是微笑着的，一样的面容与着装，只是背上多了一对天使一样洁白的翅膀，在她的背后，天空湛蓝，白云朵朵，碧绿的草地上盛开着花朵。

那样简单纯粹的一幅画，如果不是因为色彩与构图堪称完美，我几乎会怀疑它是某个幼儿园里的孩子的无心之作。只是心里突然有一种说不清道不明的情绪产生，我竟有一种想哭的冲动。

“抱歉，打扰了。”

我回过头，见一位面容清丽的女士正站在身后，她一身白色修身礼服，头发精致地盘起，有一种超尘脱俗的美艳。

“您是第一位在这幅画前停留的人，所以我忍不住过来打个招呼。”她礼貌而热情地微笑，淡淡的唇色很好看。

“您是？”我有些唐突地发问。

“我是简凝。”

我不由吃了一惊，刚才在入口处的展台上我曾看到过这个名字，正是这次画展的作者。

“您好！您的作品真是太出色了！”我急忙礼貌地夸赞。

她却微微一笑，眼睛越过我望向墙上那幅画，“我一直希望能有人注意到这幅画，可是画展快结束了，您是第一个注意到它的人，我要感谢您，圆了我一个梦。”

“从技巧上而言，在您这么多的作品中，它的确不出色，但是我喜欢它带给我的那种直观感受。”

“您说的没错，这幅画是我几年前的一幅作品，因为拉低了画展整体的档次，主办方原本不同意它参展的，是在我的坚持下，它才有了一席之地。”她的眸光闪烁，“它对我来说很重要”。

“如果不介意的话，可否给我讲讲这幅画背后的故事呢？”她的反应勾起了我的好奇心。

她引我来到展厅的休息区，为我斟了半杯红酒。她是一个很健谈的人，身上带着艺术家那种独有的气质，我们相谈甚欢。

学生时代的她，由于父母离异，一度自甘堕落，逃学，吸烟，夜不归宿，而像她这样的学生，在那所专科的艺术学校里很常见，所以老师们大多睁一只眼闭一只眼，任由他们荒废青春。

可是唯有写生课的老师不同，他是一位古稀之年的老教授，因为学校扩建规模后人手不足，所以被返聘回校，每周只有一天课。

这位老教授看出了她身上的绘画天赋，所以对她格外栽培，时常把她叫到家里去吃饭，还总是用幽默的方式来开导她，在她家境困难的时候甚至为她垫付学费，如果不是这位老教授的鼓励和关心，她或许早已经中途辍学了。

毕业后的一年，她得知老教授突发脑梗，赶到医院探望时，他已经在弥留之际了。老教授临死前嘱咐给她一件事——他这些年一直在给一个孤儿院做义工，周末教孩子们画画，他希望在他死后，她可以帮他把这份工作继续做下去。

她没有辜负老教授的嘱托，每周末定时去孤儿院给孩子们上课，起初是为了感谢教授，但是时间长了，她却爱上了这份工作。

在她的眼中，这些孩子们是可怜的，他们被父母抛弃，无家可归，甚至身体残疾，可是她发现孩子们的眼中，这个世界并没有背叛他们，因为在他们的画里，有最清澈的天空，最美丽的花朵，还有最开心的笑容。相比残酷的现实，孩子们更愿意相信童话，相信所有的不美好都只是暂时，因为到最后，小蝌蚪一定能找到妈妈，王子和公主一定能幸福地在一起。

“然后，我开始反思自己，开始学着用孩子的方式去看待这个世界，慢慢地，我发现一切都在不知不觉中变得美好起来了。”

她笑了笑，饮完了杯里的最后一口酒，“这就是我创作这幅画的初衷”。

那一刻，我的心里是异常平静的，但却在某个更深处的地方有暗潮汹涌。我看着她，感觉她就像是画中的那个小女孩，在身后生出了一双洁白的羽翼。

我们总说，孩子是这世界上最快乐的人，而他们之所以快乐，是因为愿意把这世间不美好的一切，都当作另一种美好：烈日当头时，我们抱怨太阳，孩子们却能用碎玻璃折射出彩虹；暴雨来临时，我们抱怨乌云，孩子们却在雨中玩耍，跌倒了就在泥巴里翻找宝藏。

所以，很多时候，当我们以为世界没有善待我们的时候，其实因为我们自己的心朝向了阴影，把美好的一切抛在了脑后。

生活犹如一个多面体，有悲有喜，有好有坏，喧闹之处很多，但我们可以走到一个宁静的地方去，残酷的事情很多，但我们依然可以选择心存善意，别怕自己会被黑暗所包围，因为我们自己的心里就住着一个太阳。

世间悲苦犹如一场炼狱，没有人能够救赎你，唯有自己可以挽救自己。所以，悲伤气馁之时，一定要坚强，没有人爱，就学会爱自己。

虽然这个世界有时很糟糕，可我不愿逃避，不多奢求，我心柔软却有力量，尚可一边承受，一边前行。

年轻的时候，世界是我的敌人，我们想尽办法去抗议，宁愿与所有人背道而驰，可到最后，没有人在意我们微不足道的抵抗，世界更没有因为我们做出丝毫的改变，受伤的、痛苦的，不过只有我们自己而已。

后来，我们终于悟出一个道理，所谓的强者，并不是顽固如钢铁，永远保持坚硬的姿态，而是能把内心的坚持化为力量，如水一般，可隐忍求全，亦可排山倒海，可流过无痕，亦可水滴石穿。

世界并不完美，它荒谬、功利、阴暗、复杂，它一次次刺痛我们，但我们依然可以接受它，可以将自己的心练做绕指柔，把所有伤痛轻易包覆，也可以把所有不美好丢弃在半途，背包里只留下温暖与感动。

女孩，无论命运再怎样残酷，世界再怎样冷漠，请永远保持一颗会爱的心，和一张会微笑的脸。

请用温柔友好的姿态去对待这个世界，用善意化解仇恨，用示弱完成和解。

孤独的解药是一个人的火锅，一顿不够，那就两顿。

第四天

孤独

孤独是你的必修课

•

孤独是什么？是翻遍电话簿找不到一个可以倾诉的人，是在人声喧闹的饭馆里一个人默默将热腾腾的饭菜打包回家，抑或是高烧不退的时候爬下床去给自己烧一壶热水。

我们害怕孤独，所以习惯了融入人群，学着变成别人希望我们变成的那个样子，学着在生气时隐忍，在难过时微笑，学着戴上面具，给自己一副柔善可欺的面孔。

可是，到最后才发现，我们根本摆脱不了孤独的存在。因为不合群时是身体的孤独，合群了，却是灵魂的孤独。

与其如此，倒不如就试着去习惯孤独，它或许不如你想象的那么好，但也不会如你想象的那样糟。

时代广场一家高档商场的橱窗前，易安安正背对着来来往往的人流，眼睛盯着橱窗里的一双银色亮钻高跟鞋愣愣地发呆。

一个月前，当接到影视公司购买她剧本的电话时，她曾欢欣雀跃地对自己许下承诺，等这笔钱一到手，就把这双价值四位数的鞋买来犒劳自己，可如今，看来是与它有缘无分了。

大约一刻钟后，她长叹了一口气，转身向地铁站走去。

如果今天欣然接受投资方修改剧本的提议，此刻她的账户上应该已经有一大笔钱了吧……她苦笑一声，跟着人群挤进地铁站。

“投资方觉得剧本的结局太悲惨了，应该换一个大团圆的结局，而且人物之间的感情纠葛不够吸人眼球，你回去按照投资方的要求修改一下，然后我们再讨论下一步的计划。”

“作品好不好，不是你自己说了算的，而是市场说了算，我们拍电视剧的目的不是教育观众，而是娱乐观众，让观众在工作了一天以后可以有一个消遣的方式，没有人是为了寻找压力才来看电视剧的！”

……

影视公司负责人的话反复在安安的耳边回响着，她承认，他的话并非没有道理，可是，一想到自己辛苦半年创作出来的剧本，要成为娱乐观众的牺牲品，要被改成没有内涵的脑残剧，她便觉得自己无论如何都无法接受。

包里传来一阵微弱的震动，她掏出手机，接起了那个熟悉的号码，“安安，怎么样，剧本通过了吧！我已经订好了餐厅，今晚我们好好庆祝一下！”

男友关切的声音从电话里传出来，淹没在地铁的嘈杂声中。沉默了许久，安安回答：“合同没签成，我拒绝了他们大幅度改动剧本的要求。”

电话那头，起先也是一阵沉默，接着安慰说：“没关系，既然他们没眼光，我们也不必强求，你的剧本那么好，以后肯定能遇上伯乐，你快到了告诉我，我去地铁站接你。”

挂掉电话，安安觉得心里轻松了许多，她戴上耳机，为自己放了一首歌，然后转头望向车窗外闪过的让人眼花缭乱的广告灯牌。

做编剧的这些年，虽然还没有一部拿得出手的作品，可又怎么能为了一次机会而放弃自己的底线跟原则呢！当初从事这份工作就是因为自己喜欢，如果这种喜欢变成一种折磨，那未来又将何去何从呢！

“我曾经跨过山和大海/也穿过人山人海/我曾经问遍整个世界/从来没得到答案/我不过象你象他象那野草野花/冥冥中这是我唯一要走的路啊……”

耳机里传来她最喜欢的那首《平凡之路》，一股热泪突然涌上双眸，却又被她生生咽下。

是啊，就算一辈子都不出名，一辈子都穷困潦倒，但只要没有忘记自己为什么坚持，只要坚定不移地走下去，就算没有喝彩与掌声，也一定可以为自己走出一路花开吧！

被人群拥挤着走出地铁站，远远便看见马路旁的男友焦急等待着的样子，安安突然觉得心里异常轻松与踏实，她摘下耳机，笑着朝他奔过去。

莫泊桑曾说：生活不可能像你想象得那么好，但也不会像你想象得那么糟。我觉得人的脆弱和坚强都超乎自己的想象。有时，我可能脆弱得一句话就泪流满面，有时，也发现自己咬着牙走了很长的路。

女孩，追梦的路途，注定是孤独无依的，如果不能安下心来度过每一个无人问津的日夜，不能在每一次跌倒后抱着重新爬起的决心，是无论如何也不能够到达彼岸的。

毕竟，想做一件事是何其容易，可是做成一件事，却又何其艰难。

外界的诱惑，旁人的质疑，一次又一次的失败，这一切都会让我们陷入孤独的深渊里，时时刻刻感到窒息与绝望，但是，你要坚信，孤独并不能打败我们，它只会让我们变得更加强大。

正如每一棵树都以自己独特的姿态屹立世间，我们每一个人也都是一个独一无二的个体，不必总刻意去模仿别人的生活方式，即使你的选择与其他人南辕北辙，也不必委屈自己，去强做一个合群的人。

一个真正强大的人，是在其他人后退的时候敢为天下先，是在其他人沉默的时候敢于大声否决，所以，强者之路，往往是孤独而坎坷的，但若你畏惧这种孤独，就将永远畏缩消沉。

所以，女孩，请不要在现实面前委曲求全，不要因为害怕独自一人站立在山巅，就选择隐匿于山脚的人群之中，放弃登顶的希望。

:

孤独，可以是天堂，也可以是地狱。

当你享受独自一人的轻松惬意，当你能在悄无人声的寂静中独自歌唱之时，它便是能让你的灵魂休憩的天堂。

而当你无法承受心灵上的空虚，当你因为没有一个温暖的臂膀可以依靠而哭泣之时，它便是能够摧毁你的地狱。

佛语有言，人沉沦在生死爱欲烦恼之中，实是独来独往的，即便是父子至亲，夫妻至缘，也不过只是相伴一段光阴，而真正要走完全程的，一定是自己。

所以，其实我们生来就是孤寂的，理所当然，应该学会享受孤寂。

国庆前的一周，我因公事踏上了从上海飞往洛杉矶的飞机。我刚在靠窗的位置落座，便被随后走入机舱的一位外国老太太吸引了注意力。

看她的模样，大约六七十岁的年纪，穿着一件 Burberry 秋季新款风衣，这还是我第一次见到这种时髦的长款风衣穿在一位面容沧桑的老妇人身上，然而并不觉得突兀，因为她的整体搭配很协调。

她在我身旁的座位上坐下，摘下浅灰色的小礼帽，见我正望着她，便向我微笑着点了点头。她不仅衣着时尚，举止也优雅从容，让我想起了八十岁还活跃在 T 台上的卡门·戴尔·奥利菲斯。

旅途中无事，我们便有一句没一句的用英语开始交谈，她说她是来中国旅游的，已经走遍了十几个城市，还有几天就是亡夫的祭日，所以现在打算返回洛杉矶。听说我是第一次去洛杉矶出差，她便热心地为我推荐当地的美食美景，还热情地邀请我去她的家中做客。

“您是独自一人来中国旅行的？”我有些吃惊地问，这样年纪的老人，独自一人远赴异国他乡，这在我看来是一件很不可思议的事情。

“是的，我的爱人已经去世十年了，这十年来，我一直是一个人生活。”她随口回答，一点也没有悲愁落寞的神情。

“您不跟您的孩子一起生活吗？”我条件反射地问出这个问题，随后才发觉，这个问题多么中国化。

“我有三个孩子，他们都已经成家立业了，有一个在洛杉矶，一个在纽约，还有一个去了瑞士。他们有时回来拜访我，但是他们很忙，我也很忙，所以并不常见面，只有圣诞节的时候才能一家团聚在一起。不过我的小孙子倒是经常在假期过来，陪我住上一段时间。”

她用了“拜访”这个词，可见在她的观念里，子女一旦长大成人了，便不再属于她的这个家了，我不由在心里暗暗点头——果然，我的问题很中国，而她的回答很美国。

“那您一个人生活，不觉得孤独吗？”

“孤独？”她很开朗的一笑，“不！我每天有忙不完的事情！我要打理我的花园，跟朋友们喝下午茶、聊天、做美容，练习瑜伽、小提琴，最近我还迷上了你们中国的茶道。哦，对了，我还养了两只牧羊犬和一只猫，我经常开车带它们去兜风，周末的时候，我还得去宠物收容所做义工……我还在计划去非洲、南极洲旅行，不过要准备的东西太多，所以还没有提上日程……我觉得一个人的生活太惬意了，年轻时忙着工作，忙着照顾子女，很多想做的事情没有做，我要趁着现在身体还好，把这些事全部做完。”

她滔滔不绝地说着，因苍老而有些浑浊的眼睛里，闪烁着异样的光彩。

即便是社会背景和观念有差异，我也终究不相信一位年过花甲的老人能够做到如此独立，于是不免继续刨根问底，“可像您这样的年纪，难免会有情绪低落或身体不适的时候，身边没有一个照应的人怎么能行呢？”

她用近乎不可思议的眼神望着我，继而说道：“心情不好的时候，就去做能让自己开心的事情啊，身体不适的时候，我会打电话给我的私人医生，他的医术很好，总是能药到病除。”

我没有再继续问下去，因为我已然明白，原来人世间的很多事情，说难也难，说易也易，那些令一些人困顿难解的事情，在另一些人身上却能轻易想开，说到底，不过是一个心态的问题。

飞机降落，我怀着崇拜的心情与她互留了e-mail，在那之后，她常常发给我一些她旅行时的照片，给我讲一些生活中的小趣事。

每当感到寂寞或者失落的时候，我都会翻出这些照片来看看，然后，它们就像有魔力一样，促使我站起身，忘记所有的不开心，去厨房用心为自己做一道甜点，或者在阳台前翻开一本书……

在我们的身边，纵然有骨肉至亲，纵然有数不清的朋友，可是到最后，也难免会有孤身独处的时候，难免有孤立支撑生活困苦的时候，难免有内心寂寥不肯为外人道的时候，所以，人生在世，总也逃不过孤独。

其实，孤独并不是一件糟糕的事情，因为与嘈杂喧嚣相比，一个人的自在，是一种难得的享受。但是因为我们总是先入为主地认为一个人的生活注定是落寞的，是无依无靠的，所以便会对它心生畏惧。

事实上，孤独与苍老一样，都是无关人数，无关年龄的，它们只关乎我们的内心。

当一个人认为自己已然老去的时候，便会放弃自主权，任由身体退化，灵魂倦怠，不再考虑自己能做什么，而是把关注点放在旁人身上，因为亲人的陪伴而快乐，因为亲人的疏忽而难过，却忘记了，其实快乐是自己的，即便孤身一人，也不应该把时间浪费在抱怨和忧愁上，而是应该努力让生活变得充实和快乐。

而当你即便独自一人，也能够把生活打理得井井有条的时候，你会发现，你不但不再惧怕孤独，反而会爱上这难得的独处时光。

因为我们总需要有那么一段时间，是可以远离尘世的，是可以一个人安安静静的。在静默的夜里看流星划过，在温暖的午后品一杯清茶，在安逸的黄昏走过一段林荫路。

遇一个人，择一座城，终老一生，这本是人生最美好的愿景。

可是，如果偏偏命运要我们独自一人，那么，便也可以一个人仰起头微笑，一个人穿越不同的城市，走过不同的街道，欢喜每一次的相遇，见证每一次的别离。

我想，这便是人生最好的样子。

••

如果两个人相互依偎，心里却依旧是孤独的，那你会选择一个人孤独，还是两个人一起寂寞？

这世上许多人，选择与人相处，只是为了排解内心的空虚与寂寞，可有些时候，即使我们身处人群中央，也依旧会感觉到铺天盖地的寂寞。

所以，孤独与否，其实不在于你的身边是否有人陪伴，而在于你的灵魂是否能够得到慰藉。

假若彼此相伴却相顾无言，假若同床而眠却一个梦着暴雨一个梦着晴天，假若激情褪去只剩下无休无止的争吵，那么，我情愿与孤独相伴，一个人优雅地生活。

灯光炫目的舞台之上，林汐一身长裙优雅地坐着，闭着眼沉浸在音乐的世界里，在身前立着的大提琴上拉完了最后一段音符，演出完美落幕。她收起琴弓，起身优雅地鞠躬行礼，台下响起一片雷鸣般的掌声。

刚回到后台换了衣服，手机就响起来了，她一边收拾东西一边接起电话，母亲催促的声音在耳边响起："囡囡啊，你演出完了就赶紧去清台路的那家婚纱店，我跟婚纱店约好了今天下午去试婚纱的，还有半个月就是你办喜事的日子了，可不能再拖了！”

林汐轻叹了一口气，嗯了一声，犹豫了许久的话还是没能说出口。

正赶上周末，婚纱店里的顾客很多，看着那些洋溢着幸福笑脸的新娘们，林汐的心里有一种发堵的感觉，她选了一件简洁大方的修身落地款式，镜子里映出自己高瘦的身材和姣好的面容，店员在一旁不停地夸赞，可她却一点也没能体会到将为人妻的幸福。

难道，就要这样嫁人吗？虽然他确实足够优秀，性格、样貌、能力都是无可挑剔的，可是，不知道为什么，她的心里总觉得缺少了点什么，从被父母安排相识到现在，已经半年了，她总觉得这段感情不温不火的，心里泛不起一丝的波澜。虽然说到了她这个年纪，婚姻就是找一个条件相符的人搭伙过日子，可是跟一个没有共同语言的人一起生活，难道不是一种折磨吗？

“婚礼可是女人一辈子最幸福的一天，您穿这身婚纱，一定能够惊艳全场，有一个很难忘的婚礼。”店员一边帮她整理着裙摆，一边说。

最幸福的一天……看着镜子里的自己，她的心里突然有一种荒唐的念头像火山一样爆发了。

换掉婚纱，她冲出婚纱店，打电话约未婚夫出来见面。

“我正在外面应酬了，有什么事等我忙完再说！婚礼的事你自己做主就行，我没意见。”

电话那端传来酒桌上嘈杂的声音，林汐一咬牙，坚定地说：“我们分手吧……”

她的话刚说了一半，电话里就传来一阵嘟嘟声，对方已然挂了电话。

之后的两天，在林汐的坚持下，他们还是分手了。但随着而来的压力却远比她想象的还要大——当已经得知婚讯的亲戚朋友们纷纷好奇询问的时候，她觉得实在有些招架不住，更何况还有父母整日在耳边的责备，埋怨她任性，白白错过了这么好的姻缘。

或许，出去走走会好一些吧。她抱着逃离的心态，推掉了一个月内的所有商演，决定独自踏上旅途。

在来到火车站前，她没有做任何的准备，甚至连去哪儿都没有想好。站在售票大厅里，她只是想着一定要去最远的地方。于是，当天晚上，她踏上了长达 30 多个小时的通往大理的火车。

大半个月的时间，她独自一人走遍了大理的大街小巷，在苍山脚下发呆，在洱海旁独坐，跟小巷子里的老人聊天，在咖啡馆里给朋友写明信片。

回程前，她转道丽江，去爬玉龙雪山。延索道而上，她有些轻微的高原反应，可是当看到气势巍峨的雪山出现在眼前的时候，身体的不适和心里积压许久的压力似乎都一下子消失不见了，剩下的，只有入眼的苍茫，和心底的平静。

其实，在上大学的时候，她曾与朋友一起来过这里，只是当时几个人嘻嘻闹闹，并没有如此刻这般的独特体会。

她突然回想起曾在书上看到的一句话："很多人结婚只是为了找个跟自己一起看电影的人，而不是能够分享看电影心的人。如果为了只是找个伴，我不愿意结婚，我自己一个人都能够去看电影。"

或许只有独自置身于这样的地方，才能够清晰地听到自己内心的声音，心底的那个声音此刻正告诉她，她的选择是对的，她不能与一个连理查德·克莱德曼是谁都不知道，整天只关心生意股票的人在一起，他的确很优秀，可是不适合她。

仰望群山，她感到前所未有的坚定。

有的人，与你相隔遥遥，可你却觉得他就在你的心里，从未走远。而有的人，与你咫尺相伴，你却总觉得他远如天际，陌生而疏离。

有些人，你与他没日没夜地促膝长谈，也始终无法走进彼此的心里，引起灵魂的共鸣，而有些人，你只要与他相顾一笑，便已然胜过万语千言。

所以人们常说，千金易得，知己难求。

年少的时候，我们常常是不甘寂寞的，渴望有人陪伴，渴望交谈。可是交谈到最后，往往不欢而散。

于是，行年经久之后渐渐发现，其实有些心事是不能对外人道的，有些心事是不必对他人言的，还有一些心事，即使对人倾诉，也无法获得理解与安慰。然后，我们开始学会沉默，学会在漫长寂寞的岁月中一个人将心事默默消化与排解。

而在孤独之中，我们更容易倾听到自己内心的声音，许多在喧闹中沉寂的感悟，会在一个人独处的时候像溪流一样流淌出来，让我们反观内心，更加清楚地认识到自己，也更加了解这个世界。

所以，孤独，其实是成长的必经之路。

内心强大的人，从来不会惧怕孤独，因为他们坚信即使是孤身一人，也能够孤傲优雅地生活，生命的幸福与温暖，从来不依靠别人来给予。

所以，女孩，请用心修炼，成为一个内心强大的人，不必刻意去模仿别人，不必活成他人的姿态，要像一棵挺拔独立的树，倾听自己内心的声音，努力活出自己的姿态。

孤独并不可怕，它能给我们足够的时间和空间，去与生活的浮躁拉开距离，独自品味，独自狂欢。所以，成熟的人，都应该学会享受孤独，在孤独中升华自己。

享受孤独，并不是故作清高的无病呻吟，而是当遇不到可以一路同行的人时，能够一个人昂首上路的坚强与洒脱。

享受孤独，就是一个人去吃火锅，一顿不够，就吃两顿；享受孤独，就是一个人去看电影，无人分享，便将内心的感悟独自消化。

享受孤独，就是一个人与光阴相伴，做想做的事，读想读的书，去想去的地方，不辜负自己，也不辜负时光。

正如林徽因说的：终于明白，有些路，只能一个人走。那些邀约好同行的人，一起相伴雨季，走过年华，但有一天终究会在某个渡口离散。红尘陌上，独自行走，绿萝拂过衣襟，青云打湿诺言。山和水可以两两相忘，日与月可以毫无瓜葛。那时候，只一个人的浮世清欢，一个人的细水长流。

享受孤独，便是一个人的浮世清欢，一个人的细水长流，多么美好。

疲倦与困意，消极与懈怠，绝望与颓丧，“轰轰隆隆”，卷土重来。

第五天

挣扎

那些让你痛苦的事，必将让你强大

如果生来就已经拥有了一切，你是否还会有继续前进的意义？是否还会有更加美好的渴望？

生命是只有一次的宝贵，我们都曾苛求完美。然而完美的只是梦境，不完美的才是人生。

是残缺给了我们对完满的渴望，是离别给了我们对重聚的憧憬，是痛苦给了我们对幸福的期许。

所以，没有谁生而完美，从不完美走向完美，才是人生应有的过程。

一年一度的颁奖典礼上，Cora 穿着一身及地的蓝色亮钻长礼服，梳着精致的盘发，在无数的闪光灯下微笑着缓缓踱步，沿着红地毯走到舞台的中央。

前不久，她凭借在电影中的出色表演，成为澳大利亚年轻人心中的新晋女神，人气随之一路飙升。她站在舞台中央，优雅而自信地向观众微笑挥手，赤裸白皙的右手臂上，露出一道长长的不规则的暗粉色疤痕。

观众对于明星的美貌一向是吹毛求疵的，作为女演员，这一道触目惊心的疤痕曾是 Cora 心里最深的伤痛，而如今，她终于有勇气毫不掩饰，以优雅的姿态将它展现。

9 岁的时候，她独自出去玩耍，在路边捡到一个小瓶子，被瓶子中残留的硫酸烧伤了右手臂，从那以后，这道伤疤便如同恶魔一般，如影随形的折磨着她。

17 岁时，因为样貌出众，她被选中参演一部家庭情景喜剧，从此走上演艺道路，这道伤疤便更加成为一种妨碍与耻辱。即便是在悉尼最热的 1 月份，她依旧裹着长袖的衣服，从来不肯将这道伤疤轻易示人。

她曾去过许多医院，甚至出国治疗，然而都没能将它去除，为此，她曾一度自暴自弃，把自己一个人关在房间里，觉得自己是这个世界上最不幸的人。而观众的遗忘速度是惊人的，在她闭门不出的那段时间里，大家已经将这个曾小有名气的女孩迅速遗忘了。

而她人生的转折，源于一部电影——《灵魂冲浪》。电影中热爱冲浪的女主人公在一次冲浪中被鲨鱼咬断了手臂之后，依旧坚持练习冲浪，最终成为世界著名的独臂冲浪选手。

这部由真实事件改编的电影，使她受到很大鼓舞，一个失去手臂的女孩都能够勇敢坚持自己的梦想，向着曾经带给她恐怖经历的海面继续出发，自己又怎么能被一个小小的伤疤阻拦前进的步伐呢！

从那以后，她开始转变心态，不再想着如何去隐藏伤疤，而是将全部的精力投入到对于角色的诠释和演绎中去。

一开始，出于好奇，人们总是关注她的伤疤和这伤疤背后的故事，但久而久之，当她的作品一部比一部更加成熟和优秀，她的人生开始变得璀璨夺目，她不仅成为倍受欢迎的女演员，更成为年轻一代励志的榜样。

而那道曾经阻碍她进步的伤疤，如今已经成为她独树一帜的标志，和突破自我的绝佳证明。

在一次采访中，她曾说："每个人的一生都有需要跨越的障碍，在抬腿之前，我曾觉得我必将失败，可是当我带着即便失败也要跨越的心态时，一抬腿，却发现自己迈了过来。”

佛家称这个世界为“娑婆世界”，译为“堪忍”，也便是指永远存在缺憾而不得完美的世界。

所以，我们所生活的这个世界，原本就是一个充满缺憾的世界，没有任何一个人的人生是完美无缺的。万事如意，不过是人们彼此之间最美好的祝福。

这世上最打动人心的故事，不是一位公主生来美丽，一生幸福，而是公主在巫婆的诅咒面前奋勇抗争，用勇气和毅力战胜困难，最终获得属于自己的幸福。

每一个女孩都是公主，只是命运之手在赋予她们幸福之前，总要她们先经历各种各样的磨难，让她们在磨难中体会失去的痛苦，尝尽世事的艰辛，然后才能明白幸福的来之不易，才能学会用精神的力量去弥补自身的不足。

断臂的维纳斯有永恒的缺憾，却拥有着永恒的美丽；太多的喜剧欢笑过就被遗忘，而莎士比亚的悲剧却拥有着经久不衰的震慑人心的力量。这是因为，缺憾原本就是一种完美，这种因残缺而衍生的美丽，远比完美无缺更加动人。

女孩，不要因为你的不完美难过，因为当你因为错过太阳而哭泣时，你也将错过群星。

缺憾并不能成为阻碍我们追求完美的障碍。既然生命有所欠缺，便应当更加努力，用更加优秀更加美好的那个自己去弥补所有的缺憾，当你的优秀和美丽足够征服别人的时候，所有的缺憾都将成为一种微不足道的存在。

真正的公主，不是畏缩在角落里把伤口小心掩饰，而是用美丽的姿态在众人面前翩翩起舞，在伤口之上，绽放出最美丽的花朵，把所有的不完美，都变成另一种完美。

当所有人都不看好你，当身边的人都比你优秀的时候，你的内心是否会坚定如初，即便破釜沉舟也不肯半路返航呢？

你渴望山巅，所以攀登向上，渴望彼岸，所以扬帆远航，可攀爬的半途可能有峭壁陡崖，有骄阳烈日，远航的半途或许有滔天巨浪，有礁石浅滩。

你会失败，会痛苦，会承受身体与心灵的种种折磨，如果倒下，你将被永远埋葬在半途，只有熬过去了，才能迎来华丽蜕变。

25 岁，当同龄人一次次跳槽、追求更高目标的时候，她选择在一家小公司里默默无闻地坚持，而 35 岁，当同龄人都已经事业稳定的时候，她却突然选择辞职创业。

如今，年近 40，已然成为身价千万的成功创业者，她却对年轻人说："不要学我，我并不是一个成功的人。"

作为 A 大毕业的优秀创业者，在毕业季前夕，她被请回学校来为毕业生们演讲，分享自己的成功经验。而她演讲的第一句话，却是告诉大家，她并不成功。

从A大毕业以后，她由于成绩平平，资历平平，面试了许久，也只是在一家小公司里找到一份行政的工作。

她勤勤恳恳地工作，一转眼就是十年。虽然公司规模不大，但好在自己也算得上是元老级的员工了，所以即便是在公司被收购的当口，她也自信满满地认为，自己绝不会是被抛弃的那一个。

然而，现实就是这样残忍，新公布的人事调动就如同一个晴天霹雳，让她所有的希望都瞬间破灭。看着自己从行政主管被降职成普通员工，工资也降了一半，她没有与其他同事一样跑去跟领导争辩，而是回到座位上，默默写了一份辞职报告。

虽然不甘心，虽然不知道该何去何从，可她也明白，这样的人事调动，其实意味着一种放弃，自己再坚持下去，根本没有任何意义。

三十多岁的女人，是经不起失业的，可现实摆在眼前，由不得她做选择。那段时间，她一边全心全意照顾丈夫和孩子，一边自己思考了自己的职业生涯，她发现自己之所以面临今天这般境遇，都是因为在该奋斗的年纪选择了安逸。

于是她下定决心，要把这十年荒废的光阴追回来，要用一场拼搏，完成人生的逆转。

她从小学习绘画，在艺术方面有一定的专长，在仔细分析了市场之后，决定创办自己的色彩工作室。

创业初期的日子是艰难的，从注册公司，到租用写字楼、装修、布置，所有的事情都要她一个人去做。

整整半年的时间，她每天只睡5个小时，常常是天没亮就起床忙碌，一转眼天都黑了，一整天连一顿饭都顾不上吃。

半年后，公司渐渐步入正轨，如何拓展业务又成了一个大难题。一次在去康复中心看望亲属的过程中，她发现康复室里所有的陈设都是单调的灰白色，让人看了心生压抑，她敏感捕捉到这将是一个很好的商机。

在与康复中心的领导联络之后，她得到一次“试点”尝试的机会——为一间自闭症儿童康复室进行色彩搭配。

她与工作室的其他几名员工一起，忙碌了几天几夜，将这间三百多平方米的康复室进行了一次重新包装。

他们在苍白的房顶画上蔚蓝的天空白云，在墙壁上画上湛蓝的海面和白帆点点，还有海鸥恣意翱翔。他们还用废旧的边角料制作了许多帮助智力恢复的创意小玩具，并将右手边的墙面做成镜面黑板，能够让孩子们在上面自由写写画画。

没有复杂的工艺，没有昂贵的材料，她说她成立工作室的初衷就是想为人们的生活增添一些色彩。孩子的世界原本就应该是简单美好的，而色彩疗法原本就是自闭症孩子康复过程中一个很有效的方法。

换装后的康复室成了孩子们的最爱，他们的心情因为色彩的简单变换而愉悦很多，康复的效果事半功倍。

毫无疑问的，她接下了整个康复中心色彩改造的单子，这是她工作室成立以来的第一个大项目，从那以后，她的事业开始步入一个新的阶段。

在演讲的最后，她总结说：“请大家不要学我，我在年轻的时候虚度了大把的时光，这是人生无可挽回的损失，如果我在你们这样的年纪就明白这个道理，我或许能拥有更大的成就。但是，我依然感谢自己，因为当命运的打击来临之时，我没有退缩，而是竭尽所能，勇敢地站了起来。”

演讲完毕，她深深鞠躬，台下的毕业生们纷纷起立，用充满激情的目光和最热烈的掌声向她致敬。

生命是一场逆风航行，总有太多风雨，太多坎坷，如果想要获胜，就只能选择奋力向前，否则随处都可能是我们葬身的终点。

有人曾说，当一个人对成功的渴望与他对空气的渴望一样时，任何的困难，都将迎刃而解。

如果你在该努力的时候倦怠，在该挣扎的时候放弃，在该勇敢的时候软弱，那么在若干年以后，当你还在人生的低谷里反复徘徊的时候，你一定会后悔，会埋怨年轻时的自己，为什么在该做成一件事的时候没有努力去做，为什么在前进时选择停留在原地。

成功并不是一蹴而就的，这背后的辛酸委屈，如果没有尝过，你永远不知道它的苦涩难忍。

可是，即便痛苦，即便委屈，即便前路无望，我们也总要奋力一试，因为唯有绕过了弯路才能看到更多的风景，唯有摔倒后爬了起来，才明白活着的意义就在于一次次的战胜命运。

人生充满坎坷磨难，而我愿意勇敢去承担。

••

人生从来都不是公平的，不是你觉得理所应当的事情，就一定会理所当然地发生，不是你认为值得拥有的东西，就能轻而易举地拥有。

夜晚的星空耀眼夺目，让人迷醉留恋，但每一颗星星在发光之

前，都曾在漫长的白日里隐于阳光之后，寂寞地游走，寂寞地等待。

那些在舞台上闪耀着光芒的人，都曾在舞台的背后付出许多无人问津的努力，那些站在山巅上俯瞰苍生的人，都曾经历过攀爬陡崖峭壁的种种艰辛。

每个人都是深海中的一条小鱼，不挣扎着向上游动，不努力躲避过天敌的追击，是无法跃出水面得见一眼天地广阔的。

你要相信，世间所有的美好，都是挣扎过后、勇敢过后我们理所应当的报偿。

她是我见过的最美丽的妈妈。

这是我在总公司年会上看到 Coco 的表现之后，心里的第一感受。

在这世上，总有一些人，无论人群多么拥挤，他们总能如群星中的月亮一般脱颖而出，让你一眼就注意到。毫无疑问，Coco 就是这样一个人。

作为两岁孩子的妈妈，她的身材好得出奇，一张说不上美丽的脸却散发着成熟女人独特的魅力，让人不愿意移开双眼。

才艺展示环节，她穿着拉丁舞裙，跳了一支热情火辣的巴西桑巴舞，成为当晚最出众的节目。演出结束，她更是落落大方地用地道的粤语与前来祝贺的总公司 CEO 攀谈一番。

一千多人的大聚会，她就这样轻而易举地成了焦点人物，同事们随口谈论的，都是她的光辉事迹。

作为跨国服装品牌，我们是永远站在时尚前沿的一群人，而Coco永远走在我们所有人的前面，因此成为所有人暗自较劲的对象。

几年前，她结婚生子，整整两年的时间，曾一度脱离公司，这给了同事们一次绝好的超越她的机会，两年后，等她休完产假回来的时候，位置早已经被他人所顶替。

“那时的我还是太天真了，我以为凭我在公司挣下的业绩，即便暂时休假，公司上层也会看在我之前业绩的份上，为我留一些余地。可是公司并不是一个讲情分的地方，哪怕你今天倒下，明天就会有人来顶替你的职位，别人只会看热闹，绝不会同情你。”这是在一次酒后她与我交心的谈话。

重新回归职场后，她顶着一个市场部副总监的空头衔，拿着跟当时还在试用期的我一样的底薪，在众人眼中，她由职场白骨精转变为满脸妊娠斑的奶妈，可谓一朝跌落谷底。那样的受冷落，对于她这种习惯了俯视别人的人来说，是无法承受的打击。

所有人都以为她会去找领导大闹，或者干脆辞职走人，可是她没有，她很温顺地接受了领导安排给她的一份毫无技术含量的工作——带新人，那个新人，就是我。

所以，Coco 其实是带我入门的老师，我礼貌地称她为师傅，可她却拒绝了，而且给我郑重地上了职场的第一课：“职场中没有师傅，也别指望别人施以援手，因为能救你的人，只有你自己。”

那一年多的时间，当顶替了 Coco 职位的人还在沾沾自喜的时候，Coco 却在没日没夜地拼命努力，她利用公众号的宣传优势，开始在网络上更新自己的时尚心得，吸引了大量的粉丝群，以此来提高自己在时尚圈中的影响力，并且在听说公司高层有拓展海外市场的动向之后，不但自学了英语、法语，还顺便学习了一口流利的粤语。

一年之后，她的公众号在时尚圈里已经很有名气，成为公司的一块活招牌。许多同行业竞争者不惜高薪来挖人。为了不让这块活招牌被挖走，公司不但升她为市场部总监，更是给出了天价的薪金。

于是，在低谷中默默无闻了两年之后，Coco 再一次回到了受人仰望的巅峰。而我有幸成了这一过程的见证者。她所教给我的东西，将够我受用一生。

大海将砂石赐予蚌壳，不是为了摧毁它，而是为了成就它，正如生命赐予我们苦难打击，不是为了打垮我们，而是为了让我们以更优雅的姿态重新站起。

人生的主题，不是甜美，而是苦涩，不是安逸，而是苦难。

是苦难孕育了我们，造就了我们，是苦难让我们一路跌到，一路承受，一路失去，然后在跌到后学会爬起，在承受后学会坦然，在失去后学会珍惜。

女孩，风雨可以淋湿你的秀发，却无法没收你的微笑，泥泞可以弄脏你的裙摆，却无法剥夺你的美丽。

命运越是给我们打击，我们便越应该优雅，别人越是希望我们哭泣，我们便越要微笑着坚强。

因为，面对挫折最好的方式，就是坦然而坚强的承担，走出困境最好的方法，就是永不言败的坚持，而给予竞争者的最好打击，就是站在比他更高的地方，高傲地把他踩在脚下。

学会把苦难当作砂砾，用坚强筑成坚固的蚌壳，用毅力完成蜕变，总有一天，我们将以珍珠一般耀眼夺目的姿态，让整个世界刮目相看。

绝望，痛苦，迷茫，我们总是徘徊在命运的漩涡之中，在疲倦与困意，消极与懈怠、绝望与颓丧之中反复挣扎，然后看着原本已经被筑起的城墙轰然倒塌，等待我们的只有彻底放弃，抑或是卷土重来。

这就是人生的路途，它从来都不是一帆风顺的，但坚强的人，能够把这一切全部化为成长的力量，让自己在每一个黑夜风雨之后，更加茁壮地生长。

在挣扎之中，可以失望，但不要轻易绝望，因为一旦放弃重新来过的机会，等待我们的将只有失败。

在挣扎之中，可以难过，但不要轻易哭泣，因为一旦让泪水盈满眼眶，整个世界的美丽也将随之模糊。

在挣扎之中，可以发怒，但不要轻易发疯，因为没有人会因为你的痛苦而心生同情，你的失态，只会成为别人冷眼嘲笑的谈资。

在挣扎之中，可以软弱，但不要轻易低头，因为命运不会因为你的服软而网开一面，你的投降，只会助长苦难的气焰，让自己永远无法重新抬头。

女孩，无论命运再怎样为难，都不要丢失自己的尊严，没有人能代替你坚强，没有人能代替你承受，苦难面前，唯有做一个内心强大的人，才能以优雅的姿态，站到最后。

当你终于战胜一切之后，你会发现，其实改变命运不需要神明，不需要别人，你自己便已然拥有足够的力量。而这些力量，正是苦难给予你的。

而你也终将活成那首歌词中所写的：

海阔天空，在勇敢以后，要拿执着，将命运的锁打破，冷漠的人，谢谢你们曾经看轻我，让我拥有好故事可以说……

没有人生来勇敢，你生来彷徨。

第六天

原宥

让生命轻装上阵

•

生命中总有许多艰难的时刻，命运会将我们推上没有后路的悬崖，逼迫我们纵身一跃，不是展翅高飞，就是跌落崖底。

没有人生来勇敢，但是在这个冷漠的世界里，你能软弱给谁看？

其实，生活中总有困境，总有难以跨越的沟沟坎坎，如果我们沉溺于过去，放任自己在痛苦中沦陷，就只会一败涂地。因为躲在阴影里不肯放过自己的人，是永远无法摆脱阴影，重获阳光的。

所以，女孩，请记住，人生中最绝望的事情不是眼前的绝境，而是心中失去了对于生活的希望。

第一次见到雯姐，是在她自己经营的那家叫彼岸花开的时尚生活馆里。早听说这家店在城西一带非常出名，那天刚好有机会，便在一位与雯姐相熟的朋友的陪伴之下，来到此处观摩。

下了出租车，我一眼就被马路边那块精致素雅的店铺招牌吸引了，白色的背景，配上淡紫色的花形文字，字旁点缀着几株线条利落的彼岸花图案，招牌下面，是简洁明亮的落地玻璃门，看过去给人一种很舒服的感觉。

一走进店里，迎面飘来一阵淡淡的花香，我顺着对面的落地玻璃窗望过去，原来在店铺后面的庭院里，围着长椅散落的种着几株紫丁香。见我们进来，大厅左侧的休息区里，一位女士放下手中的咖啡站起身，带着热情的笑容过来与我们握手。

因为早已从朋友那里听闻了她的事迹，所以我忍不住好奇地对她上下打量，贴耳的短发，显得洒脱干练，黑色暗纹蕾丝连衣裙，衬得皮肤十分白皙，举手投足之间尽显精致优雅，全然想象不出她当年黄脸婆的模样。

听朋友说，只有专科学历的她一毕业就嫁人了，丈夫是做水果生意的，家里条件还不错，但是每天要起早贪黑地忙碌。为了照应家里的生意，她每天早上4点起床去市郊批发水果，然后到店里摆货，开门营业，直到晚上10点钟才关门收工。

日子就这样一天一天忙碌着，钱赚了不少，可是她却忙得连花钱的时间都没有，转眼结婚九年，她从20多岁的妙龄少女成了中年妇女，因为长期奔波又疏于保养，皮肤粗糙，老态初显，再加上一直没有生育，因此引起婆家的不满，起初丈夫还回护于她，到后来夫妻之间的矛盾也日益激化，终于还是走到了离婚的地步。

离婚后的她觉得整个世界都塌了，无颜回娘家面对父母，无奈之下只能到厦门去投奔表姐。

那天，为了参加面试，她买了人生中的第一套正装，站在镜子前，她感到彻头彻尾的绝望，因为眼角的皱纹，走样的身材，无一不在提醒着她现实的残酷。

近十年的青春一晃而过，她依旧孑然一身，失去了年轻的资本，却什么都没有留下。

她跌坐在镜子前痛哭了一场，然后擦干眼泪，独自一个人跑到商场里，用离婚分得的财产，疯狂地购物，买了几万块钱的衣服鞋包，像是要给自己的青春一个报偿。

从那天开始，她成了一个全新的自己。以前她总觉得，作为女人照顾好家人就好，不必打扮得花枝招展的。可如今，就算是下楼去买一个早餐，她也一定选一套好看的衣服，画上淡雅的妆容才肯出门。

在聊天中，她的一句话令我印象深刻，她说："其实美丽是一种态度，女人如果对自己的外表都得过且过，那她的生活一定只能是一种生存的维系，只有无论何时何地都保持良好状态的女人，她的美丽才能令所有人折服。"

再后来，她开了这家时尚生活馆，自己做了老板，一步一步走到了现在。

她陪着我们在生活馆里逛了一圈，又坐在庭院的回廊里聊了一会儿天，时近中午，一位身材高大的外国男子从外面走进来，站在庭院门口处朝我们招手。

雯姐上前挽住他的胳膊，对我们介绍说，这是她的未婚夫，她低眉浅笑，脸颊上竟浮现出一抹羞涩。

传说中，鹰是世界上寿命最长的鸟类，平均可以活到七十岁，但是在四十岁时，它们必须做出一个抉择——要么等死，要么重生。

因为四十岁时，它们的嘴、爪子和翅膀都已经老化，唯有经历一次长达一百五十天的漫长蜕变才能重新获得飞翔的权利，但是这一过程将是痛苦的。

它们必须不停地用嘴敲击岩石，直到嘴完全脱落，然后长出新的嘴来，再用新嘴将爪子上的指甲一根一根拔下来，等待指甲重新生长。然后，再用新的指甲将身上的羽毛一根一根拔掉，等到五个月后，就会有新的羽毛生长出来。完成这一痛苦蜕变的鹰，身体状态将恢复到壮年时期，重新拥有搏击长空的能力。

其实，我们每个人的一生中，都如同鹰一样，拥有重新选择的权利，只是这种权利，需要承受蜕变的痛苦和代价去换取。畏惧蜕变的人，只能在苍老中沉沦，而勇敢涅槃的人，终将华丽回归。

而我们与鹰的区别在于，它要蜕去的是它的肉身，我们要放下的，是那些不堪回首的过往。

有人说，当前后左右都没有路时，命运一定是在鼓励你向上飞。假若命运之手曾毫不留情地将你推入崖底，不必难过，更不应自暴自弃，因为唯有放过自己，才能轻装简行，重新出发。

人生就像激流，不遇着暗礁，难以激起美丽的波浪。抛却过往的一切，在痛苦中绽放出一个最美丽的自己，既然不肯半途坠落，那就鼓足勇气，去重新给自己一个飞翔的机会。

电影《幽灵公主》中有一句很经典的台词：内心强大，才能道歉，但必须更强大，才能原谅。

人非圣贤，我们每个人都曾犯错，也都曾被别人的过错所伤害，而这世间真正的救赎，真正的解脱，唯有原谅而已。

沙粒闯入蚌的身体，蚌却愿意用体内的营养来把沙粒变成美丽的珍珠；蝙蝠咬住了野马，野马愤怒的狂奔，不但没有把蝙蝠甩掉，反而把自己累得半死。

怪罪其实是一种执念，当我们把所有不幸都归罪于他人的时候，仇恨便会在心底生根发芽，它将带走生命中的所有色彩，只留下无止境的黑暗。所以，怪罪别人，也是在惩罚自己。

而宽恕，不仅是在解脱对方，也是在解脱自己，因为宽恕，我们可以握手言和，可以将伤痛释怀，可以忘却昨日，拥抱明天。

深夜11点，小余坐在寂无人声的播音室里，看着玻璃上折射出的万家灯火，深吸一口气，缓缓开口。

清丽甜美的嗓音瞬间在城市的夜空中飘荡起来，带着淡淡的忧伤落寞，牵引着万千听众的心。

“亲爱的各位听众朋友们，大家晚上好，现在是北京时间23点整，欢迎收听《余你一生》。今天是我们的节目播出5周年的纪念日，很幸运能够陪伴你们度过这五年来的每一个夜晚。在这个特别的日子里，我已经迫不及待地想要接听第一位听众的来电了，可是在接听听众来点之前，我想先给大家讲一个故事……”

在大学里，小余和小夕是很要好很要好的朋友，她们整日形影不离，一起上课，一起吃饭，一起自习，一起逃学，她们喜欢着一样的偶像，爱看同一部电影，她们都是那所学校播音主持专业里最优秀的学生，常常一起参加比赛，一起拿奖。

她们曾对着山谷喊出彼此的名字，曾发誓今生绝不喜欢同一个男生，她们毫无保留地分享彼此的秘密和心事，曾信誓旦旦地相信这份友谊可以天长地久。

四年的时光转眼而过，当毕业季到来，作为播音专业的学生，省里广播电视台的招聘成为每个人最宝贵的实现梦想的机会。

那天早上因为下楼匆忙，小夕不小心崴了脚，原本想坚持参加完面试再去医院，但眼看脚已经肿起来了，小余承诺说，要她赶快去校医院，自己先去面试场地跟面试老师说明情况帮她调一下面试顺序，包扎完再赶过去肯定来得及。

可是到了面试的地点，小余却犹豫了，因为她在面试官口中得知，这一次播音岗位只招一个人，毫无疑问的，小夕将成为她最大的竞争者。

坐在等候区里，小余紧攥着双拳，心里有说不出的纠结。作为农村出来的孩子，她那么迫切地希望得到这份工作，来改变自己和家人的命运，有一个声音在对她说，小夕那么优秀，一定能找到更好的工作，何况她家里条件好，她的父母也会帮她的……

当面试官叫到小夕的名字时，小余沉默地坐在椅子上，紧抿双唇，一个字也没有说。当看到面试官在小夕的名字上画上一个叉的时候，她别过头去，装作什么也没有看见……

最后，小余如愿以偿进入了省广播台，她没有与小夕告别，一个人偷偷地收拾行李离开了校园，住进了单位安排的宿舍里。

时光匆匆而过，小余凭着天生的好嗓音和后天的勤奋努力，已经成了全省有名的金牌主播，但是她的心里却一天比一天压抑，她觉得自己是一个罪人，是一个应该被唾弃的人。

这些年，她从没有真正快乐过，因为心里总有一个声音在对她说，你不配拥有这一切……

直到今天，她终于下定决心把这些话讲出来，她希望这是一次迟到的忏悔。

故事讲完，她对着话筒泣不成声，她说，我不奢求原谅，我只想用这种方式来赎罪。

这时，导播突然接进来一位听众的电话，小余接起，刚听到对方说一句话，她便抑制不住地失声痛哭起来。

打来电话的，正是那个叫小夕的女孩。

小夕在电话里说："我没有想到这件小事竟然给你带来这么大的心理阴影，小余，其实那天我伤得很严重，就算你请求面试官帮我调了顺序，我也没办法赶回去参加面试，所以，你没有必要自责，这并不是你的错。这几年，你一直躲着我，我也便没有跟你联系，但我每天晚上都在收听你的节目，所以，我们其实并不曾分开过……"

午夜，从寂静无声的播音室里走出来，面对城市的万家灯火，小余第一次觉得生活是这样的轻松而美好，她仿佛是一个曾被判了监禁的犯人，受尽了煎熬痛苦，如今终于等到了刑满释放的那一天。

你的心里是否也有一道难以愈合的伤痕，总是在寂静的夜晚隐隐作痛？你是否曾祈祷能够重回过去，去弥补那些带给你痛苦折磨的种种遗憾？

可时光终究是残忍的，过往的一切都已成定局，那些犯过的错，受过的伤，谁也没有机会重新来过。既然如此，又何必执着其中，不肯放过自己，放过对方呢？

人非圣贤，总会犯错，我们每个人都是在大大小小的错误之中成长起来的，它们固然曾带给我们数不尽的遗憾，或者成为生命中难以抹去的痛苦，但是既然事实已经无法改变，不如就学会放过自己。

同样的道理，当我们因为别人的过错而受到伤害的时候，也不应该对此耿耿于怀，因为原谅永远比怨恨轻松。

与其沉溺于过去的痛苦中无法自拔，不如就潇洒地放手，用微笑代替泪水，用宽恕化解仇恨，做一株向阳盛开的向日葵，让生命中只留下灿烂与温暖。

据说，人生有一个魔咒：认为自己的不幸都是别人造成的，那便会更加不幸。

人生之事，不过一念天堂，一念地狱而已。

••

关于美好，每个人都有自己的定义。但生为女子，最重要的，不是宝马香车，不是美艳绝世，而是有本事按照自己的意愿去生活。

很多时候，我们被尘世迷了双眼，为了无谓的浮华、名誉、地位、财富而盲目奔走，随波逐流，因为琐事而迷茫烦恼，渐渐忘却，其实生命的快乐是简单而美好的，无关金钱地位，更无关他人的评价，只关乎内心的那一份安宁喜乐。

生活就是一个取舍的过程，有得到就必然有失去，谁也不能在冬天里看花，在夏日里赏雪。想要的越多，失去的便会越多。

而我们，常常因为太过贪心，所以无端为人生添附了太多的意义，以至于时时刻刻都身负重担，连原本最简单的快乐和最初单纯的梦想，都已无处安放。

所以，生命应该是一个减负的过程，行囊中的负担轻了，脚步才会轻盈，背上的负重少了，才能昂首阔步，抬头向阳。

米兰大教堂前的广场上，一阵风吹过，蜜雪仰起头，看着满天惊起的鸽子，伸手拢了拢被吹乱了的头发，心里突然感动莫名。

或许这才是生活应该有的样子吧！ 今天，是国内著名设计大奖颁奖典礼的日子，作为服装设计最高奖项的获得者，她原本应该站在颁奖典礼的现场，手握奖杯，说着千篇一律的感谢家人、感谢主办方的获奖感言。

而此刻，她却独自一人，站在意大利米兰大教堂前的广场上，对着异域的天空发呆。

昨天，她还是国内设计界炙手可热的新星，今天，她却选择放弃一切，来到米兰，成为一个一无所有的留学生。 人生就是充满各种各样的转变，而她迷恋此刻的未知。

十年前，大学三年级的她曾经有过一次留学意大利的机会，但是那时的她青春年少，认为人生最大的意义就是出人头地，她做梦都想着自己站上领奖台，成为家喻户晓的设计师的那一刻。 所以她放弃了继续深造的机会，毅然决然地步入社会，开始她为事业而打拼的征程。

她是那样一个追求完美的人，为了工作义无反顾，事事都要做到极致，可以为了一场秀而连续半年高强度工作，就像是一个上了发条的机器人，同事背地里都叫她拼命三娘。

凭着这番工作的尽头，她很快便在行业里崭露头角，拥有了自己的工作室，事业财富双丰收。

去年一年的时间里，她都在为这一次的设计大赛做准备，为了设计出最完美的作品，她昼夜赶工，光是底稿就反反复复修改了几十次，更曾因为模特没经过她同意就擅自剪了头发而大发雷霆。

作品完成后一经展出便轰动一时，她也因此成为各大时尚杂志争相采访的风云人物。

她终于如愿以偿，拿到了那个她梦寐以求的奖项，可是在接到大赛主办方通知的那一刻，她的心里竟然有说不出的落寞。

这些年来，自己像是一辆奔驰的列车，为了奔赴一个终点而努力，从未有一刻停留过，可如今终于到站了，却发现自己错失了太多旅途中的风景。她一直以为自己只有拼命努力、拼命向前跑才不会浪费生命，但到此刻才发现，原来自己才是最辜负生命的那个人，为了心底的一个执念把自己牢牢拴住，竟然忘记了，其实生命中还有许多比终点更加重要的东西。

于是，她申请了米兰的一所设计学院，放弃了在国内已经得到的一切，只身来到意大利，以一个留学生兼旅行者的身份，开始走上另一条完全不同的人生轨迹。

赫尔曼·黑塞曾说：我除了要想按照我内心自然产生的愿望去生活之外，别无他求，可这为什么如此艰难？

一辈子很长很长，即便你倾尽全力，即便你一无所求，也依旧会有许多艰难的时候，更何况，你的心里还有着许多期许，还有着许多未完成的梦想。

而生命的路途原本已多风雨，又如何能承受住如此多的重负？承载了太多的灵魂又如何能摆脱尘世的污浊？

所以，聪明的你，要学会如何去给生命减负。

抛却不值得的一切，才能留出空间，去承载有价值的东西，抛却不美好的一切，才能给自己一个机会，去拥抱生活的美好。

树木从来不曾因为叶子的凋落而悲伤，因为它知道，秋日的凋零是为了春季的重生；蝴蝶从来不曾因为蚕茧的剥离而难过，因为它知道，此刻的舍弃是为了下一刻华丽的绽放。

放弃是为了更好地得到，失去又何尝不是另一种拥有，唯有明白这个道理，才能看清生命的脉络，握住当下的幸福。

生活已然如此艰难，你又何必委屈自己，为自己增添太多的负担呢。不如为生命做一场减法，抛弃那些不必要带上路的东西，还给自己一片云淡风轻。

我们的旅途，不为功名，不为富贵，不为人前显赫，只是为了听一听夏日的蝉鸣，看一看秋日的阳光，便已然足够美好，不是么。毕竟，无论时光如何流转，那份单纯而简单的向往从不曾改变。

姑娘，愿你在这个冷漠而荒凉的世界中永存真心，放过自己，让灵魂轻盈上路。

姑娘，愿你拥有属于自己的黄金时代，从容也依旧热血，成熟却不世故。

在非洲，原住民有一种奇特的捕捉狒狒的方法：在一个被固定在地上的小木盒中，装入狒狒最爱吃的坚果，然后在盒子的上面留下一个刚刚足够狒狒把爪子伸进去的一个小洞。

狒狒看到坚果，就会把爪子从小洞中伸进去，可是当它握满坚果的时候，由于紧攥着拳头，爪子就会被卡在盒子里抽不出来，以至无法脱身，最后被原住民轻而易举的抓获。

其实，只要舍弃手中的坚果，狒狒原本可以轻易脱身，但是它们却选择死不放手，最终白白丧命。

很多时候，我们就像狒狒一样，盲目抓住一些并不重要的东西不肯放手，以至于无端为自己增添了许多的重负。

抓住了过往却抛却了未来，牢记了伤痛却遗忘了快乐，宁愿拖着沉重的步伐，艰难前行，也不肯放过自己，还给生命一片海阔天空。

而唯有原宥，能平复所有的伤痛，能成全现世的美好。

生命不能负重，女孩，记得清空你的行囊，留出双臂，去拥抱幸福，拥抱明天。

可怕的是，比你优秀的人正一边拼爹，一边拼命。

第七天

拼搏

你从不曾真正拼命过

•

女孩，你有过高烧39度依然爬起床坚持去工作的经历吗？你曾在凌晨四点爬起来在夜色笼罩中开始新一天的征程吗？你知道除夕夜万家团圆独自一人走在加班路上的凄凉吗？

如果没有过，说明你的人生还有着无限的可能，说明此刻的你没有成为那个最优秀的自己。

你或许羡慕别人的成功，但却不知，这成功的背后，是他们在你未曾看见的地方，流下了你想象不到的汗水。

很多时候，我们都太过疼爱自己，所以放任自己得过且过，放任自己随性懒散。

但假若你不能在年轻的时候逼自己一把，那么或许这一辈子，也就将这样浑浑噩噩地过去了，到临死前的那一刻，你都无法想象自己到底可以优秀成什么样子。

你无法决定太阳什么时候升起，却可以决定自己什么时候起床，无法决定生命的长度，却可以决定生命的宽度。

生命是只有一次的旅程，不要让此刻的自己成为未来自己痛恨的那个人，所以，为了成全明天的精彩，请从今天开始，努力地去拼搏。

拥挤的化妆间里，微微匆匆找了一个没人的角落换好衣服，还没来得及喝上一口水，就被工作人员催促着去为下一个节目伴舞。

她穿着水蓝色的舞蹈服，随着音乐声起，在舞台的角落里翩然起舞。

舞台的中央并不属于她，观众的掌声也不属于她，在这场表演里，她不过是站在主角身后的众多伴舞中的一个，没有人会看清她的脸，没有人能记住她的名字，可她依旧卖力地做好每一个动作，把每一支舞都跳到完美。

左脚脚踝处在隐隐作痛，那是前几天在做一个高难度动作的时候受的伤，此刻，即便是一个极轻的步伐，也会伴随着刺骨的疼痛，可是她丝毫没有迟疑，脸上挂着最美的笑容，坚持跳完了最后一个动作。

灯光熄灭，掌声响起的那一刻，她几乎站立不稳，走下舞台后，便跌坐在地上无法动弹，几个同伴上前搀起她，扶她坐在椅子上休息，她强忍着疼痛，说了一声谢谢。

“你也真是的，明明可以做一个富太太，在家享清福，却偏跟自己过不去，要受这番苦，我们要是有你这么好命，认识一个有钱的男朋友，早就拍拍屁股走人了！”同伴们又是心疼，又是抱怨地说。

“是啊，做我们这一行的，吃的是青春饭，等过几年年纪大了，跳不动了，不还是得为自己做长远打算，你这么拼命，难道还指着一辈子做伴舞不成？”

微微苦笑了一下，伸手擦去了额头的汗水。

两年前，她在一次朋友聚会中认识了前男友，他是个年轻有为的富二代，两人感情很要好，已经到了谈婚论嫁的地步，可男方唯一的要求，就是要微微放弃跳舞，在家做一个贤妻良母。

微微拒绝了，她不希望自己赋闲在家，做另一个人的附属品，舞蹈是她从小以来的梦想，她希望有一天，自己可以成为舞台的主角。

这几年，舞蹈团里的姑娘们嫁人的嫁人，转行的转行，唯有她还固执地坚持着，身上的伤病越积越多，年纪也一天天变大，家里人也开始为她的以后操心了，母亲常常劝她回老家去，开一间舞蹈学校，既轻松又能赚钱，可她始终不甘心，总觉得自己还有力气，还能再拼一把。

或许是苍天不负有心人，一个月后，舞蹈团得到了一次前往北京表演的机会，有一个独舞的节目，原本是由团里最优秀的舞蹈演员表演的，可是这位舞蹈演员却因为腰伤复发无法演出，这个独舞的机会就落在了微微的头上。

明知道自己的脚伤还没有养好，可是微微毫不犹豫地接下了这个任务。这对她来说是多么难得的一次机会，尽管医生再三反对，她还是决定冒险一试。

长达半个月的紧张排练，到演出前夕，微微的脚踝已经肿成了青紫色，可她始终咬着牙坚持，一声痛都没有喊过。

演出当天，为了展现出最好的状态，微微用彩带将肿起的脚踝紧紧缠住，还吃了两片止疼药。

演出开始，舞台上的灯光随着音乐变换着色彩，台下的观众一片寂静，微微独自一人站在她梦寐已久的舞台正中央，觉得自己仿佛穿越到了另一个世界。她随着音乐的节拍尽情舞动，因为太过投入，已经全然察觉不到脚踝的疼痛。

无数次的练习已经让每个动作都被身体牢记，她就那样优美而动情的在舞台上舞动着，让台下的所有人沉浸其中。

表演结束，观众用最热烈的掌声为她的表演做出了评价，而在走下舞台的那一刻，微微却因为脚伤被送往了医院。

由于骨头的再次错位，加重了她的伤势，她不得不在医院里度过了接下来的几个月时间，并且进行了艰难的康复训练。可是即便如此，她依旧觉得这一切都是值得的，因为她没有让机遇从眼前溜走，她用自己的坚持，换来了实现梦想的机会。

那一次完美的演出之后，微微成了舞蹈团里当之无愧的台柱子，每当说起她，团里的其他成员都会开玩笑似的说一句，“哦，你说的是那个跳起舞来不要命的微微啊”。

年少气盛的时候，每一个女孩都曾扎进对未来的憧憬里，想要拼尽全力去试试看自己以后能够成为一个怎样受人瞩目的人。

然而现实的艰难，尘世的诱惑，却让原本坚定的内心渐渐动摇，让原本清澈的双眸变得浑浊。所以，大多数长大成人的女子，都在这场战役中败下阵来。

可她们不是败给命运的不公，不是败给时光的摧残，更不是败给了某个更加优秀的人，而是败给了自己。那个在现实面前轻易妥协，轻易缴械投降的自己。

每一个有梦想的人，都必将经历与之同等的痛苦。而唯有拼搏，唯有头破血流也不肯退步的固执，才能成全我们在这个大大的世界中微不足道的小梦想。

拼搏的过程中，会有种种艰难，种种压力，然而只有坚定地走过这段路程，你才会明白，正是它们赋予了你在岁月的砥砺中美丽前行的动力。

这世界上最可怕的事情，就是比你优秀的人，比你更拼命。

我们总是很羡慕那些生活在光环里的人，她们看起来那样优秀，那样美丽，像是这世间盛开的最高傲优雅的花朵，只可远观，只可艳羡。

但没有人是生来就带着光环的，即便是池塘里最美丽的那株莲花，假若它不曾奋力生长，钻出泥潭，也不会等来在阳光下肆意绽放的那一刻。

在这世上，能够由衷获得赞美和掌声的女子，不是家世显赫养尊处优的公主，而是披荆斩棘，拼尽全力去活出自己想要的模样的女王。

女孩，摆在你面前的只有两条路，要么庸庸碌碌，沦陷在琐碎的生活里，像路边小草一样平凡而沉默地度过余生，要么逼自己一把，拼尽全力，去活出女王耀眼的姿态，头顶皇冠，让所有人拜倒在你的脚下。

努力是我们改变命运的筹码，唯有它才能让你拥有对生活的掌控权。所以，年轻的你，一定要逼自己一把，就算结局是沦陷，也要以拼搏的姿态优雅地坠落。

一凝是我心里当之无愧的女王，虽然从出身经历来说，她更像是童话里养尊处优的公主，可是作为她最好的朋友，我一直觉得，女王这个头衔远比公主更适合她。

她是人们口中说的富二代，父亲是当地的地产大亨，富甲一方，可她又不是人们口中那种只知吃喝玩乐的富二代。她的女王气场，是从骨子里透出来的，并不是依靠穿金戴银。

我与她在美国的南加州大学相识，在同一个专业读书，在同一个餐馆里打工。然而不同的是，我是家境拮据被生活所迫，她却是自力更生，不屑于花父母的钱。

同为留学生，入学第一年，我们同在餐馆里做服务生赚生活费；第二年，我还在餐馆打工，她却已经学会了法语，考过了美国驾照，结识了一群好朋友，开始建立属于自己的网站；第三年，我依旧在餐馆里打工，她已经敏锐察觉到商机，拥有了自己的第一家旗袍网店。

毕业后，我们双双回国，我为了找到人生中的第一份工作而四处面试，她已经召集了一批有志青年，开始了自己的创业之路，而初期的创业资金没有用家里一分钱，都是她在上学期间自己赚来的。

为了让自己的旗袍品牌在业界独树一帜，她四处奔走，联系泰国最好的珠宝设计师，寻找苏杭一带最好的绣娘，从网店到实体店，每一个细小的环节都力求做到极致。

短短几年的时间，当我还在为每天中午的外卖太油而烦恼的时候，一凝已经作为杰出创业青年获得了投资人的青睐。

身边的人都说，优秀是天生的，地产大亨的女儿天生就是做生意的料。可是站在女王身边最近的我，却并不这样想。

因为当别人看到她用法语流利演讲的时候，我看到的是她对着法语节目苦练发音的勤奋；当别人看到她在投资人面前从容不迫的时候，我看到的是她为了准备材料废寝忘食的消瘦和熬红了的双眼；

当别人看到她创业的傲人业绩的时候，我看到的是她因为一个小细节的不完美而与设计师反复修改、反复讨论的用心……

也只有我知道，她之所以这样努力地去奋斗，除了要实现自己的人生价值，还是为了向别人证明一件事：她的优秀，并不是因为她是谁谁谁的女儿，而是因为她的努力让她配得起这份优秀。

其实，这些年来，一凝一直是我的动力，每当看到那样优秀的她依旧那样努力奋斗的时候，我就会反观自己，是她让我明白一个人应该如何去谨慎地面对自己的生活，如何活出属于自己的那一份精彩。

一个未曾努力过就抱怨生活的人，是注定得不到同情的，因为谁也拯救不了一个自甘堕落的人。

女孩，这个世界其实是公平的，越努力的人注定越幸运，这个世界也是残酷的，摆在你面前的只有两个选择，要么出众，要么出局。

你唯一可以创造未来的方式，就是拿出自己的勇气，脚踏实地地去努力。

不要因为一时的软弱或懒散，就放任自己随波逐流，年轻的时光何其宝贵，你一不小心就会被遗落在光阴的背后，活成自己最讨厌的模样。

脆弱的时候，坚持不住的时候，就告诉自己，在你的前方，还有那么多比你更优秀的人，她们在比你更接近成功的地方，风雨无阻地前行。

而你，即便用最笨拙的姿态，也要在拼搏的道路上缓慢前行，只要不停下奋斗的脚步，总有一天能够到达终点。

努力是一个女孩最好的品质，它将帮助你跨越重重障碍，在与命运抗争的过程中掌握主动权，活出属于自己的最好的模样，成为你最想成为的那个人。

••

身为女子，这一生似乎总是在不停地跋山涉水，学习、工作、结婚、生子……蹚过这一条河，还有下一座山，走不完的路，历不完的险，没有哪一段路途是轻松无忧的。

有人说，女人不需要事业，因为做得好不如嫁得好。殊不知，一个女人最初的苍老，就是从失去自我开始的。

当你开始以家庭为借口，停止学习进步的时候，当你因为依附于一个男人而越来越没有斗志的时候，当你忙于家务琐事越来越不关注自己的美貌气质的时候，你就已经开始苍老了。

所以，女人的老去，是从失去自我、停止拼搏开始的。有些人到了 80 岁还很年轻，可有些人从 18 岁开始就已经老去了。

沐沐是 M 大中文系公认的系花，她身材高挑，容貌清丽，有着民国时期女子的那种超然出尘的绝美气质。同学们都说，她的命很好，因为在这个看脸的时代，一个女人的美貌决定了她到哪里都可以拥有特权。

但她却偏偏浪费了这种特权。大学二年级，她恋爱了，对方是她所有追求者中最不出众的那一个，长相一般，家境一般，唯一的优点，就是毫无保留地对她好。

整整两年的时间，学校论坛里最火的帖子，就是预测他们什么时候分手的那一个，底下的回帖已经数万，校园里却依然可以看到他们幸福牵手走在一起的画面。

转眼大学毕业，男友在一家外企找到工作，而沐沐通过面试，顺利进入一家会展公司做策划。两人拿着微薄的薪水，在那个物价昂贵的大都市里租了一间小公寓，过着最平凡的小日子。

于是，校园论坛里那篇已经过了气的帖子又重新被翻了出来，毕业季就是分手季，许多人义正词严地说，生活的磨难一定会让女神心灰意冷，另觅良婿。

可是沐沐却爱极了这一种生活，每天早上，两个人牵着手步行到沐沐公司楼下，然后男友挤地铁赶去自己的公司上班，下了班，两个人再一起牵着手走回家，在夜色里看着万家灯火亮起。回到家里，两人一人抱着一台电脑疯狂地加班，工作累了就放一支舞曲，挪开餐桌，在狭小的客厅里跳舞嬉闹。

周末，两人一起去上法语课，为了一个共同的出国梦做准备。闲暇时就坐车到很远的郊外，去采几束盛开的野花回来插在花瓶里，或者在柳枝倒垂的河边，各自安静地看一本书。

每个月发工资的日子，他们都会把各自工资的一半存下来，留作以后出国的费用。看着存折上越来越多的数字，沐沐觉得生活既踏实又美好。

那一年的五月，表姐结婚，表姐夫家里很富有，婆家给准备了一套大三居的新房，还有几十万的彩礼。

沐沐带着男朋友回家去参加婚礼。在婚礼上，表姐对她说，我从小就没有你漂亮，没有你出众，今天我终于赢了你一局，因为我嫁了一个更加优秀的男人。

沐沐举起酒杯，微笑着说了一声恭喜。

三年后，沐沐和男友双双通过了法国留学的申请，他们取出这几年辛苦攒下的钱，登上了飞往法国的飞机。

在出国之前，他们领证结婚了，因为所有的积蓄都要留着出国用，他们没有办婚礼，男友觉得很愧疚，沐沐却说，法国之行就是他们最好的蜜月之旅。

毕业后，他们选择留在了法国，异国他乡，无论是生活还是工作都有诸多不易，然而他们相互扶持，共同度过了那段最艰难的岁月，日子渐渐安稳富足起来。

那天，作为公司里唯一一个华人，沐沐负责接待了从中国远道而来的客户，帮公司签下了一个成交额数千万美金的大项目。劳累了一天已经沉沉睡去的她，却在后半夜突然接到尚在哺乳期的表姐的电话。

表姐在电话里泣不成声地对她哭诉，说是在表姐夫的手机里看到了暧昧短信，"沐沐，我真没想到他竟然是这种人，我为了照顾这个家，辞了职一心一意地照顾孩子照顾他，可他竟然在外面背着我跟别的女人暧昧不清，我真的不知道该怎么办……"

放下电话，沐沐为表姐感到担忧不已，可当转过头看着自己身边熟睡的丈夫，她却也为自己的选择感到庆幸。她的庆幸，不是因为自己找了一个永不会变心的男人，而是因为假若这个男人真的同表姐夫一样给她难堪，她还是拥有转身潇洒走开的资本。

不知从什么时候开始，人们开始推崇一夜凤凰的出头方式，认为女人嫁得好才是硬道理，似乎是投资一个有能力的老公，远比投资自己来得容易。

所以很多女孩都忘记了，她们其实原本可以靠自己的努力去活出一个精彩的人生来。她们花尽心思去经营一个男人的一生，却放任自己一日日懒散堕落，然后，当身边那个男人足够优秀，优秀到让自己没有安全感的时候，转而开始埋怨命运的不公。

在漫长的旧社会里，女人一直是依附于男性的弱势群体，所以即便在男女平等的当下，女强人这个称呼里，也依旧带着些许同情与嘲讽的意味。

诚然，事业的成功无法弥补爱情的缺憾，但同样的道理，即便拥有感天动地的爱情，也无法替代一个人在事业与梦想上的缺失。

所以，女孩，永远不要为了爱情与家庭放弃自己心中的梦想，因为属于你的江湖，并不是一个男人的怀抱。

就像《离婚律师》中的那段经典台词：我认真做人，努力工作，为的就是当站在我爱的人身边，不管他富甲一方，还是一无所有，我都可以张开双手坦然拥抱他。他富有，我不用觉得自己高攀，他贫穷，我们也不至于落魄。

我们在残忍的世界里拼尽全力，不是为了与众不同，而是为了牢牢把命运掌握在自己的手中，不必因为别人的背叛而恐惧，不必因为没有人爱而悲戚。

是为了用最好的状态来迎接明天，当机遇摆在眼前，能够自信地说一句我可以，当挑战摆在眼前，能够有能力优雅地去跨越。

更是为了活出自我的骄傲，为了配得上最高贵的赞美，为了完成从灰姑娘到女王的华丽蜕变。

即使有一天，我们终将老去，也要用拼搏的姿态告诉世人，我们将带着女王的光环，优雅而美丽地老去。

在童话故事里，一无所有的灰姑娘总是可以遇到那个命中注定的王子，然后从此跟王子幸福快乐地生活在一起。

但是女孩，当你长大成人以后，就应该明白，生活并不是一场通话，与王子幸福一生的美梦并不是每个女孩都能够拥有的殊荣。

所以，灰姑娘想要变成公主，需要依靠的不是王子，而是自己。

生活是一场谈判，当你的手中握有足够的筹码时，才能够自信地坐在谈判桌前，无论眼前怎样风云变幻，都能立于不败之地。

而拼搏，将是你获得筹码，赢得谈判的唯一路径。 当你拼搏到感动上苍的时候，全世界都会为你的梦想开路。

冰心在诗中这样写：成功的花，人们只惊羡她现时的明艳，然而当初她的芽儿，浸透了奋斗的泪泉，洒遍了牺牲的血雨。

我们都想做那株在阳光下耀眼绽放的花朵，可是在绽放之前，你将挨过漫长的寒冬，你将不得不在泥土中挣扎喘息，你将承受别人无情的踩踏与风雨的肆意摧残。

而结局，不是奋力向上，成长为挺拔向阳的模样，就是委身于泥土，永远没有出头之日。 女孩，你将作何选择？

努力的你是一匹骏马，明艳无匹。

第八天

奋起

不如意的人生，当奋起直追

•

人的一生，总是有着太多的不如意，世途的艰难，前路的迷茫，物质的窘迫，精神的贫乏，独行的寂寞，离散的痛苦……

在梦里，生命总是一副圆满无缺的样子，有漫山遍野的樱花绚烂，有盛夏夜晚的烟火璀璨。可是，睁开眼，现实却常常是一片虚无，想要的得不到，不想要的却逃不掉。

好在，所有的不完美都只是开始，我们还有大把的时光可以完成对抗。

当所有的不完美都在你的执着与奋起中一点点走向完美，当生活中并不美丽的一切都在你的细心打点下一点点变得美丽，生命便成了一个从荒凉走向繁盛的过程。

女孩，生命并不美好，但你要坚信，这只是它最初的模样，当你愿意化身成一个雕刻者，在时光中尽心尽力地去把它悉心打磨，总有一天，它会变成你心中所想的那个最美好的样子。

每个人在最初的时候，都曾是一个并不完美的自己，但是这只是开始，并非结局。

听过茵茵唱歌的人都说，她天生就应该是一个歌手。能够拥有如此美丽的嗓音，这是老天爷赐予她的最宝贵的礼物。

所以，即使是在女孩子最爱美的十七八岁的年纪中，茵茵也从来没有觉得外表会成为阻碍自己追梦的绊脚石。毕竟，能够拥有天赋，能够靠才华吃饭的人不多，而她有幸成为了其中一个。

直到那一天，站在舞台上的她，从观众的眼中，看到了无情的戏谑与嘲笑。

20 岁那一年，当地电视台举办了一次大型的校园杯女生歌唱比赛，正在音乐学院读大三的茵茵凭借着完美的嗓音从海选的众多选手中脱颖而出，一路过关斩将，杀入了决赛。每一位听过她演唱的专业评委，都对她竖起大拇指。

这给了她极大的自信，在舞台上也发挥得越来越出色了。

决赛之前，曾有人劝说她减肥，甚至劝她去整容，可是她对此感到不屑一顾，她认为只有没有才华的人，才需要靠一张漂亮的脸蛋去获得别人的认可，而自己不需要。

可令她没有想到的是，决赛与初选不同，为了增加收视率，人气的高低超越评委成了决定选手去留的主要依据。

当二十强的选手同时出现在舞台上的时候，身材臃肿、素面朝天的茵茵显得那样突兀与格格不入，在那些或高挑美艳，或娇俏可爱的美女中间，茵茵就像是不小心错入天鹅群里的丑小鸭，那样孤单却又那样显眼。

比赛开始，每一位选手上场，台下都有热心的粉丝举起写着她们名字的灯牌，为她们鼓掌助威，可是当茵茵走上台的时候，音乐还没有开始，台下已经响起一片唏嘘之声，甚至有人直接大喊着“恐龙”，她在一片嘲笑声中强忍着泪水开口，动听的声音被淹没在观众的倒彩声中。

茵茵的决赛之路还没有开始，就这样仓促结束了，当晚粉丝的投票环节，她成了第一个被淘汰的选手。

比赛之后，她签约了一家唱片公司，本以为有机会出属于自己的唱片，没想到公司却安排她去给别人替唱。

与她一同签约公司的女孩，因为样貌出众，很快发行了单曲，但是由于唱功不佳，公司希望茵茵成为那个在幕后贡献声音的人，并开出了很可观的报酬。

茵茵果断拒绝，没想到经纪人瞬间变了脸，用手指了指她，毫不客气地说："就凭你这长相，别做梦了，公司不是慈善机构，不可能冒着赔钱的风险给你出专辑，让你代唱已经是对你最好的安排了。"

茵茵摔门而去，只是为了保留自己的最后一点尊严，因为她怕再多待一刻，或者多争辩一句，泪水就会夺眶而出。

从那天开始，公司就像是遗忘了这个人一样，没有给她安排过一份演出，她只能自己出去接一些商演来维持生计。

茵茵的心里憋着一股劲，她开始拼命地减肥，开始尝试各种能够让自己变美的方法。严苛的饮食，高强度的运动，每当坚持不下去了，她就回想比赛时台下观众大喊"恐龙"的情景。

三年后，与公司的合约到期，当茵茵脱胎换骨地站在众人面前，所有人都大吃一惊。苗条的身材，白皙的皮肤，齐腰的长发，精致的妆容，虽然依旧称不上是倾国倾城，但用来匹配她作为歌手的完美嗓音，却已经足够了。

经纪人说尽了好话希望她能与公司继续签约，茵茵却用一个潇洒的转身挽回了自己迟来的尊严。

转身离开的那一刻，茵茵感觉到无比的轻松，她用了整整三年的时间完成了一次蜕变，蜕变之后的自己，终于重新获得勇气，也终于明白，追梦的路上，靠的不只是才华，也不只是脸，关键是永不服输的那股劲头。

女孩，这个世界并不是慈善机构，并不是所有人都能心甘情愿地去宠爱一个并不完美的你。

所以，当你还是一个丑小鸭的时候，就不要妄想别人去赞美你的美丽；当你还在泥潭里打滚的时候，就不要妄想有人能驮着你飞翔。

没有人有义务接受和纵容一个并不优秀的你，这就是这个世界的冷漠与残酷，却也是这个世界不变的生存法则。

别再祈求，别再心存幻想，你能依靠的人只有自己。

从今天起，努力去让自己变成梦中的那个人吧，即便无法成为完美无缺的公主，也至少让余生的每一天，都看到一个更加优秀、更加美丽的自己。

因为在并不如意的人生里，除了奋起直追，再没有自我救赎的更好办法。

有一天，当你终于把自己雕刻成自己所期待的那副样子，曾经看不起你的那些人，都将把嘲笑化作笑脸，真心地为你鼓掌与喝彩。

而你也终将明白，一个人祈祷的姿势再虔诚，如果不能自己爬起来向前，也不可能到达想要去的远方，因为跪在地上的人，除了短暂的怜悯同情，终将一无所获，而能拯救你的人，只有你自己。

：

有梦想的人是幸运的，因为纵然今天身陷囹圄，也总有一个未来可以期待，纵然此刻身陷迷茫，也总有一盏明灯闪亮在远方。

可是，假若人生中尚未出现那个可以为之孤注一掷的梦想，是否就应该安然于眼前的困境，放弃对明天的美好幻想？

并不是每一次旅途，都在上路前就认定好了终点，并不是每一次开始，都注定会有一成不变的结局。

所以，人生中最可怕的事情，不是不知道为了什么出发，而是从一开始，就剥夺了自己出发的权利。

梅雨季节，南方的小城里一直是湿湿嗒嗒的，缠绵的小雨淅淅沥沥下个不停。菁蕾撑着一把浅灰色的雨伞，一个人走在下班回家的路上，刚好路过一家花店。

店里盆栽的郁金香和风信子开得正好，隐隐的花香从潮湿的空气中飘过来，让人的心情也跟着好起来。她走进花店里，可是在各色美丽的鲜花里转了许久，最后只选了一盆小小的绿植。

每个月除了房租和生活费，她微薄的工资都所剩无几，想着这个月还要备出同学婚礼的礼金钱，她的心里就隐隐发愁。

毕业两年，虽然看上去是一份事业单位的稳定工作，可一成不变的生活似乎也把人的激情渐渐消磨殆尽了，每天浑浑噩噩的混日子，不知道自己的未来在哪里，更不知道生命的意义在哪里。

晚上，同学打电话来，说是要在结婚前开一场单身夜Party，时间定在明天晚上。她欣然答应，放下电话便急忙打开衣柜，直到翻出一套还勉强拿得出手的衣服，把它熨烫平整挂了起来，才放心地上床睡觉。

Party当晚，昔日的同学聚齐了一大半，有一些还是特意从外地赶回来参加婚礼的，菁蕾刚进门，就被几个女同学拉了过去，许久不见，自然不免问长问短，说说各自的近况，菁蕾安静地在一旁听着，很少搭言。听着大家分享着各自精彩万分的生活状态，她的心里像是堵了一块大石头。

酒至半酣，菁蕾看见了一个熟悉的身影。那是他上学时曾暗恋过的一个男生，在学校时就很优秀，如今更是西装革履，一副成功人士的样子。听说，他在上海发展得很好，已经拥有了属于自己的公司。

几年不见，菁蕾忍不住上前去打招呼，他很绅士地在吧台边让出一个座位来给她。

或许是许久不见有颇多感慨，也或许是酒后吐真言，聊了一会儿，菁蕾开始诉说起自己的迷茫来，她告诉他她其实一直都想去大城市闯一闯，可是又害怕最终是竹篮打水一场空。

她说了很多很多，她想，或许身在大城市的他能够给自己一些意见。

可是，他沉默地听完了她长篇大论的抱怨，最后只是很不耐烦地丢下了一句："既然你这么想出去闯闯，就去努力啊！光想有什么用。"

那一刻，菁蕾就像是被人当头浇了一盆冷水。

她一个人离开欢闹的人群，来到清冷的夜色之中，夜晚的凉风吹在脸上，她突然觉得异常清醒。

是啊，怕有什么用，抱怨有什么用，到头来不过是承认了自己的懦弱和无能。

一个月后，菁蕾拿着仅有的一个月的工资，只身一人来到了上海，为了能够在这里立足，她每天拼命地工作，还在工作之外找了两份兼职的工作，把空余的时间都安排得满满当当。

虽然每天躺在床上的那一刻都累得再也不想起来，可是她却觉得生活充满了干劲。

其实，她并不知道自己的未来在哪里，但她唯一知道的是，自己想要在这座灯火辉煌的大城市中站稳脚跟，想要在十年、二十年以后，成为一个能够按照自己的意愿去选择人生的人，而不是在一座小城市里无所事事地苍老下去。

而对于那个自己曾暗恋过的男生，虽然身在同一个城市，她却再也没有主动联系过。她已经不再暗恋他，可她依旧感激他，感激他在那个晚上，说出了那句改变她命运的话。

那句话就如同一根导火索，帮助她在迷茫之中挣脱出来，实现了人生的一次绚烂的绽放。

很多时候，我们不知道自己想要什么，但是却知道自己最不想要的是什么。

幸福是因人而异的，并没有一个固定的标准，而人活一世，其实求的不过是自己心里的那份坦然。

假若眼前的生活方式无法让自己的心灵获得满足，那么即使全世界拍手称赞，我也不愿就此沉沦。而假若这一份艰辛能够换来想要的幸福，那么即使遍体鳞伤，我也愿放手一搏。

或许最终等待我的不是成功，但至少我曾有过这一段经历，曾有过勇敢前行的勇气，而这一切，已然足够成为不后悔的理由。

女孩，你在乎别人，在乎这个世界，可首先要在乎自己，你对得起别人，对得起世界，可首先要对得起自己。

我们想要的幸福，就是不要委屈自己，去成为那个连自己都看不起自己的人。

所以，即便前方是一段孤身上路的寂寞旅程，即便崎岖的路途让你步履艰难，也要一直一直地走下去。

回过头，是终将被遗忘的过去，是那个没有追求、没有未来的自己，而向前走，就终有一天能走出沙漠，看见绿洲。

或许现在的你还没有梦想，所以停留在原地虚度光阴，所以迷茫困顿，不知所措。但是不要紧，只要你的心里还有一种改写命运的渴望，还有一种不想被生活紧紧束缚、随波逐流的不甘，那么，就可以坚强起来，勇敢地上路。

与其在生活的漩涡里沉沦、死去，还不如来一场华丽的冒险。

就像只有硬币被抛在空中的那一刻你才会明白心中的渴望，脚步唯有踩在通往明天的土地上，你才会知道自己真正向往的是哪个方向。

在前行的半途，你终会找到属于自己的那盏明灯。

••

有人说，人生是一条苦难的河。没有经历过苦与痛，便不会懂得生命中的甘与甜。

只要活着，就会有许多烦恼和痛苦，而我们，不是选择去做一个战胜苦难的强者，便是成为一个屈服于苦难的弱者。

真正的勇敢，不是在风和日丽的天气里出门远行，而是即便狂风大作、雷雨交加，也能顶风冒雨，执着于远方。

真正的强者，不是在没有阻碍的阳光大道上走向成功，而是即便困难重重、艰险不断，依然能够排除万难，收获荣耀。

所以，苦难，既是绝境，也是机会。当你被它所打败，被它所恐吓，踟蹰不前的时候，它会成为葬送你的绝境。而当你化身为剑，崭露锋芒的时候，它便会成为锻造你的火焰，让你淬火而生，变得更加强大，更加无敌。

你是否曾看过一部名叫《风雨哈佛路》的电影？它曾感动过无数人，也激励过无数人。这部电影并非虚构，而是改编自一个真实的励志故事。

她叫莉丝·默里，是美国著名的励志演说家，更是感动全美的奇迹女孩。她曾经历过最残酷的命运考验，却用最美丽的笑容，用拼搏的血泪，在这残酷之上浇灌出了最耀眼的花朵。

命运对于年少时的莉丝来说，或许更像是一场闹剧，它滑稽到超越了现实应该有的模样，却以残忍的面貌，一次次无情地将她推向悲剧的深渊。

出生在纽约布朗克斯区的贫民窟，有着一双吸毒成瘾的父母，她从降临人世的那一刻起，就注定无法像其他孩子一样获得家庭的温暖与呵护。

从有记忆起，她就几乎没有吃过一顿饱饭，甚至常常拿冰块和牙膏来充饥。但她命运的坎坷还远不仅止于此，10 岁时，莉丝的母亲被检查出感染了艾滋病，家里的状况变得更加凄惨，年幼的她不得不承担起照顾母亲的重担，为了活下去，不得不外出去乞讨。

在 15 岁以前，莉丝并不知道自己的未来是什么样子，因为她所有的精力都不得不花在如何寻找食物和照顾母亲上。当一个人连今天的日子如何挨过都不知道时，是没有憧憬明天的权利的。

15 岁时，母亲过世，父亲进了收容所，莉丝成了一个孤儿，无家可归，流落街头。可是，在那些个无处安眠的夜晚，她却在清冷的街头一遍一遍在心里发誓，自己一定要改变命运，绝不要像父母那样，做轻易放弃人生希望的人。

为了能够回到学校读书，她一家家学校去申请入学，对学校发誓自己一定会努力学习，保证每一门功课都拿到 A。

17 岁时，她终于获得了读高中的机会。白日里，她穿着破旧的衣服，却是学校里最优秀的学生，而放学后，她却只是个无家可归的流浪儿，在马路边借着路灯的光亮埋头苦读。

无数个望不见未来的日日夜夜，她凭借着自己心里的执着和那一点光亮坚持了下来，只是为了未来的某一天，自己可以将命运踩在脚下，成为自己梦中那光彩夺目的样子。

最后，莉丝用了两年的时间完成了高中四年的全部课程，并且每一门课程都拿到了 A，她以全校第一名的成绩考入了哈佛大学。

《纽约时报》对她的事迹作了专门报道，并且为她颁发了 12000 美元的奖学金。一夜之间，整个纽约都为之感动，民众自发筹集了 20 万美元的助学金，资助这位凭借顽强的毅力和永不言败的精神逆袭成功的女孩。

走进哈佛大学的校园，莉丝终于可以大胆地去畅想自己的未来，因为从泥泞之中奋力爬出来的她，终于生出一双翅膀，可以摆脱命运的深渊，飞向任何她想要到达的地方。

而莉丝的事迹之所以感人，不仅仅是因为她在面对困境时表现出来的顽强坚毅，更是因为她的乐观与感恩。

她曾说："生活不会因为你的失落与沮丧而改变，一味地伤心只会堵塞自己前方的路途而使自己更加沉沦。"

她也感谢每一个曾帮助过她的人，并将"感恩"视为人生中最首要的品质，"我不知道为什么，但感恩的心从我记事时起就深含在我的内心。我知道我需要改变，我没有了妈妈，但我却有我自己。面对人生你可以选择怨恨也可以选择感恩。"

女孩，假若现在的境遇差到了极点，那你应该庆幸，因为它至少不会变得更差了，那又何必害怕呢！

再沉重的担子，笑着也是担，哭着也是担，如果必须用你柔弱的肩膀担起来，那就笑着去担吧，虽然肩膀因此粗糙，却留给自己一张美丽的笑脸。

再不顺的生活，笑着也是过，哭着也是过。既然现实无法改变，那就微笑着撑过去，留一双清澈的眼睛，至少不会错过这一路的风景。

痛苦，是人生必经的过程，而奋起，是你改变命运的唯一选择。

当你因为抱怨命运的不公而原地哭泣时，有些人正在顶风冒雨的前行；当你因为没有一座大房子而难过的时候，有些人正为了一个遥不可及的梦想流落街头；当你因为自己的成就沾沾自喜的时候，有些人已经朝着下一个目标继续出发……

距离就是在这一分一秒的微小差距中渐渐拉开的，当你发觉它的存在时，时间已经把那些更加努力的人推向了那个令我们可望而不可即的高处。

所以，女孩，收起你的抱怨，收起你的软弱和懒散，余下的时光里，趁着岁月正好，整装出发吧。

••

这个世界有时候很坏，它不会对你温柔以待，甚至会将命运的不公、社会的残酷、生活的艰难一股脑的倾注在你面前，让你时时刻刻被这一切围绕，想要跨越，却无能为力。

人生中总是有太多的事与愿违，总是有太多的情绪无以言说。

也许会有那么一个时刻，你曾有眼泪止都止不住的委屈，或者曾有想哭都哭不出来的辛酸。

但是，你并不是这世上最不幸的人，因为总有比你更不幸的人，还在无望的深渊里苦苦坚持。在你不曾看到的地方，总有一些人比你承受着更多的痛苦。

生活如山，需要负重前行，谁不是在苦苦煎熬？

可是，这世界也很好，因为它不会亏待任何一个努力的人。所有的不如意，在你奋起直追以后，都将得到应有的报偿。

如果此刻的你还没有看到这些报偿的影子，不是因为它不存在，而是因为你还没有到达终点。

人生越是荒凉，我们越应该活出灿烂美好的模样；命运越是残酷，我们越应该拿出永不服输的斗志；未来越是迷茫，我们越应该迈出坚定不移的步伐。

当生命是一条凹陷的鸿沟，我们就用双手去把它填满；当生命是一块突兀的土丘，我们就用脚步去把它压实。生活的激情不是来自于它的姿态，而是源自于我们不肯屈服的内心。

女孩，愿你历经风雨后，依然拥有明媚的笑颜；愿你颠沛流离后，依然心有所归。

愿努力的你是一匹骏马，在洗尽纤尘之后，依然明艳无匹。

一路行走，一路歌唱，一路花开，一路斜阳，管它荆棘遍野，山高水长。换个角度欣赏自己的与众不同，自信的人更能把劣势化为优势。

第九天

自信

自信是女人最好的化妆品

•

不得不承认，这是一个看脸的时代，天生丽质的佳人似乎拥有一种特权，能够在许多地方得到优待。所以，作为上天垂怜的幸运儿，漂亮的女孩子总是拥有更多的自信。

但是，这并不代表相貌普通的女子便彻底失去拥有自信魅力的权利，只能像星星一样被皎洁的月亮遮去光辉，低着头在漆黑的天幕中行走，隐于亿万颗群星之中，做众星拱月的陪衬。

人们常说，美与不美，重要看气质。美丽并没有一个统一的标准，无论是甜美可人的邻家妹妹、温文尔雅的文静淑女，还是气质高贵的傲娇女王，只要你拥有自己独特的气质，展现出自己独特的风采，便总会在这个看脸的世界里拥有属于自己的一席之地。

而女人的气质，首先来自于自信。当你精心打扮成最适合自己的风格，当你昂首阔步，沉着淡定地走在众人面前，当你即便生活落魄脸上也挂着迷人的微笑，你就会成为一道风景。

单眼皮，小眼睛，厚嘴唇，黑皮肤，小雀斑，目测身高应该不到160，我眼前的女孩和美女两个字根本不挨边儿，更别说传统审美中的三庭五眼、四高三低了。她是S的朋友，S是我的朋友。第一次在舞会上见面，她大方地介绍自己："我叫H，是M网站的时尚博主，喜欢美妆和收集各类古着。”

我这才仔细审视起眼前这个女孩子的造型，的确……别致。银灰色的假发，巨大的复古菱形项链，大紫色的抹胸上装，鲜黄色的半身A字蓬蓬短裙。忽略背景人群，她这身行头更应该出现在COSPLAY大赛上。面对众人投来的怪异眼光，H倒是十分大方得体，她自信满满地在人群中穿梭，时而与闺蜜隔空碰杯，时而与商界精英侃侃而谈。舞场上，她灵动的舞姿，因迁就舞伴而放慢的步伐，让刚才还对她着装颇有微词的众人刮目相看。一曲终了，她还不忘双脚交叉，俯身曲手向观众致意。一气呵成的老练，百毒不侵的自信就像两道无形的光芒夹持着面前这个其貌不扬却气场强大的女孩。不久前还以貌取人的我觉得自己的价值评判系统是时候需要在线升级一下了。

S介绍说，H是地地道道的网红，不靠整容拉人气，不炒作自己搏出位，老老实实平本事打天下，绝对是网红界的一道清流。平台经营不到一年，主营美妆产品，粉丝不多，也就一百多万吧，但已创造了诸多线上交易的神话，S打趣道。我的眼珠子和下巴被惊得差点一起掉下来，视线不自觉追逐着H。

H似乎也注意到了我，过来打招呼，我们聊起天来。都是S朋友，酒过几巡后也都不再拘束，共同话题也就多了起来。舞会结束，没聊尽兴，于是互留名片，相约改天一起去爬山。

半个月过去了，我早就把当时的即兴提议抛诸脑后，想不到H真的约我了。第二次见面，她穿一件烫绒粉色波点运动衣，紧身很显身材，头上顶着一个大大的黑色复古蝴蝶结。我这才注意到，她身材保持得非常好，平时一定经常健身。小麦色的皮肤，在阳光下熠熠生辉，活力四射。H就像万磁王，走到哪儿，人们的目光就被吸到哪儿。而她也只是抿抿嘴耸耸肩，别有一番“清风拂山岗，明月照大江”的意味。“你知道吗？两年前的我和现在完全不同，我非常自卑，甚至一度想去整容。”H话锋突然一转，我有点始料未及。

“很多人告诉我，你根本做不了网红。起初做直播的时候，长相问题饱受诟病，没有大眼小脸混血颜，我又很懒，不喜欢滤镜和P图。网红圈，没有这两样，基本没有前途。正当我在整容和放弃梦想之间犹豫不决时，改变我一生的人出现了，我现在的先生。第一次见到我时，他目不转睛地盯着我看了很久。他的唐突让我有点手足无措，就问他到底看够了没有。他这才回过神来，连连抱歉。之后对我说，你知道吗？你真的太美了，而且是那种非同寻常的美，如果可以的话我想让你做我的模特。”

“于是他就‘假公济私’地对你展开了疯狂的追求攻势对吗？哈哈，顺便问下你先生是什么职业。”

“他是一名专业摄影师，拿过不少国际奖项。也许是看过了太多主流美女，才会被我这张不太‘主流’的脸惊艳到吧。”H幽默得自嘲着，目光望向远处，我们此时已经爬到了山顶。

“让我猜猜故事的结局吧。最后灰姑娘终于找到了她的王子，王子不介意脱下水晶鞋的灰姑娘脚臭，灰姑娘也不介意不骑马的王子个矮，两人从此过上了幸福的生活，故事完。”我们俩笑得上气不接下气。

后来我得知，他们的生活远比童话更梦幻。她先生辞去了稳定的工作，给她做起了全职的摄影师兼保姆保镖。在他的镜头下，她呈现出了超乎想象、难以捕捉的美。看清了自己的优势后，她也越来越懂得经营自己的事业和生活，于是整个人就绽放出了前所未有的光彩。

我暗暗地为H松了一口气，假如她稀里糊涂为了迎合主流审美而去整了容，世间岂不是少了件独特而真实的艺术品，多了一个橱窗里的瓷娃娃？

容颜再美丽，也只是暂时，20岁时，你可以因为美貌而自信，那等 30 岁以后，当皱纹爬上脸颊，当岁月赐给你苍老，你又将拿什么维持自己的美丽和优雅？

这世上有许多样貌并不出众的女子，可她们无论在什么场合中，都能够成为人群中最耀眼的焦点，时时刻刻光彩照人，她们从不担心有一天会苍老，因为她们已将自信化为自己独特的气质，深入骨髓，就像是陈年美酒，永远散发着诱人的味道。

女孩，假若你天生美貌，不必窃喜，因为如果没有自信的衬托，再倾国倾城的容颜也只会带给人一时的惊艳，而惊艳过后，便是失望；

假若你姿色平凡，也不必自卑，因为有一种美丽叫作自信，你可以相貌平平，但一定要有惊鸿之态。

当你带着足够的自信，用属于自己的风格去诠释心里对于美丽的期许的时候，站在众人面前的你，便已然成为一道美丽的风景，不需过多修饰，不需过多言语。而这就是自信赋予一个女人的独特魅力。

:

在自己擅长的领域中，每个人都能做到昂首挺胸，淡定从容。

但是，当前方的道路是一片迷茫未知，当命运的手掌将你推向一个完全陌生的领域，当在一件事情上反复失败时，你是否还能自信的挺起胸膛，笑着做完该做的事情？

真正的自信，并不是在自己擅长的地方胸有成竹，而是即便面对未知，面对挑战，甚至即便明知会失败，也依旧沉着从容，就算是跌倒，也要用最美丽的姿态落地，然后优雅地起身，昂首阔步，将所有的嘲笑都抛在身后。

自信的女子，无论在任何情形之下，都能够昂首挺胸，用淡定从容的表情应对一切，用优雅而迷人的微笑化解所有尴尬与否定，让人们折服于她的气质，忘记她的失败，只记住她的风采与魅力。

时隔七年，再次踏上祖国的土地，向晴的心里有说不出来的激动和感慨，在外发展多年，这一次赶在中秋节前归国，除了为了与久别的家人重聚外，她还有一个重要的目的，就是在国内举办她从事艺术事业10周年的画展。

虽然久不回国，但她的名字在国内艺术界还是叫得响的，尤其是前年她的作品被国内一家知名美术馆巡回展出后，更是名气大增。

画展的发布会上，许多记者和同行慕名而来，而发布会上最受大家瞩目的竟然不是向晴和她的画展本身，而是那个初出茅庐毫无名气的策展人。

一次画展的成功举办，除了要靠画家本身的知名度，策展人的策划与宣传能力也有着关乎成败的重要影响，而对向晴来说至关重要的10周年画展，为何会交到一个几乎没有过成功经验的新人手中，这让所有人感到既惊讶又好奇。

这位策展人名叫岑澈，今年刚刚26岁，入行不过短短两年，虽然之前策划的几次艺展都很成功，但毕竟没有过参与大型展览策划的漂亮履历。

发布会现场，岑澈衣着打扮简单而精致，犹带着年轻女孩青春靓丽的气息，但言谈举止却从容而自信，任凭记者提问的言辞犀利，也始终不温不火，微笑应答。

而说起她与这次画展之间的缘分，其实源于一件小事。

回国后不久，在朋友为向晴接风而组织的一次聚会上，岑澈也在邀请之列。

虽然朋友极力推荐，但起初，这个话语不多的女孩并没有引起向晴的过多注意。后来，大家在酒吧里玩High了，有人提议玩真心话大冒险。而猜拳输了的岑澈被要求上台唱歌。

那天正是周末，酒吧里客人很多，岑澈说自己五音不全，但是愿赌服输，竟然就真的上台去了，那个帅帅的酒吧歌手很Nice的把话筒递给了她。

她拿起话筒，用一个很优雅的姿势站定，缓缓开口。

起初，台下的人们都好奇地盯着她，等待着欣赏这个唐突上台的女孩的精彩表演。可是她一开口，台下的人们先是一愣，随后便或笑或叫起来了。

她的嗓音还算甜美，可是的确五音不全，歌声说不上刺耳，但显然是拿不上台面去的。台下的听众多已经喝得半醉了，顿时倒彩声一片，整个酒吧像是炸了锅一样。

两个朋友看到这样的情形，急忙上前去帮她解围，一边给大家鞠躬道歉，一边打算上台去把她迎下来。

然而，令在场的人都感到吃惊的是，那个看起来单薄瘦弱的女孩，在那样的情景之下，竟然依旧优雅地站在台上，双眼微闭，用脚轻轻打着节拍，继续深情的演唱着，丝毫没有受到影响。

酒吧里喧闹的人群渐渐安静下来，人们似乎被她的勇气和自信所折服，竟然异常安静地听完了她的整首歌。

演唱完毕，岑潋很礼貌地深深鞠躬，以一个完美的 Ending 动作结束了自己的整首歌。

在她走下舞台的那一刻，向晴带头为她鼓掌，酒吧里随后响起了一片由衷的掌声。

从那一刻起，向晴便决定要把自己的画展交给这个虽然年轻，但是身上充满自信与魅力的女孩。

发布会现场，在被问及为什么拒绝了许多知名独立策展人抛出的橄榄枝，而大胆起用新人来做自己的 10 周年画展策划的时候，向晴回答说："因为这个女孩身上那种独特的自信吸引了我。大家都知道，我这次画展的主题是'My Way'，主要想表达的就是我这十年来追梦与成长路上的点滴感悟。我觉得，女人的一生就是要活出自己的个性与风格，不管这个世界认不认可你，你都要昂首挺胸，活出一个漂亮的自己。艺术的魅力就在于它能够打动人心，而岑潋身上的气质，正是与我此次画展的主题最吻合的，所以我相信，她是不二人选。"

一个没有自信的人，是没有气质可言的，因为心理的犹疑与自卑足以让任何美丽的面容黯然失色。假若没有一个丰盈的内心来做支撑，任何华丽的衣服与精致的妆容都掩盖不住苍白菲薄的内在。

所以，女人往往因为自信才美丽。

自信是由内而外的一种气质，它不需要你国色天姿、闭月羞花，也不需要你能力过人、才华横溢，只要你时时刻刻善待自己，相信自己，即便面对天大的困难，也能给自己足够的底气去应对。

身为女子，在这社会中打拼多有不易，但是你要记住，人生需要的不是被动地等待，而是主动出击。唯有当你足够自信时，才能在人生的种种挑战面前站稳脚跟，从容应对，将命运掌握在自己手中。

拥有自信的女子，即便身无分文，在露天的大排档里吃着炸鸡，也能一样用迷人的微笑吸引住周围人的目光；就算穿着路边摊买来的廉价衣服，也能让自己时刻干净整洁、精神焕发，用优雅的身姿烘托出一个最完美的自己。

女孩，你可以不美丽，可以不富有，可以不优秀，但一定要自信。让自己时刻处在一个最合适的位置上，选择最适合自己的生活，不孤芳自赏，也不哗众取宠，不必招摇，更不卑微。

••

当面对一个比自己美丽，比自己优秀的女子时，你的心里是否曾感受过深深的自卑？

当在人群中看着别人成为焦点，而自己只能做一个像空气一样的路人甲时，你是否曾暗暗抱怨过上苍的不公？

天地广阔，而我们都不过是一个平凡而渺小的存在，无论再怎样努力，也总会遇见更优秀、更幸运的人，然后在她们面前一败涂地。

但是，这并不应该成为我们自卑的理由，因为上帝是公平的，它即便再残忍偏心，也总会给那些不幸的人留一条活路。就像我们常说的那句名言：当上帝关上一扇门时，它一定会为你敞开一扇窗。

我或许没她漂亮，但可以比她聪明；我或许没她出身好，但可以比她人缘好；我或许没她幸运，但可以比她努力……

没有人是完美无缺的，也没有人是一无是处的，而我们之所以自卑，不是因为别人太优秀，只是因为我们自己还不够好。

所以，女孩，不要再因为不如别人而怨天尤人了，拥有自信的唯一方法，就是拼尽全力，去给自己一个自信的理由。

她的整个大学时光几乎都是在自卑中度过的。出生在一个小城市的普通职工家庭里，在上大学以前，她从不知道自己是那样的平凡，直到来到大都市上大学。

她的同学，大多是这大城市里成长起来的本地人，家境都不错，从小就接受着良好的教育，聊天说着的都是她没见过的风景和没有经历过的事。

更可恨的是，与她同一个宿舍的三个女孩，竟然个个都是人们口中的那种白富美，穿着大牌的衣服，用着高档的化妆品，一件衣服的价钱能顶得上她一个月的生活费。

别人都说，有钱人家的孩子没本事，只知道吃喝玩乐，可她却不相信这种话，因为眼见为实，她身边的这几个白富美个个都是才貌双全，只有让人羡慕嫉妒恨的份儿。

论起特长，虽然算不上琴棋书画样样精通，可她们每一个都有能拿得出手的才艺，有从小学钢琴的，有学过声乐、舞蹈的，还有画得一手好插画的。

或许只有亲眼见过了一个更大的世界，才能知道原来人与人之间的差距是那样遥远，遥远到有的如同井底之蛙，而有的却是远飞的大雁。

她觉得自己是那样的渺小与卑微，本以为上了大学，来到一个更大的世界，就可以天高任鸟飞，却没想到在振翅高飞之前，就被当头泼了一盆冷水，只能垂着湿漉漉的翅膀，在角落里默默羡慕着别人的光芒，不知所措。

她在自卑之中苦苦熬过了两年，觉得自己变得越来越消极悲观，无奈之下，只能去偷偷看了心理医生。

然而，这却成了她人生的转折点。

心理医生告诉她，找回自信的最好方法，就是让自己在某一方面足够优秀。

她苦思冥想了一晚，觉得自己既然没有其他的天分，那不如就在学习上多用功一些吧，毕竟自己也是凭真本事考上大学的，在学习这方面，应该不至于落在人后。

从那天开始，她真的开始把所有的精力都用在了学习上。在努力学习的过程中，她发现自己对英语格外感兴趣，于是，每一个清晨和傍晚，校园的小树林里，都能见到她拿着一本英语词典低头背诵的身影。而每天晚上听着广播里的英语节目入睡也成了一种习惯。

然后，不知道从什么时候开始，她竟然成了班级里的英语通，同学们有什么不懂的英语题都来向她求助。

毕业后，她成了一名英语翻译，进入一家外企工作，拿着几乎是其他同学两倍的年薪。

后来，她做了专职的图书翻译，拿着丰厚的稿酬，却不再需要每天坐在办公室里过朝九晚五的生活。

她说，她很感谢当年那个自卑的自己，因为自卑，所以拼命想要成为更好的自己，而正是这个努力的过程，帮助她完成了从自卑到自信的逆转。如今，她终于丰盈了自己的翅膀，能够在阳光下振翅高飞。

很多人在少不更事的年纪里，都曾因为这样或那样的原因而自卑过。但是长大成人以后，却走上了完全不同的两条路：有的人在自卑中奋力挣扎，最终华丽逆转，用不懈的奋斗换来了自己与他人的认可，成为一个自信满满的人；而有的人却在自卑中堕落下去，痛苦一生，自暴自弃。

一时的不自信并不可怕，可怕的是一生的不自信。而生来平庸的我们，将自卑转换为自信的最好方式，就是在还不够优秀的岁月里笃定地去相信未来，咬牙努力，然后在未来的某一天完成惊鸿艳世的完美逆袭。

而当你足够优秀和强大时，再回头看，你会发现，那些曾经让你痛苦不堪的自卑记忆，如今回想起来，都已经微不足道了。

你也不会再惧怕别人去揭你的伤疤，暴露你的短处，因为你身上闪闪发光的那一切，已经足够耀眼，耀眼到能够撑起你自信的气质，耀眼到让别人忽略你所有的缺陷。

愿你无论如何落魄，都能够拥有一颗想要闪闪发亮的内心。

愿你即便平凡如灰姑娘，也有勇气踩着水晶鞋以公主的姿态翩然起舞。

愿你在未来的某一天里，逆袭成你心目中所期盼的那个更好的自己。

每个女孩都是大自然不可复制的杰作，缺点与优点相伴相生，成就了完整而真实的个体。公众对于完美从来就没有一个统一标准，而完美本身也充满着各种矛盾。因而尽管人人都追求完美，却没有人是真正完美的。

我们正摒弃的自己，也许是很多人梦寐以求想成为的样子；我们所追求的潮流，到头来可能也只是一个循环往复的怪圈。谁说甜得发腻的无暇，就是人生最好的样子？女王和女神最大的区别在于，前者是自己的神，后者是别人眼中的神。于是，女神老去被人淡忘，女王却成了不朽的传奇。

拥有自信的人，内心总是充满阳光，行动也总是充满力量。常言道，最可怕的事情莫过于比你聪明的人还比你努力。现在我想套用下这句话：最可怕的事情莫过于，比你优秀的人比你更自信。

通过别人的眼睛看自己，就好比将人生的选择权交到他人手上，但真实的情况只有我们自己最清楚。因此想得到别人的认可，请先认可自己；想改变容貌，请先从自己的内心开刀。心中有自信，风采自然来。

不畏岁月，无惧成长，终于敢放胆，嬉皮笑脸，面对人生的难。

第十天

勇敢

你若不勇敢，没人替你坚强

我们每个人都像是被困在沙漠中央的旅人，有些人渴望着远方的绿洲，所以在沙漠中艰难跋涉，最终成功出逃，在蓝天绿草的美景中享受生命应有的快乐；有些人少了些运气，在沙漠中跋涉到死，也没能看一眼美丽的山川草原；而有些人，却从一开始，就未曾踏出过寻访绿洲的脚步，只是停留在原地，任凭岁月耗尽内心所有的激情与憧憬。

这其中，最不幸的是最后一种人，因为在未来的某一天，当生命都在苍白的岁月中虚度殆尽，他一定会为自己没有过走出沙漠的冲动而后悔，如果能勇敢一点，可能一切都会不同。

每一个灵魂，都曾渴望过远方的绿洲。如果你还被困在沙漠中央，就勇敢一些，去一名勇士，不要因为害怕而亲手斩断梦想的桥梁，把自己禁锢在一个苍白的世界里，一日日枯萎下去。

半夜十二点，陈辰依旧徘徊在清冷的街头，手中的电话响了一遍又一遍，她干脆关机。她知道父母的唠叨责骂都是出于关心，可是此刻，比起长篇大论的大道理，她更想一个人安安静静的思考人生。

四平八稳的活到了二十六岁，她的人生一直顺风顺水的，出身中医世家，自幼接触医药，高考毫无悬念地考入医科大学，毕业后顺利进入市中医院工作。

这样的生活，是许多人梦寐以求的，可对她而言，一切却只能用顺理成章来形容，人生似乎如一条早已被挖好渠道的河流，只知道顺流而下，却少了许多未知的风景。

工作了两年，业绩不错，再加上年轻貌美，她已经成为医院的形象代表，生活似乎正朝着一个光明的未来马不停蹄的奔跑着。然而，前些天发生的一件事，却让她的人生出现了一次大转弯。

当地的电视台策划了一档医学健康类的节目，需要找一位医生与专业主持人来合作主持，因为形象出众，陈辰成了当仁不让的最佳人选。

节目一播出之后竟然受到了市民的广泛喜爱，陈辰也一夜之间成了当地的红人。电视台趁热打铁，专门为她策划了另一档全新的健康类节目，并且邀请她担任独立的节目主持人。

而这意味着她不得不放弃在医院的稳定工作，到一个全新的领域里去打拼。

陈辰知道，一旦选择转行，自己的人生将发生翻天覆地的巨变，自己原本拥有的一切也将付诸东流。然而，心里却有一种欲望在蠢蠢欲动，它渴望冲破枷锁，获得新生。

家人对此自然是极力反对的，因为留在医院，她的前途是可以看得见的，可是，转行去做主持，且不说需要重新打拼，成败未知，就算成功了，所承受的艰辛与挑战也是难以想象的。

街角的台阶上，一个落魄的流浪歌手正抱着一把吉他，面对着空旷冷清的街道，用沙哑的声音唱着歌。

“找不到北的夜空，我是我的英雄，前方自己的行踪，我们说走就走。走了够不够远，够不够久，是谁的传说？不只有自己懂，不需要诉说……”

那是一首陈辰没有听过的歌，可是她却听着听着，突然泪流满面。

第二天一早，她来到医院，向主任提出了辞职，决定遵从内心的选择，去接受那个意外降临在她生命中的未知挑战。

虽然心里是迷茫而忐忑的，可是她暗暗告诉自己，脚踏实地的感觉固然轻松，但是如果没有远离海岸线的勇气，就只能永远徘徊在岸边，无法吹起远航的号角。

从那天起，陈辰摇身一变，从一个每天坐在诊室里给病人问诊看病的女医生，变成了镜头面前受人瞩目的美女主持。

传媒行业原本就难做，何况她还是半路出家，自从进入电视台后，便时时刻刻面临着巨大的压力，为了尽快适应这份工作，她没日没夜地学习。

电视台里美女如云，无论是相貌还是专业程度，她都远远落在人后，但好在她有丰富的医学背景，这让她拥有了其他人无法替代的优势，所以很快便拥有了自己的一席之地。

虽然在医院工作时也并不轻松，可是相比之下，如今的工作要比当初更加忙碌几倍，压力也更大，常常是一加班就到后半夜。可是，陈辰却每天觉得精神矍铄，因为心里总是能体会到一种对工作的热忱和满足感，她明白，她当初的选择是对的，因为这才是自己想要的生活。

梦想两个字，从嘴里说出来的时候，总是很轻易，可是实现的过程，却异常艰难。而这份艰难，很多时候，都来自于我们心底的胆怯和对现实的妥协。

因为恐惧未知，恐惧改变，所以甘心安然于眼下的一切，宁愿放任梦想付诸东流，也不肯向前一步，做一个勇敢去跟随内心欲望的人。

可是，别忘了，生命是只有一次的宝贵旅程，很多事情，如果你当下选择放弃，便将会永远与它失之交臂。

而人生最美好的场景，就是在最美好的时光里，勇敢去做自己最想做的事情。

女孩，如果你曾在最美好的年华里拥有一个璀璨的梦想，那就勇敢的去做一个追梦人吧。即便路途黯淡无光，也绝不要回头，不要退缩，不要左顾右盼，朝着夜空中最明亮的那颗星，奋力去奔跑。

路在脚下，梦在前方，你向前迈出的每一步，都是在缩短这中间的距离。

纵然有艰难险阻，纵然要经历一次次失败，但你要相信，当一个人的内心充满勇气时，整个世界都将为你让路。

王健林曾在清华大学的企业家讲堂上说过一句很经典的话："什么清华北大，都不如胆子大。"

我们生而渺小，有太多的事情值得畏惧。然而畏惧之下，依然有勇者，他们敢做第一个吃螃蟹的人，敢做第一个举枪反抗的人，敢做第一个迈出脚步的人。

当你还在恐惧面前徘徊不前的时候，他们已经占得先机，并且朝着更远的远方继续前进了。而你即便更有才华，更有实力，也只能因为缺少了一点勇气，落在人后。

所以，一个人是否拥有足够的勇气，很多时候变成了一件事情能否成功的关键因素。

心怀梦想的你，要相信，只要朝着属于自己的那颗北极星勇敢前行，全力以赴去追逐梦中的一切，总有一天，你一定会获得成功。

当你经历过一路上的坎坷险阻，跨越过万水千山，你会发现，你已经成为了一个更加勇敢，更加坚毅的自己。而这便是岁月赐给你的最好的礼物。

当伊伊接下那份去法国谈判的任务时，所有人都觉得她一定是疯了。

入职不久的新人一枚，只会说入门级别的法语，从没有踏出过国门一步的职场小菜鸟，当得知这笔生意成了人人推脱的烫手山芋之后，竟然主动跑到领导的办公室里去毛遂自荐。

而这已经不是她第一次如此疯狂了，当初她就是凭借着自己的鲁莽和勇气才能够以一个普通本科生的身份进入这家知名跨国公司人才济济的销售部。听说，为了能够得到在这里工作的机会，刚刚大学毕业的她竟然在简历被人事否决后直接敲开了销售部经理的办公室，为自己赢得了一次面试的机会。

然后，销售部经理亲自给人事打电话，破格录用了她，理由是：这个敢于推销自己的年轻人，很有成为一名出色销售的潜质。

出发去法国之前，关系要好的同事曾很担心地对她说："巴黎人是很排外的，他们很看不起不会讲法语的人，你又没有充足的时间去学习，到时候万一生意谈砸了怎么办？"

伊伊却只顾着整理需要带走的文件，一脸的轻松自如，"车到山前必有路，办法总比困难多嘛！"

几天后，伊伊踏上了自己的巴黎之旅。那是她第一次出远门，单枪匹马的来到一个陌生的地方，心里还是有一丝慌张和不安的，但是走出机场的那一刻，却是兴奋多于忐忑。

用蹩脚的法语向人打听好了酒店的方位，她提着行李在迷宫一般的地铁里一路走一路问，终于在天黑下来的时候在酒店里安顿了下来。

可她并没有休息的时间，自从决定接下这个任务开始，她就在没日没夜的恶补法语，没有放过任何一分钟琐碎的时间。她跑到酒店一楼的大堂里去，很礼貌的上前去跟别人交谈，希望尽快提高自己的口语水平。

之后的一周时间里，在准备材料的间隙，她总是到咖啡馆、公园等人多的地方去与人交流，在一次次的出丑之后，渐渐说得流利了起来。而她发现，巴黎人也并不想传说中的那般目中无人，反而十分热情，也十分宽容和有耐心，几乎每一个被她唐突打扰的人，都愿意停下自己手边的事情与她聊上几句。

其实，伊伊不需要这么努力，因为在与客户会面的时候，对方往往会带上翻译。可她总觉得，如果自己能够用一口流利的法语去与对方交流，将会让自己在谈判中处于更加有利的位置。

既然这次机会是自己主动争取来的，那就一定要尽可能做到最好。

她总是喜欢把自己逼上绝路，然后在退无可退时拼命向前奔跑。而事实证明，这种勇敢而拼命的态度给她的人生带来了太多助益。

不过，这一次的伊伊并没有这么幸运，虽然在正式的会谈中，她的落落大方的态度和一口流利的法语确实让客户感到惊喜，但是由于经验不足，对方还是没能把合同交到她手中。

最后，公司还是派出了两位经验丰富的同事前来，她们三人合力，才完成了这项艰巨的任务。

回到公司后，伊伊有些沮丧，她觉得自己没能完成好这次工作，心有愧疚。然而在项目总结会上，经理却对她提出了表扬，并对大家说："做销售这一行的人，首先要有表现自己的勇气，其次要有迎难而上的决心。年轻的时候，你可以没有经验，但一定要有勇气，因为经验可以在工作中慢慢积累，而勇敢却是一个人不可多得的品质。"

女孩，你或许不够聪明，但是只要用勇气去尝试，就总会在跌倒后学会走路，在岔路中找到正途。

你的心中有着对远方的期待，可是再宏伟的梦想，出发前也只能是幻想，唯有上路了，才是挑战。 如果你因为胆怯而不肯出发，那便连实现梦想的机会都不曾拥有过。

前方的道路是险滩还是坦途，是阴云密布还是艳阳高照，都无法依靠想象去判断，你只有迈出坚实的脚步去亲身经历，去亲身感受，才有可能把未知的一切变成已知，才能把命运牢牢掌握在自己的手中。

并不是每一次尝试都意味着成功，但失败又何尝不是人生一次宝贵的经验积累？

即便摔得头破血流，即便被有凛冽的寒风呼啸而过，但经历过，感受过，也总好过不曾出发，不是吗？

这世上没有不劳而获的美事，机遇永远是与挑战并存的，勇敢地去尝试，结局可能会失败，但如果畏缩不前，却永远没有成功的可能。

所有的成功，都来自于当初的放手一搏。

••

佛语云，这是一个苦难的世界。人活一世，不可能只有欢笑没有泪水，只有坦途没有荆棘。

苦难是每个人一生中都必然会经历的煎熬岁月，带给人无尽的

痛苦折磨，但当它降临时，我们却无从逃避。

摔痛了，受伤了，绝望了，你可以蹲在原地哭泣，可以放肆地去崩溃发疯，可是然后呢？ 该面对的一切还是要面对，苦难并不会因为你的软弱而网开一面。

所以，当人生布满荆棘的时候，你能解救自己的唯一办法，就是勇敢地从那些荆棘上跨过去，你跨过的速度越快，痛苦就会越短。

在姑妈的葬礼上，表姐一滴眼泪都没有流，她理智地游走在前来吊唁的人和现场的工作人员中间，有条不紊地处理着那些杂乱无章的种种事情，看起来那样理智而冷漠，像是一个局外人，又像是一位女战士。

许多亲戚朋友都在暗地里抱怨着，说这个女孩太不孝顺，亲妈去世，竟然一滴眼泪都没掉，可是看着那样坚强而镇定的她，我却觉得莫名的心疼，我情愿她披着散乱的头发在姑妈的尸体前大哭一场，也不希望看到她现在这个样子。

可我知道，她是那样倔强而刚强的一个人，命运越是要她俯首跪拜，她便越是会咬着牙站到最后。

从小到大，表姐都是我心里的榜样，她是那样优秀而完美的一个人，有着温暖的笑容，要强的个性，总是能把所有棘手的事情轻松解决，总是能朝着自己想去的地方毅然前行。

然而这几年，命运像是摆明了要跟她较劲一般，总是无端地带给她太多风雨坎坷。

丈夫创业却遭遇破产危机，这一变故让他们原本富裕的家庭一夕之间几乎倾家荡产，全靠她的事业稳定才得以挽回危局，然而就在他们最艰难的时刻，表姐怀孕了，这原本是一件天大的喜事，但生活的拮据却让夫妻二人觉得对新生命有所亏欠。

左右衡量之下，表姐还是决定把孩子生下来，虽然生活可能会更加艰难，但她坚信着一切都会慢慢好起来。

夫妻二人拼命地努力工作赚钱，想为这个即将到来的小生命营造一个更好的生活环境，然而就在此时，我的姑母，表姐的母亲却突然被查出患了癌症。这一惊天变故更是如同晴天霹雳一般，给了他们近乎毁灭性的打击。

且不说昂贵的医药费给作为独生女的表姐带来的压力，单纯是母亲患癌这样的噩耗，就足以让一个孕妇难以承受了。

那段时间，姐夫忙着拼命工作挣钱，表姐挺着大肚子公司医院两头跑，明明是应该坐在家里安心养胎的孕期日子，她却一天都福都没有享过。

我时常趁着休息的时候去医院看望姑妈，每次见到表姐，都不由为她揪心——别人怀孕都会发福，可她却因为操劳和心理压力日渐消瘦。但是，即便再难挨，她的脸上也是种是一副云淡风轻的表情，在姑妈面前更是有说有笑，照常如旧。

我从没有听到她抱怨过一句，也从没有见到她痛哭流涕的时候，每天上班，她依旧是那个光鲜亮丽的都市白领，甚至大多数同事都不知道她的家里正遭遇着怎样的变故，大家都以为她只是一个沉浸在幸福里的准妈妈。

为了给姑妈看病，商量之下，表姐和姐夫卖掉了他们这些年攒钱买下的位于市中心的大房子，在市郊买了一套小两居，把剩下的钱都填进了医院的无底洞。每天上班下班，表姐都要挺着大肚子去挤地铁，姑父看着心疼，想要把老两口的房子卖掉来填补女儿，可表姐却坚决不同意。

就这样艰难的挨过了几个月，表姐生下了一个健康的男孩，新生命的降临，给这个困境中的家庭带来了许多欢乐。

然而，病魔终究是残酷的，孩子出生还不满半年，姑妈就去世了。

葬礼过后，姐夫忙着去应酬，我把表姐送回家，她坐在沙发上的那一刻，眼泪才啪嗒啪嗒地流下来。

我知道她心里难过，本想陪她喝一杯，可是她尚在哺乳期，我只能给她倒了一杯果汁。

那一刻，我觉得语言是那样的苍白无力，因为我绞尽脑汁，也想不出什么话可以给她一丝丝的安慰，我只能沉默地坐在一旁，用陪伴来当作一点点安慰。

几分钟后，她止住眼泪，站起身去卫生间洗了一把脸，再坐回沙发上时，已经平静下来了。

虽然从小一起长大的我早已见惯了表姐强悍的一面，可我依然震惊于她惊人的恢复速度，不敢完全放心，只能试探地说："表姐，你要是难过就哭出来，别憋在心里。"

她有些苍白的脸上却露出一个笑容，反问说："哭有什么用？哭过之后，痛苦之后，还是得从头收拾旧河山，该做的事哪件也不能少做。少一点崩溃的时间，就能早一点把该做的事情都做好。"

我知道，她这话是说给我听的，也是说给她自己听的，她是在给自己加油打气。

"你以为我不想崩溃，不想哭，不想放弃吗？我想，可是崩溃之后呢，放弃之后呢？当初我妈刚病的时候，我真的觉得自己坚持不住了，可我还是得逼着自己勇敢起来，坚强起来，我逼着自己好好吃饭，好好睡觉，因为我不能让肚子里的孩子有闪失，今天的葬礼上，我也想哭个死去活来，可是我妈的葬礼得由我操持，我必须要理智，要冷静……"

她一边说着，一边起身拿了一个盒子，将姑妈的遗物一一收捡进去，我看着她的背影，那样清瘦不堪一击的样子，可是却不知为何，蕴藏了那样巨大的一股力量，强大到足以抗衡一切。

人生中会有数不尽的伤痛，但每一次痛过之后，你都将变成一个更加强大的自己。

没有人是生来就坚不可摧的，那些看起来刀枪不入的人，都是经过了苦难之火的层层淬炼，到最后，才练就了一副勇士的身躯。

是苦难打磨了他们的心志，锻炼了他们的身体，是苦难让他们将自己的一副血肉身躯化作铁骨铮铮，让他们将原本怯懦胆小的心性化作刚毅不屈。苦难摧毁了他们，却又在废墟之上，完成了重建。

他们说，女子生而懦弱，只能在别人的庇护之下安稳度日，经不起一点的摧残与打击。

然而，有谁的怀抱是能够让你依靠一生的？当风雨来临，懦弱的你又有何处可以安心躲雨，安心停泊？

别人的臂膀再宽厚，也永远不会比自己更加可靠，与其以卑微的姿态去祈求一个长久的庇护，不如自己勇敢起来，在风雨中练就一个更加强大的自己。

女孩，当生活艰难时，可以哭泣，但是哭过以后，记得擦干泪水，勇敢而乐观地去面对，竭尽所能地去战胜。

而当你咬牙熬过那段艰难的岁月，再回首时，会发现，它对你来说不仅是一种折磨，还是一种成就。

因为你在一路跌倒后学会了爬起，在一路失去后学会了珍惜，在一路承受后学会了坦然。而这一切，都将成为你人生路上不可多得的宝贵财富。

很喜欢江映蓉的那首《武装》，其中有一段歌词是这样写的：燃烧着心中不灭的光，让所有远方为我发烫，天真的路上偶尔很慌，别怕梦弄脏，向前冲就是希望……翻山越海路很长，梦的方向叫作闯，从来没有回头望，就算我被遗忘，也要唱到最后一场……

姑娘，这是一个功利的世界，无论你想要获得什么，首先都要有资本。不管是工作、生活还是爱情，要想活出自己想要的那个模样，你必须首先拥有能够与之匹配的资本。

如果你足够幸运，拥有显赫的家世，傲人的才华或出众的样貌，或许你可以轻而易举地得到你想要的一切。

但是，假若你并没有这么幸运，也不必灰心。因为上天在每个人降临人世时都附赠了一种可以用来战胜和弥补一切的品质，那就是勇敢。

它能够帮助你在落后时奋勇赶超，帮助你在困境中挣扎向前，它像一把利剑，能够帮你披荆斩棘，也能够带给你直面挑战的底气。

所以，在前行的路上，如果你觉得自己的行囊一无所有，那么别忘了带上你的勇敢。

勇敢，不是无知者无畏的盲目自信，而是在经历了无数打击之后，依然不停止向前的步伐，是在认清了现实残酷之后，依然愿意张开双臂去拥抱美好的一切，是被生活折磨得遍体鳞伤之后，依然微笑着去相信明天会更好。

愿你成为最强的勇士，不畏岁月，无惧成长，能够嬉皮笑脸，去面对人生所有的难。

美貌这种天赋若是人人都有，这就不会是个看脸的世界了。

第十一天

勤奋

勤奋带来独一无二的自己

•

名校的光环，倾城的容貌，只手遮天的父亲，这一切并不是每个女孩都能够拥有的。我们中的绝大多数，都是隐于世界角落里默默无闻的普通女子，像一个小小的蜗牛，虽然渺小到常被忽视，也没有疾如闪电的能力，却依旧在拼搏的道路上踽踽独行，一点一点挪向自己最想去的那个终点。

我们曾在每一次累倒之后，疲惫不堪地埋怨命运的不公，却也在每一次坚强之后，为自己的努力而欣喜感动。

在芸芸众生之中，我们都是那么普通的人，但是我们拼尽全力，都是为了活出最好的自己。

自从慕言进入那家世界五百强的跨国公司后，我都替她捏了一把汗。

虽然上学时她是学校里最优秀的学生，无论学习成绩还是社会实践能力都堪当院系第一的宝座，可是在校园里再怎样呼风唤雨，如今步入社会，也不过是顶着一个二本学校本科生的头衔，走到哪里都是瞬间没入人群，在这个海归、高才生泛滥的年代里，连一个小水花都泛不起来。

以面试综合成绩最后一名涉险进入这家她梦寐以求的大公司，可是长达半年的实习期却让她忧心忡忡。毕竟，与她一同进入公司实习的其他人都是清一色的名校毕业，简历拿出来分分钟甩她几条街。

而当实习期满，他们之中，能够拿到正式劳动合同的只有一半的人。

她原本就属于那种拼命三郎的个性，做事从来都是力求完美的，如今，面临这样前途堪忧的状况，她更是像个上了发条的机器一般，每天绷紧了一根弦，时时刻刻都像在进行着百米冲刺。

我们两个的公司相隔不远，所以在公司附近合租了一个两居室。但我常常有一种错觉，觉得是我一个人独占了整个房子，因为每天我睡下了她才加班回来，我早上起床时，她又已经出门去了。

周末的时候，只要不加班，她都泡在图书馆里恶补专业知识，有一次，我大发善心去给她送午饭，结果她抬头用疑惑的眼神望着我，说了句：“你怎么一大早就给我送饭啊？”

我无奈地抬手指了指手表上的指针，明明已经中午 12 点了。

基于这样的勤奋努力，她在公司中的表现一直都很好，上司也对她越来越重视。临近最后的转正考核，原本一切都进展顺利，不想却遇上了一件突发的事情。

原准备当天发给客户的一份项目书上，有一个关键性数据出了错误，而这份项目书在由项目经理完成之后，曾交由实习组来负责检查，出了这样的事情，慕言自然脱不了干系。

那天是周六，接到领导打来的问责电话后，她打开电脑，重新看了一遍自己电脑中的文件备份，发现自己这里的那份项目书并没有任何数据错误。

可想而知，文件是在传到下一位实习生那里之后才出问题的。我建议她打电话给领导说明情况。因为前后有三位实习生经手了这份文件，可是领导却偏偏打电话给她问责，显然对她不信任，既然并不是她的错，那就应该去澄清。

可是慕言在电脑前沉默的坐了十分钟后，却重新打开那份文件。

接下来的整个周末，她几乎坐在电脑前一动没动，把那份长达百页的项目书从头到尾反复检查了几次，不仅是核对是否有错，还把排版和不够美观的地方一一进行了修改。

周日晚上，当把改好的项目书发到领导邮箱之后，她才离开电脑桌，来到厨房，一边吃着泡面，一边流下了迟到了两天的泪水。

看着她这样委屈自己，我愤愤不平地说："这明明不是你的错，你为什么要替别人背黑锅呢？"

她却抹干了眼泪，异常冷静地说："领导不是法官，他没时间听我们这些小实习生辩论对错，他在乎的是在出问题以后谁更有解决问题的能力。我的学历低，在公司里已经比不过别人，只有用加倍的努力去获得领导的认可，才能为自己争取到留下来的机会。"

慕言用自己的努力让原本对她不利的一件事情变成了展示自己能力的好事。实习期满，慕言如愿转正，成为公司里学历最低的正式员工，大家都说，这个女孩真幸运。

但我知道，她的幸运不是上天给的，而是她自己用比别人多付出几倍的勤奋努力争取来的。

有的人，天生就拥有鹰的能力，可以轻而易举飞上山巅，越过河流。我们曾在草丛中仰望他们的身影，一边羡慕他们矫健的身姿，一边在心里默默流泪。

然而，谁说蜗牛就没有实现梦想的能力？那只曾爬上过金字塔顶的蜗牛，就是逆袭成功的最好证明。

鹰用一天就能到达的远方，蜗牛拼尽全力，用一年的时间也总会到达；鹰在路边休息玩耍，享受着生活的乐趣时，蜗牛在背后一刻不放松地努力追赶，便也能够与你一同到达终点。

而到那时，蜗牛的成就感，蜗牛所获得的掌声与祝福，必然多过于鹰。因为鹰只是做了一件每只鹰都能做到的事情，但蜗牛，却用勤奋书写了惊艳整个世界的传奇。

这并不是一个天才的世界，古往今来，有太多的事例告诉我们，虽然泯然众人矣的天才不在少数，但是天资平庸却获得成功的人更是数不胜数。

所以，每一个平凡的人，都不应该放弃努力的希望。没有一滴汗水会白流，没有一次失败是没有意义的。只要功夫深，铁杵磨成针，这句真理，我们应当铭记在心。

能够击穿岩石的，不仅仅是坚硬的铁锤，还有微不可见的小小水滴，当你像水滴一样，在每一个不被人注目的日日夜夜都用微小的努力去积蓄力量的时候，终有一天，能够拥有水滴石穿的精彩时刻。

而到那时，你不再需要羡慕铁锤的力量，因为你自己，便已然成为传奇。

不得不承认，这世上的确有天赋一说。有些人从一出生开始，就是上帝的宠儿，他们在某一方面拥有强大的基因，能够轻易做到许多人做不到的事情。

与他们相比，我们是那样的平庸。

我们努力了一天背下的课文，他们扫了两眼便已熟记在心；我们练到手软也弹不准的音节，他们随手一拨，就有动人的旋律；我们苦思冥想一晚也做不出的数学题，他们看了一眼题目，就能直接说出答案……

天赋这种东西，确实叫人羡慕不已，然而别忘了，这世上拥有天赋的人到底是寥寥无几，绝大多数人，都和我们一样，是没有哪一方面足够惊艳，却也没有哪一方面特别差劲的普通人。

天才很少，可是成功的人却那么多，他们没有依靠上帝的恩赐，依靠的只是自己的勤奋努力而已。

在很长的一段时间里，云嫣一直怀疑自己是不是入错了行。从小到大，她的梦想就是做一个优秀的广告策划，因为她觉得广告是一个很神奇的东西，只要短短的几个画面或者三言两语，就可以让人或是开怀大笑，或是为之感动。

她一直坚信，好的广告是有灵魂有魅力的，可以改变人的一生，可以长久留存在人们的记忆里。所以，毕业后，她毫不犹豫地踏入了这一行，成为一名广告创意策划。

可是，当她带着梦想成真的雀跃努力工作后，却发现一切并没有她想得那么简单。

当策划一次次被自己或者被客户否决，她的自信心一点点被消磨，到后来，最初的欢欣雀跃已经荡然无存，剩下的只有工作中面临的困境与煎熬。

每当接到客户的需求，她都会很努力地绞尽脑汁去思考，常常是彻夜难眠，可是结果却总是不尽如人意。

看着身边的同事们似乎不费吹灰之力就能想出一个个新奇精彩的创意来，她总是暗暗羡慕着他们的天赋，也越来越觉得自己似乎并不适合广告这一行。

可是，如果换一份工作，她又不甘心，毕竟自己深爱着这个行业，况且也付出了那么多的努力，又怎么能轻易半途而废呢。

中秋节公司的聚餐上，云嫣喝得酩酊大醉，跟同桌的一位资历较深的女同事大吐苦水，把自己心里的纠结和压抑都说了出来，她说："我好羡慕你们拥有的天赋，轻轻松松就能想出好的创意来，我无论怎么努力，都不可能追得上你们……"

令云嫣没想到的是，第二天中午，那位与她平日里交往不多的女同事竟然单独把她约出来吃饭，还送给了她一份礼物。

那份礼物，是一个有些陈旧的笔记本，有几百页厚。

看着云嫣疑惑的样子，女同事解释说："这就是我的天赋。"

云嫣小心翼翼地翻开，发现里面记满了零零碎碎的语句和段落，虽然零散，却书写的很整齐，或许是因为时常翻看的原因，纸张已经有些泛黄而残破了。

"昨天你说，很羡慕我拥有轻松想出好创意的天赋，我只是想告诉你，我并没有那样的天赋，你看到的我的那些灵光闪现，不过是我日复一日积累和思考的结果。"

翻着那本厚厚的笔记，云嫣愣在那里，一时竟哑口无言。

女同事善意地笑了笑，继续说道："你还年轻，未来有无限的可能，千万不要被所谓的天赋误导，真正的天才很少，大多数的人，他们的天赋都是勤奋努力的结果。这样的笔记我还有十几本，这一本就留给你做个纪念吧。"

那一刻，云嫣才知道，原来自以为很努力的自己还跟别人差着一大截。回去后，她用心地研读了那本笔记，发现其中都是那位女同事在生活中点滴积累下的瞬时灵感和对生活的体悟，其中每一条拿出来，都足够支撑起一个好的广告创意。

从那天起，云嫣试着时时刻刻集中精神去观察身边的一切，她发现只要自己用心去感受，生活中处处都是灵感的来源，她不厌其烦地把这一切记录下来，并且及时地回顾，深入地去挖掘。

时日久了，她发现自己在工作时也开始渐渐思如泉涌了，原本如一潭死水的头脑变成了流动的水源，总有新的东西源源不断地涌进来。

她也终于相信了女同事的那句话，真正的天才很少，大多数人的天分，都是来自于后天的努力。这应该就是所谓的勤能补拙吧！

当卖油翁把油精准无遗地从铜钱孔中穿过时，我们惊奇于他的技艺，但这不是天分，是无数次尝试后熟能生巧的结果。

当科比在球场上所向披靡，收获无数欢呼的时候，我们惊艳于他的球技，但这不是天分，而是无数个凌晨四点起床训练的报偿。

在我们的身边，有太多看似天赋异禀的人，其实他们都曾经跟我们一样的普通，只是他们用勤奋和汗水灌注了自己的梦想，才能够在某一方面学有所成。

他们的天赋，应当冠以勤奋之名。

姑娘，并不是每个人都能拥有天上掉馅饼的运气。我们虽生而平庸，但却可以安心接受自己的平凡，不奢望偶然，不奢望不劳而获，而是脚踏实地地去奋斗，依靠努力和汗水，为自己赢得一场漂亮的反击战。

生命是一场场艰难对决，既然我们的手中并没有百战百胜的通关秘籍，无法轻而易举获得成功，那就只能横下心来，屡败屡战。只要还有一口气在，就绝不停止战斗。

在比赛中，最打动人心的并不是身材矫健的运动健儿冲破终点线的一刻，而是落在最后的那个人，明明知道超越无望，却还挣扎着奔向终点，把汗水都甩在身后的那一刻。

因为比起那些一开始就带着光环炫酷登场的人，我们更敬佩那些咬着牙努力坚持到最后的普通人。

••

人们总有一个不好的习惯，就是在看到别人获得成功的时候，把对方所拥有的资本当作借口，而忽视掉对方为之付出的所有努力。然后抱怨一声他有我没有，便像是得到了某种安慰，可以继续安然于自己的平庸。

你是一只蜗牛，这并不可怕，可怕的是，那只拥有傲人天资的雄鹰，在拼搏的路上比你还努力。

它不曾片刻停歇地向着天空冲刺，只留给世界一个倔强的背影，如果你不奋力去追赶，就只能看着你们之间的距离越来越远。

这世上有一些女孩，她们拥有着良好的家世或美貌，却依旧愿意挥洒勤奋的汗水，让自己的人生变得更加丰盈美好。

她们拥有着像藤蔓一样的韧性，无论环境是好是坏，都能够努力向上攀爬，去赢得属于自己的阳光，她们即便失败，也能够适应这社会残酷的法则，不吭声，不抱怨，在孤独狭窄的缝隙里倔强生长，直到所有的不美好都恢复成美好的样子。

她们的魅力，不在于外界赋予她的一切，而在于那颗向往阳光的内心，她们就像一个发光体，即便身处黑暗深处，也能够点亮微弱而温暖的光芒。

在电视剧中，常常会出现富二代年纪轻轻继承家业，开着豪车在职场的最顶端呼啸往来的场景。然而并不是每一个富二代，都可以凭借着一个姓氏就拥有这样传奇的人生。

柒柒的家里经营着一个大型家电公司，她毕业后便直接进入公司工作，但是却是从最底层的销售人员开始做起。一来是父母希望她能够在底层锻炼一段时间，对公司有更多的了解，二来是柒柒想要依靠自己的努力获得认可，不希望被人说自己是靠家里的裙带关系。

柒柒一直低调而努力，她尽心尽力地去学习，从来没有过片刻怠慢，一开始，大家都对这个新来的职场小菜鸟赞不绝口，夸她聪明又能干。然而，几个月后，她是老总女儿的消息不知道为何竟然不胫而走了，从那之后，她在公司里的境遇就有了天翻地覆的改变。

每一个人在她面前都变得客气起来，常赔着笑脸，可是背地里，却个个对她指指点点。

她所做的一切努力别人都视而不见了，她拼命争取来的客户也被说成是拼爹的结果。

柒柒欲哭无泪。该干的工作一点也没有少干，该熬的夜一天也没有少熬，为了证明自己的实力，她甚至比别人付出了更多的汗水，可到最后，这一切却都被她富二代的头衔通通抹杀了，心里自然有难以言说的委屈。

但她也明白，欲戴王冠必承其重。她记得小时候妈妈给她讲过一个童话故事。

小公主很爱美，她让士兵把所有说她不好看的人抓起来，强迫他们称赞自己的美貌。王后知道后，对小公主说："你要想获得别人由衷的赞美，就要时时刻刻记得挺起胸膛，要努力吸气穿上最好看的裙子，伤口结痂时要忍住不去触碰，牙齿掉落时也要忍住不去舔。"

想要得到更多，除了要付出更多，还要承受更多。她憋着一股劲，更加拼命地努力。

为了谈成一笔生意，她在同事吃了闭门羹以后独自前去拜访，在客户的门外等了足足七个小时，只换来了十分钟的会面时间。当拿着合同回来时，已经是晚上 11 点了，那天下了好大的雪，路上拦不到一辆出租车，她踩着高跟鞋，在雪地里走了整整一个小时。

为了更加深入了解门店的销售情况，每个休息日她都以顾客的身份一家接一家门店去考察，回来以后，把发现的问题及解决办法都记下来，整理成可行的方案。

她把自己完全融入工作的角色，她明白，作为一个底层销售人员，是没有资格直接给老总递交方案的，所以她没有利用自己的身份，把方案交给父母，而是自己留下来，反复的增删修改。

别人说她是娇生惯养的娇小姐，可她每天都是公司里第一个来、最后一个走的人；别人说她是只会拼爹的花瓶摆设，可她却凭一己之力为公司拉下了好几个大订单，让自己的业绩一路飘红；别人说她敢这么放胆做是因为背后有靠山，可她从工作起就拒绝了所有的特殊照顾，更是没有伸手向家里要过一分钱。

她说，父母的光辉给不了我满足感，我要证明的是自己的能力，别人越是说我拼爹，我越是要让他们刮目相看。

入职三年，她终于用勤奋与实力堵住了所有人的嘴，因为她的优秀已经成为有目共睹和有数据可证的事实，所有的质疑之声，都变成了苍白无力的嫉妒。

当公司的所有人都认可了她的能力，高层决定提升她为部门副经理的时候，她却选择了离开父母的公司自己创业。因为依偎在父母的臂膀之下，即便自己再努力，也永远不可能真正强大起来。

创业是一件风险极大的事情，虽然前路未知而坎坷，但是她坚信，再难的事情，只要付出更多的汗水和努力，就一定能够做成。

这世上有千百种人，就有千百种生活的姿态。

有的人耀眼如玫瑰，却依旧向往更精致的生活，当你还在睡梦中时，她已经晨跑归来，为自己准备了丰盛的早餐；当你休闲在家，赖在沙发里玩着手机游戏时，她已经走在从图书馆回来的路上，准备去参加兴趣特长班；当你因为被领导责骂而心生抱怨时，她正坐在电脑前跟一份没能达到 100 分的方案较劲，所以她交上去的每一份工作，领导都竖起大拇指……

你可以吐槽，说生活就是为了享受，何必把自己搞得这么辛苦。你也可以选择继续现在的生活，平平庸庸却也还过得去。

但是，当身材臃肿的你看到别人的马甲线时，是否会羡慕不已？当拿着 3000 元工资的你看到别人穿着 Prada 新款的时候，是否会心有不甘？ 当浑浑度日的你发现一起入职的同事已经在业绩上把你甩出了几条街的时候，是否会惊慌失措？

勤奋是一种生活的态度，你可以选择，也可以放弃，但是放弃之后，请不要羡慕，不要不甘，不要在未来的某一天忧心忡忡，手忙脚乱。

今天所做的一切都像是一颗种子，总会在明天开花结果，今天脚踏实地的人，终将在明日平步青云，而今天漫不经心的人，终将在明日如履薄冰。

姑娘，你是愿意把汗水洒在今日，去换取明日的辉煌，还是选择虚度今日的光阴，在漫长的时光中永远默默无闻？

勤奋过后，你总会得到想要的答案。

财经作者吴晓波曾说：“当我走上社会成为一名职业记者的时候，我一点儿也不抱怨我所受的大学教育。到今天，我同样不抱怨我所在的喧嚣时代。我知道我逃无可逃，只能跟自己死磕。”

在这个规则冰冷的时代里生存打拼，我们每个人都无所遁逃，而如此平凡甚至是平庸的我们，能做的，唯有依靠勤奋的汗水，与这该死的世界死磕到底。

岔路那么多，但总有一条能带你到达你想去的地方，既然没有一双慧眼，那就不妨一条一条去试。

只要咬着牙死磕到底，勤奋的你，即便不够聪明，也总能找到一个出口，朝着前方壮阔美丽的风景展翅高飞。

这一路上，有困境，有质疑，有痛苦，有难堪。但是，女孩，只要能用汗水去解决的问题，就不要用泪水。汗水会让你成为强者，而泪水只会暴露你内心的软弱。

成功其实很简单，那就是失败了一次，再努力第二次，失败了第二次，再努力第三次；富有其实很简单，那就是一份工不够，就打两份工，两份工不够，就打三份。

这世上没有勤奋解决不了的事情，只要汗水流得够多，你的花田里一定会迎来一片百花盛开。

赏最美的花，喝最烈的酒，做最潇洒的女人。

第十二天

志向

那些曾被嘲笑的梦想，却让你闪闪发光

•

每一个年少无知的人，都曾拥有过一个伟大的梦想，因为还未曾感受过踽踽独行的孤苦，未曾体会过世事的艰辛，更不曾承受过旁人的冷眼嘲笑。

然而，当真的踏上这条追梦的旅途，风霜迎面而来，我们只能在瑟瑟发抖与遍体鳞伤中选择继续前行，抑或狼狈退场。才发现，原来所谓的现实残酷并不如我们想象中的那般容易应对，选择坚守，需要莫大的勇气。

所以，追梦注定是一条孤独的旅程，唯有即便被称作傻子也依旧勇往直前的人，才能够在这条路上走得长久。

如果可以选择，我情愿做一个傻子，因为盲目坚持的傻子，虽然要承受更多，努力更多，却至少有一个明天可以期待。

而当这个期待在未来的某一天终于变成现实，人们的嘲笑也会随之变为喝彩。

被挑剔的编辑折磨了一整天，晚上9点，我拖着疲惫的身躯回到家，连点份外卖的欲望都没有，无力地瘫软在床上刷微博。

看到谷雨又更新了一条新的微博，时间是下午2点23分。发的是一张照片，照片中，阳台上的一盆刚刚发芽的向日葵幼苗，在午后的阳光中破土而出，金色的光晕折射在窗玻璃上，映出五彩斑斓的色泽，让人的心也随之温暖起来。

照片的配文只写了短短的一句话："只要生命中还有阳光，还有奔赴的意义，我就不可能不幸福。"

简单的一张图片，简单的一句话，却让我疲惫的心情莫名的又振奋起来。我起身收拾好凌乱的衣服和鞋子，盘起散乱的头发，到厨房里去为自己做了一盘蛋炒饭。

这些年来，谷雨一直是我上进的动力，在撑不下去时去刷一刷她的微博，或者给她打一个电话，已经成为我的习惯。

她就是那样一个人，一个无论生活多么艰辛，无论遭受过多少白眼与排挤，都依旧能够坚守阵地，手举长枪，却不忘在脚下种一片花开的人。

犹记得去年春天，谷雨的第一本插画书出版的签售会上，陌陌坐在我身边，哭成了一个泪人。

在大学里，因为在同一个社团的关系，文学系的我跟美院的谷雨和陌陌成了好闺蜜，每天过着三人姐妹淘的无忧无虑的日子。

拿到毕业证的那天晚上，我们曾在教学楼顶的天台上一起喝酒庆祝，喝醉了，就在晚风中反复唱着萧亚轩的那首《我要的世界》，唱着唱着就笑了，笑完又坐在一地的啤酒瓶中抱头痛哭。谷雨和陌陌说，她们有着一样的梦想，就是成为出色的插画师，用手中的画笔去描绘出心里的那个世界。

那时，每一个毕业生都顶着北京夏天毒辣辣的太阳，挤着地铁满世界去面试，我们中的大多数，都在现实和梦想的夹缝中迷茫喘息着，为了得到一份能养活自己的工作而奔波。

而谷雨和陌陌，却共同定下了一个约定，她们要比赛看谁能先实现梦想，出版第一本插画书。

她们在那间租来的阁楼里，每天低头创作，实在没有灵感了，就拉上在杂志社实习的我到处去疯玩，放松过后，继续回到家里闷头创作。

时间就在这样单调而充实的日子里仓促溜走，可预期的梦想成真却迟迟没有到来，转眼两年过去，当身边的同学都已经升职加薪的时候，谷雨和陌陌还是只能依靠着极不稳定的插画收入过着省吃俭用的生活。

陌陌最终选择了放弃，她应聘了一家公司的行政工作，成为一个普普通通的白领，虽然工资不高，但生活却比画插画时安稳了许多。

为了庆祝陌陌找到工作，那天晚上，我们三个在国贸的一家港式餐厅里大吃了一顿。陌陌有些歉疚的对谷雨说："对不起，我不能陪你走下去了，你也别再做白日梦了，我们早晚都要面对现实。"

我在一旁默不作声，其实我很理解陌陌，因为这个社会就是这样残酷，梦想很美好，可并不是每一个梦想都能变成现实，虽然自由和远方很诱人，但我们的心里，终究还是渴望安稳和归宿。

谷雨却表现出了惊人的淡定，她笑着拍了拍陌陌的肩膀："有啥对不起的，你有了好工作对我来说是天大的喜事呀，以后我又多了一个蹭饭的地方！"

谷雨就是从那时开始发微博的，每一条微博的内容，都是那样的明媚而积极向上。可我知道，这是她在拼搏的道路上失去唯一的战友后，找到的另一种安慰和激励自己的方式。

在接下来的两年里，谷雨依旧过着时好时坏的日子，可随着作品的增加，她在这一行里也渐渐小有名气了，也有了稳定的合作刊物，日子算是有了很大的起色。

去年，一家出版社在微博上看到了她的作品，于是策划出一本插画集。一直默默努力的谷雨终于等来了她梦寐以求的那个机会。

如今，随着第一本插画书的畅销，谷雨已经是一个有名的插画师了，她终于实现了自己的愿望，并用赚来的钱在海边买了房子，每天面朝大海，过着她曾经梦寐以求的生活。

梦想总是美好，可现实总是残酷。在这强大而残酷的现实面前，我们心里的那个梦想总是显得那样荒唐幼稚，因为在已经深深陷入现实的泥潭中的人们的眼中，任何与物质富有、与生活稳定无关的梦想，都不过是可笑而不切实际的傻瓜行径。

殊不知，那些看似聪明的人，自以为与现实达成了妥协，就能掌握人生的主动权，却终究只剩下了嘲笑别人的能力。他们自己攀不上高峰，就站在崖底向别人招手说，你下来吧，我们一起在现实的漩涡中沦陷。

我们都知道现实残酷，都知道前路渺茫，可是不是有一句话说，再遥远的梦想，也敌不过一个傻子的坚持吗？

未来是美好的，但只有曾为了它执着奔跑，即使头破血流也不曾放弃的人，才配得上这份美好。

所以，女孩，不要羡慕那些头顶光环、荣耀万丈的人，也不要怪现实残酷摧残了你的梦想，要怪可能要怪你自己还不够坚持。

美丽的事物往往是短暂的，比如一闪而过的流星，比如顷刻坠落的漫天烟火，比如转瞬凋零的昙花。在我们漫长的生命旅程中，能够拥有的那些美丽也往往转瞬即逝，就像呼啸而过的青春年少，就像以为可以天长地久的那场初恋。

所以，女孩子年轻时的美丽，其实并不值得成为炫耀的资本，因

为当你还沉浸其中误以为可以惊鸿一世的时候，皱纹已经悄悄爬上了你的脸颊，乌黑的秀发间也开始青丝斑驳。

红颜老去，自古以来都带着悲剧的色彩，没有一个女人，不惧怕苍老。

但是，这世上总有一些女子，拥有着抗拒苍老的能力，她们可以轻易让别人忘记她的年龄，忽视她的容貌，无论到任何时候，都愿意由衷地对她说出一声赞美，发出一声感叹。

她们的美丽是永恒的，是残忍的时光唯一愿意手下留情的东西。而这种美丽，不依靠谄媚，不依托容颜，只发自内心，关乎热情。

因为热爱生活，热爱梦想，她们愿意在大千世界中勇敢地站成自己最喜欢的那种姿态，任凭冷风呼啸，也无法熄灭心中的热情。

这尘世萧条，可她们只管赏最美的花，这世界冰冷，可她们只管喝最烈的酒，这夜晚漆黑，可她们只管做最璀璨的烟火。

当你愿意为了心中的理想和热情去生活，愿意把自己当成燃料实现绽放的梦想，没有任何人，能够阻挡你的光芒万丈。

2015 年，有一段视频在网络上爆红，短短几天，就创造了数万点击量。而视频的女主角，是一位 92 岁高龄的美国女子，名叫 Phyllis Sues。不过相比名字，人们更愿意称呼她为“探戈皇后”。

在那段视频中，Sues 体态轻盈如同少女，舞姿堪称完美，更是用四周旋转等高难度动作赢得了无数喝彩。

说起 Sues 的一生，有平凡，也有传奇，平凡是生活赋予她的，而传奇却由她自己创造。

在整个前半生的漫长时光里，她曾是一个平凡到尘埃里去的普通妇女，自小成长在一个贫苦的普通人家，母亲身体不好，身为园艺工人的父亲是家里唯一的顶梁柱，迫于生计，少年时期的 Sues 就已经开始打工来补贴家用。

花样年纪，她嫁给了马克，由女儿的角色转换为人妻，很快由为人母。

为了丈夫，为了孩子，她曾像天下许许多多的女子一样，把自己的一切都奉献给了家庭，每天忙碌而操劳，从来没有想过自己的人生应该是什么样子。

时光荏苒，流年偷换。五十年的岁月恍惚间已然走过，当子女们都已经成家立业，她才终于停下了忙碌半辈子的脚步，开始回头思考自己的人生。而她也终于发现，这一生都在为别人操劳，压抑在自己心底的梦想和对生活的期待，竟一样没有实现。

可是她并不感到悲伤，也并不觉得后悔，因为50岁的年纪，对她来说并不算晚，她觉得自己依然拥有最好的年华，依然有整个下半生的时光可以交付给自己，去活出心里的那份精彩。

那时，她有一个开时装店的梦想，为了创立属于自己的服装品牌，她从零学起，到服装店里去做一名售货员，用心去了解关于服装和时尚的一切知识，并且做了充分的市场调查，将当下的流行趋势和女士们的穿衣喜好悉数掌握。

经过充分准备后，她终于创立了自己的服装品牌，成为公司的老总。短短几年，她便成了服装行业冉冉升起的新星，生意越做越大。

可是，在她63岁那年，海湾战争爆发了，已经实现了拥有服装品牌的梦想的Sues，做出了一个惊人的决定，她要去参军。

虽然家人对此极力反对，可她还是遵从自己内心的选择，毅然上了战场，成为一名空军战士。虽然体力已经远远比不上年轻人，但是作为运输机机务长的她，却在运输补寄的工作上表现出色，为祖国贡献了自己的力量。

退伍后，年近70岁的Sues的心态似乎比以前更加年轻了，她每天都精力充沛，学习了音乐、法语和意大利语，并且爱上了极限运动。

85岁时，在朋友的介绍下，她第一次接触瑜伽，从那以后，便一发不可收拾地爱上了这项运动。她为自己制定了严苛的训练计划，每天雷打不动的训练，而这不仅锻炼了她的体魄，更让她拥有了很好的柔韧性和灵活性，也让她更加魅力四射。

92岁时，她又爱上了探戈，长时间的瑜伽训练，为学习舞蹈打下了很好的基础，所以在学习探戈的过程中，她进步很快，表现出了让人吃惊的爆发力和舞蹈才能。

我们总觉得，追求美丽与梦想，都是年轻人独有的权利，所以习惯了以苍老为借口而自暴自弃，可是Sues却用她自己的故事告诉我们一个道理：只要你的心里有渴望变好的决心，那就永远都不算晚。

20岁的妙龄女郎翩然起舞，可以称之为美丽，92岁的Sues优雅起舞，也依旧能成为世人眼中的探戈皇后；20岁的火辣模特走上T台，可以赢得一片欢呼，80岁的卡门·戴尔·奥里菲丝走上T台，也依旧能让所有人为之疯狂。

世上之事，原本就没有太早或太迟，有的只是你愿不愿意。

心中有梦想的人，即便错过了最合适的年华，也应该抱有为之拼搏尝试的勇气，因为每一个今天，都将是你在以后的人生中最年轻的一天，你要做的，就是把它牢牢握在手中，不要让它在懊悔中虚度。

所有心怀梦想的女孩，最终都将活成她们心目中所期待的那个样子，如果你还没有做到，不是因为你已错过，而是因为它还没有到来，拿出你最好的状态，去追逐，去等待，去相信总有一天，你会得到自己想要的一切。

梦想对每个人而言，都是一种神圣而光芒万丈的存在，它就像生命中的太阳，闪耀在遥远的天际，却时时刻刻带给我们温暖和期待。

因为仰望梦想，所以我们愿意贡献出一切去交换，愿意坚定不移地去拼搏，即便遍体鳞伤，即便遍尝失败苦果，也在所不惜。

但是，梦想之所以珍贵，就是因为并不是所有人都能够如愿靠岸，所以成功者寥寥无几，而绝大多数人，或是在半途搁浅，或是知难而返。

女孩，假如你的梦想从一开始就注定将是一场无法靠岸的旅途，假如你拼尽全力也无法等到它开花结果的那一天，你还愿意付出生命中所有的热情和时光去坚持吗？ 你还愿意虔诚的守望着并快乐着吗？

春光明媚的四月，茜茜穿着从服装店里租来的那套昂贵的白色礼服和水钻高跟鞋，小心翼翼地走在林荫路上。

林荫路的两旁种满了桃树，此时花开得正盛，入眼皆是桃花灼灼，微风吹来，花香扑鼻，散落的花瓣轻柔的随风飘下，落在她的裙摆和脚边。她抬起头，透过桃树树枝的间隙望了一眼天空，湛蓝湛蓝的，几朵白云悠闲的飘过。一切都是那样的美好，她的心情也美丽极了。

铃声响起，她从精致的绣花手包中翻出手机，接起了电话：“茜茜啊，比赛怎么样？”

电话是老爸打来的，她不好意思地笑了笑，“还跟去年一样，与大奖擦肩而过……”

“哦……没事没事，明年再接着努力吧。”老爸在电话里安慰着，语气里暗含着一声叹息。

挂掉电话，茜茜的心情却没有受影响，依旧一边小心翼翼地提起裙摆走着，一边饶有兴致地欣赏着春日的美景。

自小学习钢琴，算下来，已经有十几年了，可最近几年参加了各种各样的大型钢琴比赛，最好的成就就是曾在省级比赛中获得过一次三等奖。说起来，她还真是不幸被当年的那位老师言中了，果然在音乐领域欠缺天赋。

把礼服拿去店里还了，刚好路过一家照相馆，茜茜进去把手机中朋友帮忙拍的比赛时的照片洗了出来，然后拿着照片往家赶。因为换回了平日里最爱的平底鞋，她走路的步伐比先前在林荫路上轻快了许多。

回到家，把照片贴在客厅的照片墙上，她打开电脑给身在国外的曾经的钢琴老师 Nelson 发去一封 e-mail，告知他比赛结果。在电邮的结尾，她说：“虽然依旧和奖项无缘，但我还是很快乐，就像你说的，走在自己最喜欢的道路上，活着的每一天都是快乐的。”

14 岁的时候，因为迷恋钢琴，她的梦想是成为一个殿堂级的钢琴演奏家，为了实现这个梦想，她的整个少年时期都在拼命地努力。每天放学，当别的孩子开心玩耍的时候，她总是一个人在家中，对着五线谱坐在钢琴前反复练习，甚至到了废寝忘食，如痴如醉的地步。

虽然家里并不富裕，但是为了支持她的梦想，父亲特意高薪聘请了在中国发展的英国人 Nelson 做她的钢琴家教，他不但演奏水平高，教学的水平也是一流的，当地有好几个孩子都在他的教导下获得了全国青少年钢琴比赛的奖项。

在 Nelson 的指点下，茜茜相比以前有了很大的进步，但不得不承认，她并不是一个有天分的孩子，虽然付出了比别人更多的努力，可是却总是比不过同龄的孩子进步大。

渐渐地，父母已经放弃让她走音乐道路的希望了，只是因为看她热情不减，所以才一如往日地支持着她。

可虽然父母没说什么，年幼的茜茜还是感觉到了自己的梦想无望，她渐渐变得暴躁和消极，情绪一改变，更别说进步，就连原本能弹好的曲子，也因为心绪起伏而弹不好了。

一天上课，Nelson 没有像往常一样直接翻开琴谱进入正题，而是先给讲了一个故事。

故事中，一个孩子想要成为画家，老画家对他说："并不是每一个学画画的人都能成为优秀的画家，但是只要你画画时感到快乐，这就足够了。就像这世上有两种花，一种可以结果，一种不能结果，但不能结果的花往往更加美丽，比如玫瑰和郁金香，它们的美丽不是为了最终的结果，而是为了拥有一次绽放的过程。"

故事讲完，Nelson 问："你弹琴的时候，觉得快乐吗？"

"快乐！"她毫不犹豫地回答。

Nelson 说："那从现在开始，你只要享受弹琴时的快乐就好，不要去为最后的结果而烦恼。成功有许多种，而快乐本身就是最好的成功。"

从那一天开始，茜茜再也没有因为自己的天分不高而发愁过，她享受每一次手指触摸琴键时的幸福感，并且依旧坚定不移地走在成为钢琴家的这条道路上。只是，她不在因为成绩的好坏而难过或愤怒了，因为她想把追梦的每一天，都过成最美丽的样子，即便最后不能结出果实，也要成为最美丽的那株郁金香。

身为凡尘中人，我们总是渴望成功，所有春天的播种，都是为了秋天的收获。但是，不问结果只求问心无愧的，才可谓之梦想，而不顾过程只在乎结果的，却只能称之为功利。

就如同真正的爱情，并不是一定要求一个执子之手与子偕老的结果，而是希望对方能够幸福快乐，即便不能得到对方的爱，也依旧愿意为之付出，为之守候。

真正的梦想，不是明知道会成功才去努力，而是即便知道希望渺茫，也不愿意放弃追逐的脚步。因为在这世上，唯有这一件事情能让你感到快乐，能让你愿意全身心地去投入其中。与之相伴的每一天，对你来说都是万分精彩的，都是生活最好的状态。

女孩，如果你的心中有这样一个梦想，那就不要再忐忑，不要再犹豫，因为你是幸运的，并不是每一朵花都能结出果实，但是你已经找到了属于自己的花季，只管用心耕耘，华美绽放就好。

即便最后以凋谢收场，也总拥有过那一瞬的花开，和那一瞬的快乐。

人与人之间最大的差别，不在于出身相貌，不在于财富学历，而在于他们心中梦想的朝向。

渴望天际的人，自然会努力高飞，渴望海洋的人，自然会潜入水底，向往山巅的人，一定会努力攀爬，而向往远方的人，也终将执着上路。

是梦想的不同，造就了人生方向的不同，是对梦想的热衷程度不同，造就了平凡与卓越的不同。

在追梦的路上，从来没有行不行，只有敢不敢。那些站在世界顶端指点江山的人，也曾有过低到尘埃里灰头土脸的过去，所有的不平凡，都是从平凡中走出来的。

所以，永远不要看轻自己，更不要看轻自己的梦想，即便所有人都在嘲笑，即便它听起来像是天方夜谭。

谁说在茅草堆里睡去的灰姑娘就不能在梦中拥有水晶鞋？谁说处处被排挤的丑小鸭就等不到变成天鹅的那一天？

上帝赋予了我们梦想的同时，就已经赋予了我们配得上它的权利，只要你敢坚持，就没有不可能。

姑娘，请别再拿现实残酷当作借口了，你难道没有看到，那些曾在残酷的现实中浴血奋战的人如今已然拥有了让现实俯首的能力了吗？

所谓的才华，不过是长久的努力。所谓的辉煌，不过是努力过后应有的报偿。所有的传奇，都是始于梦想，终于奋发。

你和梦想之间，缺的只是一点勇气和毅力而已。

愿你有一二知己，隔三岔五，相约看海。也愿你在天水蓝的阴影里，习惯和自己碰杯。

第十三天

独立

愿你不必取悦任何人

•

一个女人所有美好的气质，都来自于独立。

当你即便一个人在崎岖的山路上踽踽独行，也能边走边唱出欢快的歌声，你便学会了坚强。

当你即便没有一个坚实的臂膀可以依靠，也依旧能在世态凉薄中将生活装点成精致美好的模样，你便拥有了优雅。

当你即便遭到了所有人的背叛与敌对，也依旧能靠着自己的本事重新爬起，并将敌人踩在脚下，你便成了头戴皇冠的女王。

而这一切，都是独立赋予你的，因为独立，你可以习惯一个人看海，可以独自承担生活的重负，可以理直气壮的拒绝，可以拼尽全力去精彩。

你可以不需要依靠谁，不需要取悦谁，可以随时随地充满底气，去自由选择自己喜欢的人、喜欢的东西和喜欢的生活，而不是任由别人来挑剔和选择你。

你的独立，就是你的底气。

这世上总有一些女子是幸运的，她们总能轻而易举地得到被人梦寐以求的所有幸福，在我眼里，Cindy 就是这样一个被幸运之神眷顾的女子。

我跟她几乎可以称得上是发小，从小因为父母在同一个单位的关系，家里离得很近，中学时又一直是同班同学，因此就成了很好的玩伴。

她本名叫森迪，是根据英文名 Cindy 直译过来的，因为祖父是当年留洋回来的，所以给她取了这个很洋气的名字。

她的身材高挑，样貌清秀，是那种很典型的古典美，平日里温文尔雅的，一副大家闺秀的模样。

高中时，我们班上有一个很优秀的男生，家里是开服装连锁店的，非常有钱，可他本人却随和低调。他从高一开始就很喜欢Cindy，只是校园里的青涩初恋总是羞于表露的，直到高考过后，两个人才终于确定了恋情。

这一段感情，从18岁的花样年华开始，却大有一开始就从未想过结束的势头，牵手八年，最终走入了婚姻的殿堂。

彼时，男生已经接手了家里的服装店，在事业上做得风生水起，而Cindy也在一家公司做着自己喜欢的工作。

婚后，两人依旧过着如恋爱时那般的甜蜜日子，怕Cindy又顾家又工作太辛苦，老公提议让她辞去工作，安心在家做个全职太太，但Cindy却拒绝了。老公便也没有再勉强，他说，只要你觉得开心就好。

每次朋友聚会，Cindy都会成为我们话题的焦点，大家总是围绕着她是否应该回家做个阔太太这件事争执不休，对我们这些没有强大后盾的上班族来说，能够轻松做个全职太太，还有一张巨额信用卡，那是天大的诱惑力。

所以，我们都觉得Cindy是身在福中不知福。可Cindy却说："我寒窗苦读二十年，又在社会上辛苦打拼了五年，并不是为了让自己坐在家里慢慢发霉。"

然而这句话刚说完没多久，Cindy就辞职回家了。原因很简单，她怀孕了。当一个女人做了母亲以后，所愿意承受和付出的会比以前多很多，她不愿意为了家庭为了老公去做的牺牲，此刻为了这个即将降临的小生命，却全部心甘情愿的牺牲了。

在之后的两年里，她从怀孕到生产再到孩子满一周岁，一直在家里全心全意地照顾宝宝。而她的老公更是表现出了一个五好男人应该具备的一切品质，能赚钱，肯花钱，并对她和孩子百般宠爱。

虽然初做母亲的日子是一个考验，但是有自己的母亲和婆婆照顾，一切吃穿用度全部都是外国进口的高档货，家里所有的家务活也都有保姆来做。我们都不得不感叹，她这个全职太太当的实在是太轻松自在了些。

那时，我们都以为，她会从此一辈子过着这样轻松自在的生活，因为老人常说，人一旦过惯了享福的日子，就很难再对自己狠下心来。可是出人意料的是，孩子满周岁后，Cindy 又重新返回了职场。

她说，这两年的日子过得很舒坦，可是，她发现她的生活圈子越来越窄，以前，她拥有一整个世界，在外面她是纵横职场的白领丽人，有着自己的事业和交际圈，回到家里才是一个妻子，她有着丰富多彩的生活，有着不同的社会角色。可是如今，她的生活里只剩下了柴米油盐，她的角色只剩下谁谁的妻子和谁谁的母亲，这种缺失，让她觉得心里空落落的。

从前，她的工资虽然不高，但是经济的独立让她觉得自己是一个有尊严的人，如今，虽然老公很宠爱她，赚的钱都交到她手中，可是她却找不到那种自己掏腰包去买喜欢的东西的满足感了。这让她从心理上觉得自己越来越卑微，更让她对家人心怀愧疚。

然后，我们又见到了那个踩着高跟鞋出入在办公大楼里的神采飞扬的 Cindy。

我知道，她缺的不是钱，不是一份工作，而是自己能够主宰自己生活的那份底气。

刘嘉玲曾说：“我喜欢的女人，乐观、坚强、温柔、优雅。找一份自己喜爱的工作，喜欢的东西，自己掏腰包买。不要以为找个有钱男人就可以满足，年轻漂亮的女孩无限量上架。女人要懂得学会独立，不断提升自我价值，让自己变得无可替代。”

假若你拥有一个全心全意爱你的伴侣，并且不需要为了生计而奔波，那么你是幸运的，但是，你若珍惜这一种幸运，就应当去做一个独立自强的女人，因为唯有独立，才能平等，才能相互关爱与扶持，而不是将生活的重担全部放在对方的肩膀上，自己坐享其成。

假若你暂时还没有这样的幸运，那更应该做一个独立的人。当没有人为你遮风挡雨时，记得为自己带一把伞，当没有人在寒冬里为你敞开怀抱时，记得为自己多加一件衣服。

一个独立的女人，无论在任何时候，总能够把荒凉的人生活出精彩，因为她们不需要依靠别人，不畏惧任何人的离去，她们拥有把握自己人生走向的能力，所以能够理直气壮地选择属于自己的人生，并且以此来赢得他人和整个社会的尊重。

女孩，没有人爱时，就请专注于自己，活出一个人的精彩，有人爱时，也要让自己拥有能够拥抱对方、共同飞翔的能力，这才是一个女人最好的生活状态。

:

我们的一生中，将会遇到许多人，有些人带给我们温暖，有些人带给我们伤害。但在最初相遇时，我们总是很难分辨得清，谁是值得我们用生命去珍惜的，而谁注定又只能擦肩而过。

所以，在遇到那个真正懂你，真正愿意去呵护你的人之前，我们

要先学会自己强大起来。

很多时候，我们总有一种错觉，认为一旦女子太过强大，就会失去在男性面前的魅力，就活该一个人承担，活该没有人疼。

但是，这是一个假命题。因为真正爱你的人，不会因为你的强大而退缩，真正疼你的人，不会因为你的独立而懈怠，真正懂你的人，不会忽视你笑容背后默默吞下的那些泪水。

“见面的时候，一定要表现得温柔一些，女孩子不好太要强的！还有，千万不要抢着买单！”老妈在电话里很不放心的嘱咐着。

“知道啦，知道啦！妈，我还要赶公交呢，先挂了啊。”沈碧很不耐烦地挂了电话，坐上公交，赶去参加她人生中的第一次相亲。

因为曾在上一次的感情中受伤很深，这几年来，她一直没有再谈过恋爱，转眼过了25岁，父母开始了每天催婚的节奏，更是四处托人帮她介绍。

离约定的时间还有15分钟时，沈碧便到达了那家餐厅。这是她的习惯，与人相约从来都是提前到达。可是当她进去之后才发现，那位男士已经坐在靠窗的座位上等她了。

“不好意思，让你久等了。”她礼貌地上前打招呼。

“我也刚刚才到。”他很绅士地站起来，帮她把椅子搬开。

虽然在来之前，她对相亲这件事多有抵触，但是这一次的见面却出乎意料的愉快。

一起吃过饭，他主动买单，她牢记妈妈的话，没有抢着付钱。但是回去以后，却用微信转给他一个红包，不多不少，刚好是一半的餐费。

这就是沈碧和现任男友涛第一次见面的场景，如今，两人已经相恋3年，准备步入婚姻的殿堂。在朋友聚会上，当大家起哄地问他们的相识过程时，两人笑着说起这段过往。

涛说，那天吃完饭，他要开车送她回家，但她却笑着拒绝了。当他把车从地下停车场开出来，远远看到她站在餐厅外的角落里换下高跟鞋，然后踩着平底鞋去挤公交车的时候，他就爱上了这个坚强到让人心疼的女孩，发誓要一辈子好好照顾她。

这些话他以前从来没有说过，所以在那天的聚会上，当沈碧第一次听到的时候，突然泪流满面。

从小到大，她都是一个很独立很能干的女孩子。这并不是因为她长得多强壮，而是因为她觉得只要自己能够应付得来的事情，就不应该去麻烦别人，即便这个人是你最亲近的人。

所以，在别人眼中，她一直是一个无所不能的女汉子，在工作中雷厉风行，即便受再大的委屈也绝不撕闹，只是咬紧牙关去克服所有难关。在生活中更是独当一面，无论是做饭做家务，还是搬煤气罐、换灯泡、修电脑，她总是撸起袖子就干，极少麻烦身边的人。

要强虽有要强的好处，可也总归有不好的地方，那就是太容易让别人放心。就像她的上一段恋情，两人原本在一起很甜蜜，但是她什么事情都自己搞定，几乎不需要对方操什么心，久而久之，对方习以为常，当真放了一百二十个心，每天任由她一个人夜班回家，一个人提着重物上楼。

搬家时，本来说好了会来帮忙，结果他因为临时跟朋友有约没能回来，沈碧一个人把所有的行李拖进新家，累到趴在门口起不来，那个时候，她开始觉得有些寒心了。

然而不久后发生的另一件事，更是让她觉得伤透了心。那天她开车去外地出差，赶回来的时候已经是凌晨一点，结果因为下雨天路滑，高速公路上发生了追尾，她拼命打方向盘才没有撞上前面的事故车，车子从左侧打滑出去，险些撞上护栏。

虽然她和车都没事，但如此惊心动魄的瞬间也吓得她脸色惨白，双脚发软，她颤抖着双手拨通了男友的电话，对方一开始很紧张，可当得知她并没有受伤，车也没有损坏后，便对她说："吓我一跳，原来是别人出了车祸，我还以为你出车祸了！既然没受伤，就赶快开车回来吧，我在家里等你。"

那一刻，她真的觉得很委屈也很伤心，她很崩溃地对着电话吼道："一个小时之内，如果你不出现在我面前，你就永远不要再出现了！"

从那天开始，那个男的变成了前男友，沈碧恢复了单身，依旧以女汉子的状态投入到工作和生活中，却再也没有谈过恋爱。

直到相亲时遇见了现在的男朋友涛。他喜欢她的坚强独立，却依旧愿意像照顾小女人一样地去呵护她，在她需要依靠的时候，随时把她揽入怀中。

有一次，沈碧去郊区的一个庄园里参加酒会，结果不小心在半路丢了钱包，酒会结束，身无分文的她犹豫了一会儿，还是决定先打车回家，到了家再取钱还给司机。这时，刚好涛打电话过来，问她酒会结束了没有，她说结束了，现在就打车回去。

没想到涛却在电话说："大晚上的一个女孩子打车太不安全了，我已经在去接你的路上了，还有十分钟就到。"

十分钟后，当看到涛的身影出现在眼前，她的泪水夺眶而出，平生第一次哭得像个孩子。

或许你会觉得，当你拥有了能够独自承担、独自作战的能力以后，你就失去了享受呵护的机会，所以你宁愿折断自己的翅膀，只为在冷风中找到一个温暖的臂膀可以依靠。

但是，从你折断翅膀的那一刻起，你就注定失去了飞翔的能力，你将永远失去天空，失去自由，失去尊严，失去实现自我的可能和对不合适的人说 NO 的勇气。

我们的所有独立与坚强，并不是为了去改变世界，并不是为了去与谁针锋相对。而是为了在遇到那个命中注定的人之前，可以拥有一个人生活的能力，为了在遇到那个命中注定的人以后，可以拥有与对方并肩作战、共担风雨的能力。

所以，如果你因为独立而害怕失去，那不是独立本身的错，而是因为还没有遇到那个对的人。

那个对的人，绝不会因为你的独立而疏于对你的关爱和照顾，相反，他会因为你的独立而欣慰，并发自内心的为你的独立而喝彩，他会尊重你的坚强，欣赏你的勇敢。

女孩，愿你坚强自我，从容不迫，强大到无须疼爱，却幸运到有人宠爱。

••

女孩，愿你有一二知己，隔三岔五，相约看海。也愿你在天水蓝的阴影里，习惯和自己碰杯。

《欢乐颂》是前段时间很火的电视剧，剧中五个出身不同、性格各异的女孩聚在一起，为观众展现了五种截然不同的女性励志故事，她们各有特色，各有所长，也各有风采。

但如果你仔细去回味，就会发现，其实这五个性格截然不同的女孩身上有着一个共同的品质，那就是独立。

海归女强人安迪，有着一个不幸的童年，这给她的人生造成了不可磨灭的阴影，但就是这样一个不幸的孩子，却活出了所有女人梦想中的模样。拥有着极高的智商，在金融界呼风唤雨，享受着别人梦寐以求的物质生活，身上却没有一丝铜臭味，而是时时刻刻从容得体，女王范儿十足。

她拥有的这一切，都是来自于自己的努力。她是那样自律的一个人，生活规律，做事专注，积极上进，理性果敢。在回国之初，人们曾因为她年轻貌美而质疑她靠色相上位，可她却用实力给了绯闻制造者最有力的反驳。

当她条理清晰、抽丝剥茧的帮曲筱绡阐释可行性方案的时候，当她在会议上准确无误的指出下属的工作漏洞的时候，是那样的可敬又可畏，是那样的光彩照人。

富家女曲筱绡，表面上嚣张跋扈、古灵精怪，但做起事来却是她们中最拼命的一个，明明可以靠着家里的势力直接进入分公司做副总，为了证明自己的实力却偏偏从一个小公司一点点做起。

上学时不学无术，却为了完成一个方案48小时不休息，抱着英语词典啃完了一大堆全英文资料，为了拉资源、谈客户，更是每天东奔西走，用尽手段也不肯放过任何一个机会。她的这股拼劲和不服输的精神，让这个原本毒舌、傲慢的角色有了很闪光的一面，让人不得不竖起大拇指。

关雎尔，家世良好的乖乖女，虽不是大家闺秀，但却一副养尊处优的娇小姐模样，看起来楚楚可怜。可她身上，却偏偏有牛一样执着的个性，在世界五百强的外企里，因为学历不高而备受排挤，却顶着巨大的压力，宁愿每天不眠不休的加班熬夜，也不肯回小城市去依偎在父母的怀抱里。

面对工作中所有的指责与质疑，她就像海绵一样全部接受，全部吸收，让自己一点一点进步和成长起来，一路走得默默无闻，却踏实而努力。当她终于等来转正的那一刻时，所有体会过职场艰辛的人，都会为之感动。

邱莹莹，平凡到没有任何闪光点的女孩，走在人群里也永远是当配角的那一个，没有拿得出手的家世、样貌、才华，整天犯傻，却总搞不清自己错在哪里。

她迷茫而平庸，更不知理想为何物，但虽然走过许多弯路，却在一次次打击之下，跌跌撞撞的走了下去，每次跌倒了哭一会儿都能再爬起来。到最后，她一点一点摸索着成长，在进入咖啡店工作后，终于渐渐守得云开见月明。

樊胜美，可以说是五人中争议最多的一个，因为她的终极目标，就是找一个钻石王老五，飞上枝头变凤凰。这一切都是因为她有一个不争气的家庭，与其说她渴望金钱，不如说她渴望的是一份依靠和温暖。

她虽然功利，但却也是最有担当的一个，在大城市里独自打拼的女孩子，从进入社会的那一刻起，不但要养活自己，还要背上整个家庭的重担，可即便愤恨，即便艰难，却还是用柔弱的肩膀扛了下来，拼尽全力去让家人生活得更好，去改写自己的命运。

《欢乐颂》的故事告诉我们，一个人的出身、样貌、才华、运气都不是主导命运走向的决定因素，无论从哪一个起点、哪一个方向出发，只要你肯已从自己的意愿大步向前，到最后，总会到达你想去的地方。

在漫长的旧时代里，女人最不需要的品质就是独立，因为她们终其一生，都在依附于男人。所以当男人值得依靠时，她们的人生美好，当男人不值得依靠时，她们的命运只能以悲剧结尾。

但在如今这个时代里，身为女子，已经拥有了可以选择独立和尊严的权利。

你可以美得有气度，有风骨，你可以勇敢起身，去做自己命运的主宰，你可以开疆拓土，拥有属于自己的领地。

只要你想做人生的主角，没有人能强迫你成为他人的附属品。

姑娘，独立的你应该拥有五种截然不同的样子：在朋友面前肆意发疯的样子，在亲人面前软弱懒散的样子，在恋人面前天真完美的样子，在工作面前精明干练的样子，和独自一人时安静自在的样子。

独立的你，就算前一晚蒙在被子里偷偷哭了一整夜，第二天也要精致优雅的出现在同事面前；独立的你，就算被最信任、最依赖的人背叛和抛弃，也依旧能好好吃饭，好好睡觉；独立的你，就算明知道坚持自我的结果是孤独终老，也愿意朝着心中的目标毅然前行，决不会因为取悦别人，而把自己随意丢弃。

该看书时看书，该运动时运动，该工作时工作，该玩耍时玩耍。

当有人欣赏你的美丽时，就尽情美丽给他看，当无人欣赏时，便孤独地优雅，孤独地绽放。

当有人理解你的痛苦时，就把你的伤疤给他看，当无人理解时，便藏好伤疤，不要让人看到你落魄的一面。

我们渴望爱情，但不强求呵护，渴望友谊，但不强求知音。强大到有底气，独立到有风骨，纵然市肆的喧嚣不绝于耳，城市的繁华引人流连，也不要偏离自己的路途。

独立的女人都是自信的，因为她们坚信，
自己有能力把世界变成最美的那个样子，
想要的东西，从不需要依靠别人来给。

拥有自己的事业，虽然不一定有多大的成就，不一定赚很多钱，但是要让生命的每一天都充实而快乐，要让自己时时刻刻都在进步，要让自己拥有独立的经济基础，买想买的东西，做想做的事。

拥有属于自己的空间，可以是租来的房子，可以小到只有一间卧室，可以简陋的只有一张床，但要用你的心去装饰它，让它成为带给你温暖和安全感的地方，让你在疲惫时，在难过时，有一个归宿。

拥有自己的理想，就算只是一个很小的梦想，就算别人嘲笑或鄙夷，但是有梦想的人生，才能有方向，它将指引你稳步向前，不随波逐流，也不原地踏步。

拥有自己的爱好，不需要有所成就，不需要成为炫耀的资本，只是能够让你在闲暇时有事可做，让你的生活多一些色彩。哪怕只是种花、养鱼，厨艺或编织，只要能让你觉得惬意快乐，便已足够。

还有，永远不要停止变好的步伐，无论是工作还是生活，因为独立也是需要资本的。多充电，提升你的专业技能，多读书，丰富你的精神世界，多运动，保持好的身体状态……你越优秀，便越拥有独立的底气。

独立并不代表强势，记得爱你身边的每一个人，尤其是那些真正关心你的人。

你就是天空中飞翔的那只白鸽，拥有自由，洁白而优雅。

做一只行走江湖的小鸟，做一叶野渡自横的扁舟。看明朝挂帆，看枫叶纷纷。

第十四天

闯荡

世界这么大，不如去流浪

•

生活之所以色彩斑斓，是因为每个人都可以选择自己最喜欢的那种方式。

如果你喜欢两个人相伴上路，便可与一人携手，共担风雨，长相厮守；如果你偏爱一个人轻装前行，便可做一只孤帆，欢笑与泪水都与他人无关。

如果你迷恋都市迷离的灯火，便去享受车水马龙的繁华，去习惯浮华过眼的凄凉；如果你向往田园静谧的夜空，便去享受采菊东篱下的悠然，去习惯遗世而独处的寂寞。

你不是别人，代替不了别人的生活，别人也不是你，无法替你做出选择。人生应当以何种方式去度过，唯有停下来问问自己的内心，才能找到最好的答案。

自从大学毕业以后，素素就成了别人眼中的一个笑柄，不为别的，只是因为名校法学专业毕业的她，原本可以成为一个光鲜亮丽的职场精英，却偏偏在一家酒店里做起了前台工作。

父母无论如何也接受不了她这样的选择，甚至觉得在亲人朋友面前抬不起头来，这个苦心栽培了二十多年的优秀女儿，到头来竟然没有按照他们心中所期待的精英路线发展。

父亲在暴怒之下，甚至曾说过断绝父女关系的重话，然而这些都没能改变她的选择。

因为从 18 岁开始，素素就有一个很梦幻很唯美的愿望，她希望自己在未来的某一天，能够开起一家属于自己的客栈，一家隐于僻静的小巷之中的，被鲜花绿植围绕的客栈。

为了涉足这个陌生的领域，她毕业后就进入酒店工作，每天用心地去学习酒店管理的经验。一开始，她是单纯抱着学习的心态进入酒店工作的，可是时间久了，她发现自己爱上了这份工作，因为每天可以和来自天南海北的旅人聊天，遇到许多陌生的人，听许多新鲜的故事，她觉得人生的每时每刻都是丰富而精彩的，也因此更加坚定了想要拥有一家客栈的梦想。

几年后，她觉得自己已经具备了独自经营的实力，于是开始着手去寻找一个合适的地方。

为了完美复原心中的那家客栈的样子，她东奔西跑了几个月，看遍了整座城市的每一条街巷，最后终于在一条老巷子里租下了一座合适的老房子。

然后，她开始一点一点亲手打造那个梦中的家园。每一砖一瓦的堆砌都由她亲自完成，每一株花卉绿植都由她亲手栽下。

为了让每一个来此处休憩的人都能够有一种回归自然的真实感受，整家客栈所有的主体建筑都保留了原木最质朴的色泽，显得清新雅致。

爱花的她更是精心培植了各式各样的花卉，让色彩斑斓的花朵点缀了客栈的每一个角落，每一位旅人在劳累了一天之后，都将在沁人的花香中甜美的入睡，在梦中，与最美丽的大自然相会。

在屋后的院子里，素素特意留出了小块空地，用来翻土种菜，所以，餐厅里的每一道菜，都是客栈里自采自摘的，她说，这才是回归自然的生活应该有的样子。

在客栈里还养着几只猫，那都是曾经在这条街上无家可归的流浪猫，素素把它们带回来，精心照顾，时间久了，它们习惯了这个温馨美丽的新家，也习惯了与陌生的旅客们相处。

这个客栈就像是繁华都市中一个小小的世外桃源，让每一个路过的人自然而然的慢下脚步，忘却门外的喧嚣热闹，生命中只剩下此刻的安静美好。

素素给它取了一个很好听的名字，叫“花房故事”。

一开始，“花房故事”没有什么知名度，每天来的客人都是疏疏拉拉的三两个，但素素也并不着急，只是每天精心的侍弄那些花花草草，用心地去接待每一位到来的客人。

因为客栈从景致到服务都无可挑剔，慢慢地，一传十，十传百，生意开始越来越好。

很久以后，这家偏安一隅的小客栈渐渐被人们熟识，更有记者慕名前来，希望对素素进行采访。

“这些年各地的特色民宿和精品客栈遍地开花，在很多旅游城市甚至已经到了供过于求的程度，在这样的情形之下，您为什么还是坚持开这样一家客栈呢？”

素素坐在绿植环绕的庭院里，笑着说：“你说得对，其实现在国内的民宿客栈多如牛毛，竞争压力大，想要盈利很难。但是我做这一切并不是为了钱。我只是想向自己，也向大家证明，我们有做梦的权利，即便整个世界都向左，你也可以大步向右。”

在她身后的长椅上，一只花猫正慵懒地打着盹，阳光穿过树叶的间隙，留下点点碎金。

有时候，我们会觉得生活就是一条单一的轨迹，我们像是从一开始就被画好了旅行路线的旅人，只能按照社会固有的方式去生存。每天上班，下班，吃饭，睡觉，生活一成不变，而转眼时光倏忽而过，让人惶恐。

然而，心里总有什么东西在蠢蠢欲动，它提醒着春天的到来，提醒着激情尚未退却。在梦中，有大海潮湿的味道，有白云洁白如羽翼，天地辽阔，万物美好，而醒来，只剩下寡淡无味的生活，和一贫如洗的悲哀。

如果你的心里也有着这样的一种蠢蠢欲动，那说明，你的灵魂正渴望以一种出走的方式来完成回归，你的心灵需要一场彻头彻尾的放松。既然如此，便不必太过压抑自己，人生漫长，总可以容纳一些小小的间隔。

我们总是想得太多，做得太少，所以身上背负了太多的枷锁，步伐沉重，心情郁结。所以一位作家曾说，被关在牢笼里的鸟儿在不停地寻找天空，而原本拥有自由的我们，却在不停地寻找笼子。

如果可以选择，我宁愿做一只飞翔的海鸥，在天空与海洋的怀抱里独自闯荡，不在乎过往，不畏惧将来，只在最好的年华里，张开羽翼，活出自己梦境中的那个模样。

:

女孩，在你走出那一片狭小的天地之前，你永远不会知道，这个世界有多么的辽阔。

生活或许是眼前的苟且，可别忘了，在生活的背面，还有诗和远方。

我们在尘世的安稳里努力打拼，只为了求得能够安身立命的一小块土地，可是再多的成长，再多的收获，到头来，也难以安抚那颗在现实面前无处安放的漂泊的心。

既然如此，倒不如放任自己稍稍偏离一些固有的轨迹，去看一看那些意外之外的风景。

忙完了上个季度的工作，我给自己放了一个小长假，远赴荷兰代尔夫特，只是因为曾听人说，那里有一片人间仙境般的世外田园。

一个人的旅行，总是随心所欲的，漫无目的的走走停停，每天都过得随意而懒散。

一天中午，我在街角的一家餐厅里落座，准备品尝一下那家店里特色的黑松露烩饭。

等餐时，我透过餐厅的落地窗向外张望，无意间看到街对面的摄影店前，挂出了一幅巨大的婚纱照。照片上一是对东方面孔的年轻男女，穿着中国古典的大红色礼服，却在有着异域风情的荷兰街景中相拥而吻，经过处理后的画面唯美而错落，有一种难以言说的美感。

然后，被这张别具一格的宣传照吸引，我匆匆吃过午饭，便来到那家装修风格带着中国特色的摄影店去一探究竟。

我刚推门进去，一位穿着中式旗袍的美女便迎了上来，见了我先是微微一惊，然后用中文试探着问："请问，您是中国人吗？"

"是的。"我爽快地回答。

"您是想拍结婚照还是个人写真呢？"

"哦……"我有些不好意思地说，"我只是被您店门口的宣传照吸引了，所以进来看看……"

"我刚磨好了咖啡，有没有兴趣尝一尝呢？"她笑容明媚，真诚而友善。

就这样，我和这个叫阿冰的女孩子成了朋友，人与人之间的缘分说起来还真是神奇，两个同在杭州长大的年龄相仿的女孩，却在遥远的荷兰，完成了一场邂逅。

阿冰出国已经快十年了，十八岁时，因为受到一本游记的影响，她决定用一场旅行当作送给自己的成人礼。那时有一个“间隔年”的说法，所以她把这场旅行的时间定为一年。

兜兜转转，先是走遍了国内的许多地方，骑过川藏线，爬过玉龙雪山，看过大理的云，厦门的海……一年时间转眼过去，可她的脚步却再也停不下来了。

于是，她与另外两位驴友一起，相约骑行丝绸之路。他们从杭州出发，先是北上到了北京，然后一路向西，骑过城市，骑过草原和沙漠，翻过雪山，走出国界，一直沿着丝绸之路，骑到了荷兰鹿特丹，历时半年，完成了一场人生的壮举。

这次的旅程结束，她觉得自己的人生发生了天翻地覆的变化，她重新认识了这个世界，也重新审视了自己，然后，她把一路陪伴她的那辆已经经过无数次修补的山地车，送给了鹿特丹的一家博物馆，独身一人，留在了荷兰，开了这家摄影店。

她说：“这世界太大，可我们的心总是太小，时间漫长无涯，可我们的生命太短暂。我喜欢摄影，喜欢代尔夫特，所以决定在我最喜欢的地方做我最喜欢的事情，用我的镜头，去帮那些处于幸福中的人们，留下他们最美丽的瞬间。”

在我假期剩下的那段时间里，一有空就会去她的店里帮忙，每当看到那些身处幸福中的主角们的笑容在阿冰的镜头里定格的时候，我都会有一种莫名的感动。

在回国的前一天，我请她为我拍了一组写真，在世界广场，在大街小巷，在田园的风中，我放肆的发疯、跳舞、奔跑、大笑，照片洗出来，竟然出奇的自然，带着一些自由与文艺的味道。

阿冰细心地帮我把照片装好，我却没有带走，而是把它们留在了她的店里。

因为我觉得，它们属于那里，应该留在故事发生的地方。而只要它们还留在原地，总有一天，我还会再次回到这里。

生活是一场妥协，在梦中，我们流浪的足迹遍布了地球的每一个角落，看过无数的风景，见过无数的人，有过满载而归的欣喜，也受过一路的风霜滋味。可是，在现实中，我们只是每天办公室和家里的两点一线，生活中唯一的刺激，是夏天冰镇可乐的味道。

不止一次地想过去看一看这个世界，在稀树草原上看白云飘过，在地中海旁等一次日落。想活得潇洒不羁，想在每一次疲惫后遥望归途，想在短暂的生命旅程中完成一次伟大的闯荡，以告慰最好的年华，定格最美的画面。

当心里满装着远飞的梦想，当远处吹来的风带着诱人的花香，一切都在吸引着你前行，你会选择跟着心走，还是压抑自己，做现实的奴仆？

生活的羁绊永远拴不住一颗渴望流浪的心。我们喜欢出发，是因为迷恋未知的风景，不去留恋，是因为一旦留恋，就将成为枷锁下的囚徒。

所以，如果你有一颗蠢蠢欲动的心，那么不妨去做一次闯荡世界的勇者吧。

趁着自己还年轻，还健康，还自由，不要等到白发苍苍的那一天，才把一切留成遗憾。

独自一人离家在外闯荡，总是有太多的辛酸苦楚，每天风里来雨里去，再苦再累也要一个人扛，一个人背，梦想成真的那一天，似乎总是遥不可及。

很多时候，觉得自己真的坚持不住了，曾经坚定的心也开始犹豫了，因为看到那些在父母身边安稳度日、轻松惬意的同龄人，真的很羡慕。

可是，女孩，如果你没有走出过家乡，你就不会明白闯荡的意义。

当你在压力之下获得了比别人更快的成长，当你的交际圈中都是一群视野开阔之人，当你所见识到的一切已然足够成就你的杰出，当你在漫长的积蓄下终于迎来出头之日，你便会明白，这样的闯荡到底有何意义。

“看那满天飘零的花朵，在最美丽的时刻凋谢，有谁会记得这世界它曾经来过。当初的愿望实现了吗？事到如今只好祭奠吗？任岁月风干理想，再也找不回真的我……”

下班高峰期，在拥挤的十号线地铁上，一身职场打扮的可儿，突然抑制不住地放声大哭起来，引来了整个车厢的围观。

她耳朵里塞着耳机，手里的手机正放着这首筷子兄弟的《老男孩》。这是好友思思刚刚通过微信分享给她的一首歌，还附了一段语音："可儿，当初说好的一起闯天下，你还记得吗？"

毕业 4 年，兜兜转转，她像滴小水花，在职场里拼劲了全力扑腾，到最后，却连一个小水花都没有留下。父母在老家为她安排好了一份稳定的工作，又托人介绍了一位知根知底的男性，劝她赶紧回家，不要在北京虚度青春了。视频聊天时，老妈一脸担忧地说："闺女啊，老大不小了，我跟你爸也都老了，你就是再拼个十年，在北京也买不起一个厕所。"

可儿的心就这样动摇了，抬头看着自己租来的那间简陋的单身公寓，又瞥了一眼垃圾桶里的外卖盒子，她觉得自己真的熬不下去了，曾经以为，幸福就像电影里的女主角那样轻易，只要你努力，就总会等来那个翻身的机会，遇上那个帮助你的贵人，可是，在现实的无情打压之下，她终于意识到，天上掉馅饼的概率跟彩票中大奖的概率是一样的，永远都不会降临在她这种配角的头上。

所以，回家吧，她这样劝自己，想着回到家就能立刻拥有一套属于自己的房子，还能每天吃爸妈做的饭，不用在劳心劳力的工作一天后还得像打仗一样挤地铁，就觉得心里有说不出的踏实和向往。

所以，在接下来的那段时间里，她一直麻痹自己，想着等混到年底，发完年终奖就提出辞职，回老家发展。

一开始，心里是欢欣雀跃的，就像终于搬开了压在身上的一座五指山，整日神清气爽，可时间久了，当每天穿梭在都市的繁华中，渐渐开始觉得对这里有一些不舍，负面的情绪再次从心里长出来，像是无根的野草，怎么都拔不干净。

直到今天，当得知她要回老家的思思发来这样一条消息的时候，她突然彻底崩溃了，不知道在纠结什么，不知道在害怕什么，可眼泪就是突然忍不住了，即便是在地铁这样的公众场合中，即便她是那样一个注重形象的人。

关掉手机，擦干眼泪，当地铁停下时，她在众人的注视下走出地铁。然后，地铁从她的身后呼啸着开走，在人来人往的站台上，她没有等待下一班地铁的到来，而是转乘了相反方向的那一辆。

夜晚的冷风吹过，她独自一人来到世贸天阶，在城市的灯火辉煌里仰望头顶的那一片巨型大屏幕，在喧嚣的享受着夜生活的俊男靓女之中，她就像是一个孤单矗立的雕塑，那样渺小，却又那样执着的存在。

4 年前，2013 年的 12 月 31 日，刚刚毕业不久的她和思思，曾经在人山人海之中，异常激动地抬头仰望这大屏幕上变换的各种美丽的画面，心里满怀期待的迎接 2014 年的降临。有人说，只要在那一晚在这里迎接新年，就能实现所有的愿望，获得幸福，因为那是 1314 的美好时刻。

离开世贸天阶时，已经接近午夜，冷风吹透她单薄的外衣，踩着高跟鞋的双脚也已经隐隐作痛，可她的心突然明朗起来，好像是走丢了很久的人，终于找到了回家的路途。

第二天一早，她给母亲打了个电话，说自己决定继续留在北京发展了，她异常坚定地对着电话说："虽然我不知道未来会如何，不知道自己什么时候能实现理想，什么时候能买车买房，可是我知道，如果我回家，以后一定会后悔。我已经习惯了楼下就有大超市，走几步就有电影院，美食有团购，淘宝次日达，随时能听音乐会、能看演唱会的生活了，所以，就算只能租房子，就算每天加班很辛苦，我还是爱这座城市。"

母亲在电话那一头沉默了许久，慈祥地说："照顾好自己，家里的事我跟你爸会处理好的，你不用担心……”

挂掉电话，她长舒一口气，给思思发去一条微信，“你问我要去向何方，我指着大海的方向……”

独自闯荡于繁华都市中的你，或许常常面临着各种各样的压力，你也或许常常会羡慕那些在小城市里安稳度日的同龄人，他们开着小车，做着从不加班的工作，回到家吃着父母做的热乎饭，在电视剧的声音中度过傍晚惬意的时光，他们不担心未来，没有房贷车贷的压力，每一天的心都是定的。

可是，选择了在大城市闯荡的你，却在职场的压力下不敢松气地打拼着，披星戴月的加班，挤着人满为患的地铁，坐着出门就堵的公交，吃着菜多肉少的盒饭，拼命充电只为了应对一次又一次残酷的竞争。你工资上涨的速度永远赶不上房价上涨的速度，每个月的工资永远是数据性的到此一游。有时候仔细想想，真的不知道自己在坚持什么，更不知道这样的生活有何意义。

然而，其实很多时候，是我们弄错了这压力的来源。

当现实的压力迎面而来，我们常常把这一切都归罪于生活的艰难，归罪于大城市的刁难。但是姑娘，真正压垮你的，并不是都市的无情，而是你没有一颗闯荡的心。

如果你静下来想想，就会发觉，自己即便生活艰难，也要留在这里的原因——或许是迷恋高楼大厦的繁华，或许是因为它大到足够容纳你豪迈的梦想，或许是因为你对未来有更加广阔的期许……

心里梦想着大海的人，不甘于在狭窄的溪流中了此一生的人，都将明白这闯荡的意义。

人生有很多种色彩，有白色的安稳，黑色的悲观，红色的狂野，紫色的浪漫。如果你的人生变成了其中一种色泽，不是因为它注定如此，而是因为你在无形之中，赋予了它这种颜色。

许多远方，在上路之前，你永远想象不到它的风景；许多感受，唯有亲身经历过，才知道其中的悲欢甘苦；许多收获，自己跌倒过后得来的，总比他人转述的更容易牢记。

就像温室里的花朵，永远不会明白外面的世界里，那些风雨与阳光对一朵花儿的意义。

没有人能为你开拓出一片土地，让你在秋天里坐享其成，没有人能替你承担所有的风雨，去替你摘回前方的果实，你想要的远方，要自己一步一个脚印去奔赴，你渴望的成功，要自己一路执着地去拼搏。

世界辽阔，你有什么理由放弃闯荡，安然于眼前的苟且？

每个人的心里都有一个江湖，而我们自己只是江湖里的一叶扁舟，随波逐流，肆意闯荡，看似如浮萍般无根，却总有一处风景或一个人让我们迷恋，也总有一处港湾，让我们愿意停泊安家。

而那个人或那个地方，将是你闯荡过后，最好的胜利品。

我眼有秋水，有山河，有沟壑。我宽恕，不代表我忘记。我善良，不代表我懦弱。

第十五天

智慧

我智商不高，但我懂得人心

•

每个人的生活中，都面临着各种各样的选择。

选一个什么样的地方生活，是繁华都市还是休闲小镇？ 是灯火辉煌还是沃野田园？

选一个什么样的人相伴一生，是英俊潇洒还是忠厚老实？ 是纵横捭阖还是朴实勤奋？

选一个什么样的职业谋生，是白领丽人还是乡野农民？ 是奔逐四方还是安稳度日？

我们总想要最好的那一个，择一个最好的城，与一个最好的人，做一份最好的职业，然后度过最好的人生。

但是，到底什么才是最好的？ 巴黎很好，可假若你更向往归园田居呢？ 旅人很好，可假若你厌倦了在路上的生活呢？ 公务员很好，可假若你天性不善交际呢？

所谓的最好，并没有一个标准的定义，千人千种命，你羡慕别人，也成不了别人，你讨厌自己，也丢不下自己，所以，不必羡慕，不必逃避，因为对你而言，适合自己的选择，就已然是最好的选择。

人们常说，小公司的人员流动如流水，尤其在80、90后当道的这个时代。

的确，自从喜乐踏进这家旅行公司开始，她身边的同事就在不停地来了又走。

彼时，那还是一个刚刚创业的名不见经传的小公司，老板是个年轻海归，因为坚信旅行可以改变人的生活，所以放弃了美国年薪百万的 IT 工作，回国来独自创业，创立了这家旅行公司，公司主营业务有团队出游、团队建设，和散客出游。

喜乐是一个喜欢旅行的人，上大学时便总是利用假期的时间四处去玩，毕业后，原本可以进入一家实力雄厚的大公司，但她却选择加入这个创业团队，跟着公司一起从零做起。

刚成立的小公司，总是饥一顿饱一顿，又尚未得到投资人的青睐，所以工资几乎是行业里最低的。而因为公司里只有十几个员工，有时为了忙一个大项目，几乎要全员上阵，没黑天没白天地加班。从与客户洽谈，到策划活动内容，再到带队出行，所有的事情都靠有限的员工来完成，有时候几个项目同时进行，连后台的人事、财务都要跟着出团。

工资低，工作量大，自然很难留住人，所以团队里总是有人离开，也总会有新的面孔进来。初进公司时，喜乐不过是个刚刚毕业的应届生，是公司里资历最浅年纪最小的，但一年之后，随着团队的大换血，她已然成为元老级的人物了。

因为公司的核心领导都是很有想法的海归，相比国内的许多普通旅行社，他们更了解外企领导的想法，所以在外企中很吃得开，再加上他们策划出来的旅行线路和活动内容都新颖而利于团队凝聚，所以许多外企都愿意把春游、秋游甚至年会交给他们。

在公司里锻炼了几年，喜乐已经从一无所知的菜鸟，成长为能够独当一年的项目经理，每次与客户接触，都能给对方留下好印象。

许多与她打过交道的外企 HR，都曾对她抛出过橄榄枝，用高出她现有工资几倍的薪资挖她过去，但都被她礼貌地回绝了。

转眼毕业几年，昔日的同学们如今有很多已经是大公司里的骨干了，无论是薪金还是发展平台都比她好很多，很多人劝她另谋高就，毕竟以她如今的资历，无论去到哪一家公司，都能够拥有一席之地。

但喜乐还是坚持了自己最初的选择，这些年，她跟着公司风风雨雨，起起落落，即使在最艰难的时刻，在每个月工资需要老板向朋友借债才能发出来的时候，她也没有选择离开。

而凭借着深度的创意、优质的服务和远比大旅行社低廉的价格，这家小公司在外企中获得了很好的口碑，公司也随之渐渐发展起来。

去年，这家小公司终于获得了创投人的青睐，摇身一变成为了炙手可热的创业新秀，而喜乐作为唯一一个从创业之初就进入公司的元老级员工，也一跃成为股东。

以前曾劝说她辞职另谋高就的朋友，如今转而对她竖起了大拇指，赞叹地说："你太厉害了，毕业后就抱上了一支潜力股，如今年纪轻轻都混成股东了，不像我们，每天辛辛苦苦工作，也只是拿着死工资，去替别人实现梦想。不过话说回来，照你公司以前的情形，正常人都会选择辞职的吧，你到底为什么坚持下来了？"

喜乐却故弄玄虚地说："如果一块金子和一堆烂泥摆在你面前，只能选一个，你会选哪个？"

"当然是金子了。"对方不假思索地回答。

"那如果你是一粒种子呢？"喜乐很有深意地一笑，"在我眼中，工作没有好不好，只有适不适合，所谓的体面都是给别人看的，但鞋合不合适，只有脚知道。"

这世上，总有一些女子，她们能在世态浮华中独具慧眼，能在大浪奔流时独自坚守，到最后，当随波逐流的人蓦然回首发现狼狈不堪、一无所获的时候，她们已然活成了别人艳羡仰望的那种姿态。

她们不是因为比我们能干，不是因为比我们起点高，只是因为多了一份智慧，一份慧眼识真的智慧，明白自己要什么，适合什么，所以能避开所有的弯路，向着属于自己的那个最好的前方勇往直前。

鱼儿可以向往天空，可是它绝不会傻到妄想生出一双翅膀。鸟儿可以向往大海，却也绝不会忘记不会水的天性，一头扎进水里去自寻死路。

有智慧的女人，永远都拥有自己的独立判断，她们了解自己，所以知道什么是最适合自己的，她们了解这个世界，所以不会受人引诱、欺骗，更不会让欲望迷失自己的双眼。

女孩，这世界的诱惑太多，你需要有一点智慧去分辨，于万千选择中，去找出最适合自己的那一个，不要像那只掰玉米的狗熊一样，在玉米地里走失了自己，盲目地挑选，盲目地丢弃，最后走出田地，却发现自己两手空空。

:

现今社会，为了生计，为了梦想，为了实现自我价值，女人不得不和男人一样，在社会中、在职场上纵横打拼，独自撑起一整片天空。

有人说，傻傻的女人很可爱。但这可爱是给别人看的，在职场中，一个什么都不懂的傻白甜，是很难有立足之地的。

这是一个很现实的社会，也很残酷，并非如电视剧中所演的那样，每一个傻白甜都能遇到真心爱她的高富帅，然后默默帮她处理好一切事情。

面对于己不利的事情，如果你不懂得说不，面对他人的善意友好，如果你分不清是真情假意，面对一次从天而降的机遇，如果你看不透它是鲜花还是陷阱，那么你的职场生涯，注定要充满坎坷。

职场残酷，我们不能做一个心狠手辣的恶毒女人，却也不能傻傻地任由被人摆布。正所谓，害人之心不可有，防人之心不可无。

“你们听说了吗？咱们部门经理的人选已经内定了！”

午休时间，公司楼下的餐厅里，左左刚坐下，一个女同事就神神秘秘地说。

周围的几个同事都好奇的凑过去，左左默不作声地坐在一边，之前这位女同事约了本部门所有的人吃饭，却唯独没有叫上郑馨，她还觉得有些奇怪，可她此话一出，左左心里便已然明白大半了。

果然，那女同事拿出手机来，给大家看了一段偷拍的视频，视频中，郑馨正和分管他们部门的一位副总一起逛商场，举止亲密。

“谁都知道，无论是资历还是能力，郑馨都是咱们中最差的，就凭着一张脸蛋勾搭上了副总，就被内定成了部门经理，这对我们太不公平了！”

“可是人家有后台，我们有什么办法！”

那女同事提议：“不如我们把这视频发给总部的老总们，这样一来，就算是为了避嫌，郑馨也绝对没有当部门经理的可能了。”

“这……不太好吧……越级上报本来就是公司不允许的，何况上报的还是别人的私事，别到时候我们反而是自找晦气。”

“这你就不懂了，法不责众，我们所有人都一起上报，老总们一定会考虑的，总不会把我们整个部门的人都炒了吧！”

左左见事情闹大了，只能插嘴劝大家冷静，“我觉得这件事情不妥，且不说这视频本身证明不了什么，就算他们真的是恋人关系，也不见得部门经理就一定是她的，何况得罪了副总，又惹得总公司上层不悦，对我们而言，也是弊大于利的。”

“可是一旦等郑馨升任部门经理的通知发下来，到时候可就什么都晚了，再说，我们辛辛苦苦地工作，凭什么要被利用美色上位的人踩在脚下，我宁愿辞职走人，也要争这一口气！”

同事们听她说的有道理，何况部门经理的位置也实在诱人，所以大家都纷纷在那张举报书上签了字。

左左却拒绝签字，她站起身，最后劝道：“部门经理的人选，上层自有权衡，也不是一个副总自己就能做决定的，我们与其在这里八卦别人的事情，不如做好自己的事情，让领导看见我们的实力。”

说完，她起身离开餐厅。

第二天，部门集体告发副总的事情就在公司上下闹得沸沸扬扬了。

总公司对此似乎有意低调处理，并没有明确的事件调查结果，也没有任何处罚通知，只是一周后，由总公司空降了一位部门经理到任。

身为绯闻男主角的那位副总没有受到任何影响，依旧是整个部门的顶头上司，郑馨自动请辞，离开了公司，而一向业绩优秀、此次又并未参与到事件中来的左左，被提升为副经理。

那几位在举报书上签过字的同事，一边后悔没有听左左的劝告，一边又在背后对左左指手画脚，说她自私，说她是胆小如鼠的叛徒。

但左左却并不在意，她在副经理的岗位上依旧如以前一样低调工作。她知道，职场有职场的生存法则，就像游戏有游戏的规则和底线，身处其中却非要挑战规则的人，并不是英雄。

身处这个社会中，很多时候，我们都觉得有太多的事情不公平，有太多的事情难以理解甚至难以接受。可这就是这个社会本来的样子，它有许多不公平的地方，有许多不合理的规则，但你身处其中，就只能坦然接受。

不要把自己当作救世主，当作能翻云覆雨的英雄，就盲目地去挑战这个社会的规则，因为你所谓的规则，也不过是你自己认为公平的规则而已，而剑拔弩张到最后，无非是鱼死网破，谁也讨不到便宜。

女孩，你可以抱怨这个社会的不好，抱怨自己的委屈，但抱怨过后，请收好情绪，用理智和睿智来解决问题。

一个睿智的女子，永远都有自己独立的判断能力，当事情摆在眼前，能够凭借自己的智慧分析出事情的前因后果，并且找出最佳的解决方案。她们自信从容，绝不会因为别人的推波助澜就头脑发热，绝不会把别人的评价当成自己看待事情的真理，也绝不会在事情的脉络尚未清晰前就盲目出头成为他人的陪葬。

她们从不得罪谁，也从不恭维谁，永远是一副不卑不亢的姿态，却能在职场中如鱼得水。

她们不耍心计，潜心修炼，努力上进，看似不争不抢，柔善可欺，却能从容地避开所有的陷阱，让自己始终立于不败之地。

长大成人就意味着，我们已经不再拥有坐地打滚、哭泣就能得到一切的权利，你能依靠的只有自己的智慧。

••

幸福那么美好，可这世上似乎总是有太多的不幸。所以我们习惯了心灰意冷，习惯了这个冷漠无情的世界。

但是女孩，不幸或许是命运给的，幸福却不能唾手可得，你生命中的每一点幸福，都要依靠自己去争取。

我们总羡慕那些能把生活与事业都安排妥当的女人，她们似乎得到了上苍更多的眷顾，能够轻易获得别人渴望的一切，然而，我们却没有看到，她们为了得到这一切，付出过怎样的努力。

睿智的女人，从来都不会对幸福守株待兔，她们想要什么，就会拼尽全力，用最好的方式去做最得体的事情，也因此拥有了掌控全局的能力，她们所得到的一切，都来源于自己的智慧。

“老公，我今天还有很多事没忙完，可能要晚点回去，你自己要好好吃饭。哦，对了，你明天开会要穿的西服我已经送去干洗店了，你下班的时候记得去取。”

接起电话的瞬间，燕子温柔得就像一个温润可爱的小女人，而放下电话转过身面向下属们的瞬间，却已经转换成了一副女强人的霸气模样。

而对于这一幕，下属们早已经见怪不怪了，大家只是好奇，这个在工作中雷厉风行、说一不二的职场女魔头，到底是有一个多么强悍的老公，才能让她甘愿在他面前做一个娇俏温柔的小女人。

燕子自从嫁给老公的那一刻起，就一直忍受着婆家人的刁难和白眼。一开始，是因为她家境不好，出身农村的她，虽然是凭着优异成绩考出来的金凤凰，可贫穷的家世却让婆婆看不起，时不时地就抱怨说她的父母没有退休工资，以后儿子会跟着她吃苦受累，因此总是不给她好脸色。

不过老公倒是很疼她，从来没有嫌弃过她的出身，每次母亲刁难，他都和颜悦色的劝慰，说谁家祖上三代不是农民呢，现在农民有地，政策又好，其实比城里强多了。

为了家庭和谐，也为了不让老公有压力，燕子从来不跟婆婆对峙，她明白，虽然对她多有刁难，可是婆婆毕竟出钱给他们买了房，平日里也对他们很是照顾，其实是个刀子嘴豆腐心的人。

婚后，在英语教育机构做讲师的燕子开始有了独立创业的想法，老公对此很是支持，他说，我的工资稳定，可以养家，你就去办英语班吧，成了最好，就算不成，我们也不至于过不下去。

在老公的支持下，燕子从一个补课班开始做起，一开始没有固定教室，就用网上授课的方式，到后来越做越大，竟然拥有了属于自己的外语学校，每年的收入多达七位数，家里一下子富裕了起来。

然而这更让婆婆不省心了，因为自古以来都是男性当家做主，可是现在儿媳竟然在经济上狠狠压过了儿子一头，这可不是个好兆头。亲朋好友们更是唯恐天下不乱，在背后说些风言风语。

婆婆不高兴了，要燕子回家来做个贤妻良母，每天看她一副女老板的样子出门，或者忙到很晚才回来，就阴阳怪气地数落她。

燕子心里明白，这一次不能再指望老公帮自己说话，因为她的成功已经有损了老公作为男人的尊严，如果再这样下去，两人之间早晚会出现裂痕。

她与老公那样相爱，老公又那样疼爱她包容她，虽然人们都说女强人的家庭注定不会幸福，但她却不相信，她知道一定会有办法去平衡事业与家庭之间的矛盾。

而事实证明，她做到了。当所有人都一副等着看好戏的表情，认为他们的婚姻即将走到尽头的时候，燕子用出人意料的方式给了所有人一个漂亮的回击。

因为自小的贫穷，她养成了一个要强的个性，工作中既拼命又上进，可是骨子里的传统观念又让她对家庭十分重视，所以即便在外面再怎样呼风唤雨，只要回到家，她就立马转换回了那个小女人的模样，而这并不是为了讨好谁。她享受有一个家庭，有一个丈夫可以依靠的幸福感，这是她在工作中的动力源泉。

所以她从不因为事业的成功而在老公面前颐指气使，更不会把工作中的烦心事带回家去给家人脸色看，她在职场精英和模范妻子这两个角色之间准确地变换着，把自己的生活经营成了家庭事业的双丰收。

钱赚得多了，燕子孝敬老人、买东西从来都是两份，把公公婆婆当成自己爸妈一样的去孝顺，更是从来没有因为自己赚钱多就在家里耀武扬威过，时间久了，婆婆心里的担忧疑虑打消了，终于意识到自己有一个多么好的儿媳妇，在人前不停地夸赞，为了支持她在外打拼，更是替她包揽了所有的家务。

你抱怨她出手阔绰，穿金戴银，而自己却生活艰辛，钱包空空，可你有没有想过，别人口袋里的钱，也是辛辛苦苦赚来的，而你若未曾努力，哪里有抱怨的权利？

你抱怨她美丽高贵，而自己却平凡普通，可你有没有试过放下手里的零食去健身房运动，有没有试过攒钱为自己挑选两件精致的衣服，有没有试过放下无聊的韩剧去静下心来读一本书？ 别人的美丽高贵，是在努力过后沉淀下来的一种气质，而你未曾努力，哪里有抱怨的权利？

你抱怨她生活幸福，爱情甜蜜，而自己却遇不到心目中的白马王子，可你在大马路上与男友吵架时，她却在朋友面前给足了对方面子，你在家里素面朝天不顾形象时，她却小心装扮永远一副迷人的样子，你埋怨着他给你送的饭菜都凉了一点也不贴心的时候，她却用一个吻感激和回报了他所有的付出。 爱情并不是只有索取，而你都未曾努力付出过，哪里有抱怨的权利？

我们总说，事业有成的女人家庭注定不幸福，而全心全意顾家的女人，事业注定不成功。

可是我们都忘了，女强人之所以容易家庭不幸，是因为她把所有的精力都用在了工作上，所以忽视了对亲人的付出，家庭妇女之所以事业无成，是因为她把所有的精历都用在柴米油盐上，所以忽视了对事业的付出。

当你在一件事情上没有付出的时候，就自然没有收获，这是理所当然的结局。

所以，女孩，当你抱怨对方离你而去的时候，不妨反思一下，那个最先转身的人，是不是你自己。

守株待兔等来的幸福并不值得期待，我们是自己命运的主宰，想要的幸福，就要自己去努力争取，用心经营，这才是智慧女人应该有的模样。

社会复杂，命运坎坷，我愿做一个智慧的女人，不迷茫困顿，不怨天尤人，潜心修炼，潜心经营。

现实带给我凄凉，带给我冷漠，带给我无助，但我眼有秋水，有山河，有沟壑。

我可以宽恕那些背叛和伤害过我的人，但这并不代表我忘记，我会将他们永远拉入黑名单，不再给他们任何靠近我的机会。

我可以善良地笑对每一个与我擦肩而过的人，但这并不代表我懦弱，我会对那些不利的事情勇敢说不，会像战士一样让那些心怀不轨的人看到我坚毅的眼神，绝不妥协，绝不逃避。

我知幸福来之不易，所以愿意拼尽全力去争取，所以牢牢珍惜握在手中的幸福，绝不因自己的任性、懒散而将它们肆意挥霍。

我或许会经历失败，但我会告诉自己，失败并不可怕，因为世界这么大，我不可能成为所有人眼中的主角，只要做好自己应该做的一切，不负梦想，不负光阴，成为自己生活的主角就好。

我将充分的认识我自己，做出最适合自己的选择，然后把优势发展为利剑，在前进的道路上披荆斩棘，将弱势伪装成盾牌，绝不给敌人轻易靠近的机会。

我外表随和，与世无争，可也绝不会向命运低头，我将凭借自己的智慧，安然度过漫长岁月，没有了青春，便成熟美丽，从风雨中走来，依然神采奕奕。

我的心不用来装龌龊与难堪，黑暗与复杂，那里开满了故乡的风铃花。我没有时间嫉妒你，我只想与花鸟鱼虫说说话。

第十六天

淡然

纵有芙蓉面，不堪玻璃心

•

人生之路何其艰难，为了给自己一个坚持的理由，我们常常以梦想之名，催促自己前行。

然而，假若造化弄人，让你的所有努力付诸东流，假若天资愚钝，才华永远配不上自己的野心，那么你是否愿意还给自己一片寂静，在岁月中安然度日，不与自己较劲？

生命，可以是遍地枯叶，也可以是一树花开。执念过重的人，忙着低头赶路，往往只能看到脚下的枯黄落叶，而愿意放过自己的人，却可以停下来抬头看看天空，赏蓝天之下的那一树花开。

生活并不总是一帆风顺，执手的人转眼分别，心中的信仰被残忍摧毁，努力去实现的梦永远只是一个梦……有太多的背叛，太多的离别，太多的求不得，太多的放不下，可是无论你最初以什么样的方式去面对，哭泣也好、发疯也罢，到最后，都只能学会沉默地接受。

然后渐渐顿悟，这繁华与喧嚣之中，无论是安静或热烈的，无论是寂寞或璀璨的，到最后，也都不过是时光年轮中一段浅浅的痕迹，何必执念，何必痛苦。

不如就肆意洒脱一些，随它缘深缘浅，随它聚散来去，得失由心。我们只管在这三千丈红尘之中，守拙以清心，淡然而浅笑。如此，便好。

美国的加州，一向以炎热干燥的天气出名，这里的阳光炙热，常常照得人睁不开双眼。在这样干燥的气候之下，植被往往难以生存，所以在加州，很难看见大片生长的绿色。

然而，有一个地方是个例外。

已经逾百岁的露丝班克罗夫特夫人，有着一家以自己名字命名的私人花园，这座位于美国西海岸上的花园，就像是一片绿野仙踪，让每一个到过这里的人，都能够远离尘世的喧嚣，体会到大自然的宁静。

每天上午8点，露丝夫人都会准时地出现在花园中，精心灌溉、设计和养护每一株花草，一直到日落时分，才从花园里归来，回到花园旁那座保留着50年代建筑风格的房子中，在夕阳的余晖下，安静地喝一杯茶，或者看一本书，然后透过窗子，看一看窗外那一片花草繁盛的美丽世界。生活安静而美好。

露丝夫人是土生土长的加州人，她1908年出生在这里，所以对这片土地有着异常深厚的感情。可年轻时，她从未想过有一天自己会与这片土地以这样的方式产生亲密的联系。

年少气盛的她，曾梦想做一名建筑师，她从18岁开始攻读建筑，全心全意地为了梦想而努力。然而，一场席卷全球的经济风暴，摧毁了美国的经济，让许多人流落街头，也让她的梦想随之破灭。

无奈之下，她只能放弃成为建筑师的梦想，进入学校里做了一名普普通通的老师。但或许是上帝有意对她有所报偿，生活失意的她在这里意外地收获了一份爱情。

婚姻生活的甜蜜让露丝重新对生活充满希望，她想要把生活装点得更加美好，所以开始研究园艺。可没想到，在与花花草草相处的过程中，她渐渐爱上了这样一种生活。

一开始，在她的花园中，总是遍布各种各样娇艳的鲜花，它们色彩鲜艳，让人心情雀跃，然而到后来，相比脆弱不堪的鲜花，她更加沉迷于那些生命力顽强的多肉植物。

为了找到更多的沙漠植物的幼苗，她去美国各地的花圃寻找，运气好的时候，还能收获到一些稀缺品种。

每一天，她都会耐心地照料这一园子的植物，坚持做笔记记录着植物们的成长。她还把运用自己建筑学的知识，打造了一家属于自己的多肉博物馆。

而她的花园，对于气候干旱的加州来说，意义重大，因为这其中的许多节水又美观的植物，对于对抗干旱有着非凡的意义。这引起了美国园林保护组织的关注，露丝夫人的花园因此成了第一个受美国园林保护组织赞助和保护的私家花园，很快，它又被太平洋园艺杂志评为“美国西海岸最具意义的私人花园”。

花园对外开放后，每天都有来自世界各地的游客慕名前来，但露丝夫人却依旧过着她与花草谈心、在夕阳下读书品茶的宁静生活，她一生沉醉于自然，半世守护着这座花园，不以凡尘纷扰相扰，不因得失成败而忧，随性自然，从容淡然，俨然活出了生命中最纯粹、最岁月静好的模样。

人生的路途，举步维艰，可我们总要给自己一个微笑的理由。眼前的社会，世态炎凉，可我们总要找到一个取暖的方式。茫然的前路，孤独无依，可我们总要释放心底狂欢的欲望。

不如，就在历经沧桑以后，学会含着眼泪去微笑，在寒风瑟瑟之中，学会用双臂相拥来取暖，在一个人的静夜里，学会与清风明月来一场对白。

那些痛过的、哭过的，总有一天会成为过去，那些不舍的、期待的，总有一天会散如云烟，流过的泪会风干，受过的伤会愈合。而当你再回过头时，所有的一切都已经在岁月的打磨下成为风景。

不如就学会淡然地笑对一切，于时光深处，静看每一场花开花落，于岁月之巅，去放任灵魂肆意高歌。

把所有的苦痛化作烈酒，畅饮过后，一切如旧，而把所有美好的点滴，都悉心留存，让它们积淀在心里最柔软的地方，让生命的每一天，都明媚如春光。

:

年少轻狂的人，总有着不可一世的幻觉，认为这世界的权威不过尔尔，认为所有的结局都是一种水到渠成和顺理成章，比如有志者事竟成，比如有情人终成眷属。

然而行年经久，才渐渐懂得，原来这并不是一个可以靠寥寥数语简单概括的世界，在这里，我们所信仰的真理常常是苍白无力的，并不是所有的东西都符合我们单纯的想象。

那些以为可以牵手一生的人，总会在某一个岔路口分道扬镳；那些以为会降临的好运，却常常没能如期而至；那些在一些人眼中遥不可及的幸福，却总被另一些人弃如敝屣……

人生，有着太多的无奈、失望、遗憾，但这并不代表，我们就可以理直气壮地堕落和悲观。

贫穷不是不幸的理由，失败也不是痛苦的源泉，只要你愿意稍稍收敛内心的欲望，愿意去做一个平和的人，哪怕在真实里哭过，却依旧愿意笑着入梦。

新年伊始，当公告栏里贴出新一年的人事调动通知时，她只是微微一笑，便转身回到自己的办公桌前，继续去“啃”那个已经被吹毛求疵的客户退回来两次的方案。

关系要好的同事走过来低声替她鸣不平，“这次升组长怎么看都应该是你啊，没想到半路被截了胡，你还能工作得下去！听说为了升组长，人家可是四处给领导送礼买通了关系！”

她却不以为意地一笑，起身把同事推回自己的座位，然后安心埋头于工作。

论业绩，她是全组最好的，论资历，她与那位新上任的组长同时进公司，论卖力程度，她是从不迟到、一直晚退、加班最多的那一个，论人品，无论在同事还是客户口中，她都是评价最高的。

这一次部门调任，他们这个小组要选新组长，所有人都以为她势在必得，然而那个平日里工作得过且过的人，却成了半路杀出的程咬金，轻轻松松升了职。

说没有一点失落那是假的，毕竟自己的付出摆在那里，得不到重用的滋味总是不好受的。可是入职几年，她再也不是那个遇到不公平就叫嚣着讨还公道的幼稚女孩了，那时候，她认为能够独当一面就是成熟，而如今她已然明白，这社会世故而复杂，唯有人情练达却不世故，看清得失淡然处之，才能称之为成熟。

晚上下班，领导主动提出请她吃饭，她知他是心有歉疚，便没有拒绝。

领导面带歉意，态度随和地解释说："我知道你心里不平衡，可是这人事调动也不是我一个人说了算的，我们做上司的也有难处，希望你能够体谅，我请你吃饭，权当赔罪。"

她淡然一笑，"作为下属，服从公司安排也是应该的，您不必特意安慰我，这点小事还不至于让我心怀怨恨。"

顿了顿，她继续说："说起来，这一课还是当年我刚进公司时，您给我上的。"

领导面露尴尬之色，她却笑着举起酒杯，大有一笑泯恩仇的气度。

那年，她刚进公司不久，带着初生牛犊不怕虎的冲劲，敢拼敢干，立志闯下一番大事业，所以全心扑在工作上，花了两个多月的时间独立完成了一个大单子，为此累得住了院。然而养好身体重返公司，却发现自己的功劳已经被人据为己有，那个窃取她劳动果实的人，就是现在坐在她面前的这位领导，彼时，他还只是这个组的组长。

凭借着出众的业绩，他很快荣升部门经理，而她，愤愤不平地去找他理论，他却只是笑着说："我是组长，全组的业绩自然都可以算我的，这没什么大惊小怪的，当年我也是这么熬过来的。走，我请你吃饭。"

从那件事之后，她便知道，原来这个社会并不是她想象中的那般美好，并不是所有的付出都会有收获，并不是谁都在乎她公不公平、委不委屈。可她没有选择逃避，而是决心在这样的环境中，坚持做自己，努力做好自己该做的事情，不问成败，不问结果，但求于心无愧。

老话常说，知足者常乐。这世上，最富有的人不一定是最快乐的人，最成功的人也不一定是最幸福的人，可懂得知足的人，欲望淡泊的人，无论身处何种境遇，总能找到那份简单的快乐。

很多时候，我们之所以软弱，是因为想要守住的东西太多，却眼看着它们离自己而去。之所以失望，是因为想得到的东西太多，却无论怎么努力，还是无法跟上欲望的步伐。

所以，女孩，你的不幸，不是因为你拥有的太少，而是因为你要求了太多，生命变成一场负重的旅行，才会每时每刻都步履艰难。

你可以选择勇往直前，只要在遭遇阻力时，仍旧不被浪潮扑灭激情，也可以选择循序渐进，只要在微微落后时，仍旧保持一颗平淡真实的内心。选择什么样的生活状态不重要，重要的是，无论在巅峰还是低谷，你的心都能够安守一片寂静，淡然如花，平实而快乐。

人生实在应该淡然如花，不必强求大红大紫的艳丽，不必强求彩蝶的踏足眷顾，只求在岁月中静默地生长，静默地盛开，不争不抢，不患得患失，守一方繁华，一片芳香。

安于得失，淡于成败，依旧向前，便已足够优雅，足够美丽。

••

你是否有过明明目标很明确，却走着走着
就丢失了自己的那份迷茫？
你是否有过在浮华世事中打拼久了，突然
想逃离人群的那种疲倦？

有些时候，我们的肉体渴望成就，渴望富有，因为那是社会赋予我们的成功定义，可是我们的灵魂却背道而驰，它不关心财富，不关心掌声，只关心是否有一方宁静之地，可以放任思绪去轻盈漫步，去安心感受每个清晨和傍晚，听一听溪水的潺潺，和落叶的心事。

不是世界喧嚣，是我们的心太浮躁，不是生活匆忙，是我们的脚步太急促，不是人情复杂，是我们还不懂如何与自己相处。

淡然其实是一种境界，当你看清，这过眼的一切原本都是一场虚无，当你明白，这看似煎熬的所有痛苦，不过是当下的困境，不关过去，更关不住未来，当你领悟，生命短暂，唯有抛却所有无妄的繁复，轻装简行，才能活出一个真实的自己。

你便自然明白，这淡然才是人生最后要到达的境界。

她说，年轻的人，或许唯有经历过一场残酷而浩大的死亡，才能明白，其实生命不过是一场虚妄，我们不应为自己增添过多的负担，只需要在这一场虚妄里，活出真实。

从那一场灾难中报道归来，因为勇敢深入灾区的敬业精神，因为在报道现场泣不成声的柔软内心，因为四处奔走募集善款的公益奉献，她成为当时最炙手可热的知名记者。一场灾难，让许多人痛失亲人、流离失所，却成就了她的事业。

然而，令所有人都没有想到的是，这个正当 28 岁好年华的女子，在她的事业走向巅峰的时刻，突然宣布辞职，加入了一个世界救援公益组织，远赴动荡中的中东地区，从此淡出了人们的视线。

所有的人都认为她疯了，大好的事业，大好的前途，就这样随意丢弃，一点也不知道珍惜。

可她将所有的质疑之声隔绝在外，那样决然，却又从容，仿佛是奔赴一场理所应当的旅程，没有片刻犹疑和迷茫。

跟着救援组织在世界各地奔波了两年，在三十而立的时候，她悄然回国，寻得一方田园，过上了实实在在的家常日子。

喜欢服装设计的她在网上开起了一家淘宝店，用自己从老匠人那里学来的染布技术，自己染布，自己设计款式，然后拿到镇上去找那个有着半辈子经验的打板师傅，请他打出板来，反复斟酌修改，然后再送到工厂里去批量生产。

服装店的收入与当年做记者时比起来，有着天壤之别，然而她却乐在其中。她说，相比金钱和社会地位，她更想求得一份内心的安稳。电视行业纵然人前显赫，可每天接触到的都是社会和人生的不幸，在一个个悲惨的事故中寻找新闻，看着那么多不幸的人在自己眼前哭泣，而自己却无能为力，那种感觉让人心灰意冷。

所以，她并不爱那份工作，即便它能带给她辉煌和荣誉。那样的生活很光鲜，但那并不是她所希望自己活成的样子。

而现在，虽然生活清贫一些，但看到自己精心设计出的衣服，穿在别人的身上，为他们带去美丽和快乐，就会觉得生命的每一天都是充满色彩的。

在灾难中，在战争中，她曾亲眼目睹过许多的死亡，看到那些血肉模糊的尸体，看到过一个个绝望的眼神，她说，那样的场景，才能让你看到一个人到底有多么渺小，多么不堪一击，你永远不知道下一秒是上天堂还是下地狱。所以，在还能选择的时候，就应该去按照自己的意愿生活，不要被所谓的虚荣捆绑，把所有的美好都留待以后。

我们都是浩渺宇宙中一个微小的存在，是无垠时间里一个匆匆的过客，总有些事来不及，总有些人等不到，但只要于浮沉之中守住一颗平淡之心，竭尽全力去发掘生活中的点滴美好，安守着淡淡的人间烟火，享受由苦辣酸甜组成的红尘百味，做一个温润的女子，习惯处变不惊，习惯微笑，就很好。

人活一世，不过如同草木一春，很多当时深陷其中的，到头来都会随风而逝，成为记忆中一段小小的插曲，看开了，看淡了，便没有什么过不去。

所以，我只想简单快乐地生活，不追求功名利禄，不羡慕宝马香车，我的心不用来装龃龉与难堪，黑暗与复杂，那里只有夏夜闪烁的繁星，和故乡田野里的风铃花。

我经历过风霜雪雨，却只牢记了天空和大海的颜色，我见识过最丑陋的世界，却只留下对世事平和通透的顿悟，我承受过许多伤害打击，却对生命中的一切充满感恩。

我不想为功名利禄绞尽脑汁，不想成为别人眼中的模范，只想让活着的每一天，都充实而美好，简单而快乐。

女孩，在这喧闹的凡尘，你需要一个地方来安放孤独的灵魂，对你而言，那或许是一本开悟的经书，或许是一条傍晚的林荫路，也或许是一处偏远僻静的宅院。只要是心之所向的地方，便是灵魂安歇的驿站。

你可以停留在那里，盈一抹领悟，收藏点滴的快乐，任凭流年偷换，也不改生命最初的模样。

∵

我们苛求完美，但人生总有缺憾，我们期许幸福，却参不透幸福的真谛，我们渴望热闹，却总也摆不脱孤独。

既然如此，不妨就淡然处之吧。既然抗争和拒绝到最后也无济于事，不如就敞开怀抱，笑着去接纳命定的一切。随缘来去，潇洒自在。

如果注定是一片漂泊的叶子，就在坠落之前，静静依附于枝丫，开出生命的绿色，然后随着一阵风，翻飞着降落，在大地之上，安静地等待重生。

如果注定是一片冬日的雪花，就在融化之前，以唯美的姿势扑向大地，洁白晶莹，然后遗忘天空，投入大地的怀抱，在阳光降临的时刻，微笑着融化。

那些痛苦与欢乐，笑容与泪水，都不过是生命片刻的点滴感悟，过去了便过去，该来的也总会来。不如安然做一个行者，物来则应，过去不留。

我们总以为生活很复杂，应该用一张严肃认真的面孔去对待，应该时刻保持警惕，剑拔弩张。殊不知，你的心复杂，这世界就复杂，你的心简单，这世界就很简单。

你可以用激情点燃梦想，让生命火光四射，也可以放任脚步游走，在雨后的空巷里无所事事。

你想成为云，就把方向都交给风，自在漂泊，你想成为鹰，就练就一双健硕的翅膀，自己把握前进的方向。

生活随你怎样去选择，只要你有一个澄明如镜的内心，让你在走过岁月苍茫之后，依然单纯美好，宛如少年。

一花一世界，一叶一菩提，一方一净土，一笑一尘缘。

女孩，愿你以冷静而豁达的心态去面对一切，就算风尘仆仆，也时刻保持心的温暖，愿你把所有的意外都当作寻常，沉静如水，淡泊一生。

从前日色变得慢，车，马，邮件都慢，一生只够爱一个人。

第十七天

爱情

世间最美的相逢是同甘共赢

•

女孩，如果你爱上的那个人，他的心里装着另外一个人，你是愿意默默付出，还是转身坚决地离开？

如果相恋了很久的那个人，突然不爱你了，你是愿意留在原地等他回来，还是会转身高傲地离开？

爱上一个人时，我们总觉得自己无法承受失去的痛苦，所以情愿委屈，情愿卑微，也要赖在对方的身边，祈求哪怕一点点的回应和怜悯。可是，爱情如果真的可以求来，这世上就不会有那么多的悲剧了。

也许每个人都要经历过掏心掏肺的付出，却换来撕心裂肺的结局，然后才会明白，卑微是换不来爱情的这个道理。

为人一世，情深而输。如果可以选择，我宁愿高傲地孤独，也不要卑微地相守。

人们总说，女追男隔层纱。可是夏颜却用自己的经历证明了这句话是一个伪命题，她觉得，这句话应该改为“美女追男隔层纱”，因为追与被追，都是美女的专利，对她这种相貌平平、身材平平的女孩来说，就只有单恋的份儿。

大学四年，他一直像天上的星星那样耀眼，有着帅气的外形，迷人的运动天赋，开朗幽默的活力个性，让无数女生为之倾倒。而她，从见他第一眼开始，就陷在对他的单恋中无法自拔。

从大一到大三，整整三年，她一直站在他的背后，做那个默默付出的人，他高兴时，她便觉得整个世界都明亮，他难过时，她的生活也随之黯然无光。他有女朋友时，她被他忘在脑后爱答不理，他失恋了，她便是那个最好的倾听者和安慰者。

他们之间的关系，一直处在朋友有余，恋人未满的暧昧状态，她知道，他更多地是对她的依赖，而非喜欢。可是即使这样，她还是觉得已经足够好了，至少，她可以一直以朋友的身份陪在他身边，她奢望着有一天他能看到她的好，愿意在玩累了之后，回到她的身边。

年少的时光总是在懵懵懂懂的恍惚中一闪而过，转眼大学四年过去。那一晚，在毕业舞会上，他跟宿舍的兄弟们喝得酩酊大醉，兄弟们问他为什么不愿意跟夏颜在一起，他抱着酒瓶子含混不清地说，我这么帅的人，找个要长相没长相，要身材没身材的女朋友，怎么拿得出手?

而夏颜，在好姐妹的起哄和推搡下，借着酒劲鼓足勇气过来表白，不早不晚，刚好听到了这句话。

她终于明白，其实在他的心里，她连做备胎的资格都没有。

从那天后，她再也没有主动去找过他，所有人都陷在毕业的匆忙之中，竟没有人发现她小小的心事。

普通职工家庭出身的她，毕业后一心想开一家咖啡店，她于是报名去学做咖啡和甜点的技艺，然后贷款盘下了街角的一家小店面，为了帮助女儿创业，疼爱她的父母把老家的房子押给了银行做抵押。

那天夜里，当她独自一人把整个刚装修好的店铺打扫干净的时候，她累得瘫坐在地上，想要拨通他的电话，却终究还是忍住了。

许多个白天，她一心铺在事业上，用心的经营着自己的那个小小的咖啡馆，忙着进货，做甜点，煮咖啡，招待客人，收拾餐具……而许多个夜晚，她独自一人坐在冷清的店铺里，看着窗外渐灭的万家灯火，啃着白天剩下没有卖完的点心，总是想要给他打一个电话，却一次也没有拨出去过。

而他，在酒醒后对他那晚说过的话一无所知，依旧隔三差五地给她打来电话，打电话的原因，无非是告诉她他恋爱了，对方是新公司的女同事，几个月后，又说他失恋了，很难过。

他说我很难受，今天还要加班，你能不能来帮我送夜宵？他说我同事喜欢绿山咖啡，你能不能帮我弄一些？

他没有意识到，她已经不再是那个对他有求必应的小跟班了。毕业那一晚，就像是一个转折点，她就像是一夜之间长大了，突然意识到，其实他不值得自己那样傻。

而这与其说是一种成长，不如说是看开了，绝望了，她在心里一直不肯面对的那个残忍的现实，被他用寥寥数语，毫不留情地戳破。

日子久了，他也终于意识到这一种转变，于是两个人就像达成了某种默契，开始在各自的道路上渐行渐远。

背负着全家人的希望，她很用心地去经营着自己的小店，生意竟然越做越好。

她不仅还完了银行的贷款，手里还有了存款。为了扩大生意，她在那条繁华的商业街上开了分店。

几年后，那家叫作“慢时光”的咖啡馆开遍了城市的大街小巷，而原本平凡得如同一棵不起眼的小草的夏颜，在岁月的打磨中，竟然成了一个颇有文艺气质的成熟女人。

那天，她正坐在咖啡馆靠窗的座位上，沐浴着日光，读一本小说，当年的一个老同学突然打来电话，约她晚上在海港餐厅里吃饭，她欣然应允。

当晚，她一身素雅清新的装扮，来到海港餐厅的露天雅间赴约，一到场，就被满地的烛光和玫瑰花吓到了。

他西装革履，向她款款而来，手捧着大束的玫瑰。他还是那样的帅气迷人，岁月给了他更多的男人味道，让他变得更加有魅力。

他说，请原谅年轻的我太贪玩，不懂得自己到底想要什么，可兜兜转转到最后，才发现，你才是我的命中注定。

她微微一笑，看着他，很郑重地说："对不起，年轻的我太天真，不知道自己想要什么，可现在我很确定，你并不是我在等的那个人。"

她转身离开，就像当年他无数次地先她而去，像是完成一场告别，也像是一场回归的仪式。那一刻，她突然觉得自己的心无比地轻松。

女人可以有两种方式让男人喜欢。第一种，是让自己卑微到尘埃里去，花尽心思去讨好对方。而第二种，是经营好自己，用气质和美貌征服他，让他主动爱上你。

在爱情中，如果你是那个放低姿态讨好对方的人，那么你从一开始就输了，而且输得一败涂地。

在我们的身边有这样一些女子，她们努力工作，用自己赚来的钱，化精致的妆容，穿好看的衣服，她们读过很多书，去过很多地方，会品鉴红酒，能欣赏音乐会，穿起舞鞋能跳一段优美的舞蹈，换上运动鞋又打得一手好高尔夫。

她们从不取悦男人，但男人却为之倾慕。她们就像三毛笔下的那棵树，可以在时光中，在人群中站成永恒。非常沉默，非常骄傲，从不依靠，从不寻找。

女孩，需要依靠祈求得来的爱并不值得留恋，不如把美好的岁月留给自己，去成为一个优秀的人，然后在未来的某一天，高傲地对他说，曾经的我，你爱理不理，现在的我，你高攀不起。

曾有人计算说，在茫茫人海之中，两个人相爱的概率只有百万分之四十九。也就是说，我们这一辈子，会遇见数不清的人，可能够与对的人相爱相守的概率，却远比中彩票还低。

所以，能在对的时间遇上一个对的人，是何其幸运的一件事情。

姑娘，假若你拥有了这份幸运，就一定要好好去珍惜。不论他贫穷也好，平凡也罢，只要彼此真心相爱，便没有任何事情，能够成为阻碍。

很多时候，我们都是不知足的，总觉得没有得到的才是最好的，似乎最美的风景总在下一个路口，最好的电影总是错过的那一场，却不知珍惜已经抓在手中的幸福。等到失去了眼前的一切，才发觉，前面并没有更好地在等待，错过的却再也回不来。

既然相爱，就要好好珍惜这种幸运，拼尽全力去相爱，即便生活荒凉，也要牵手走出一片风景，即便前路坎坷，也要彼此搀扶，微笑前行。

看过电影《泰坦尼克号》的人，对席琳·迪翁一定都不陌生，她的那一曲《My heart will go on》唱出了许多人对于爱情的美好幻想。

然而却很少有人知道，其实在电影之外，她也用自己真实的一生，演绎了一场让人动容的旷世之恋。

席琳·迪翁出生在加拿大一个并不富裕的家庭里，家里一共有14个孩子，全家人依靠一个小酒吧的营生维持生计。然而虽然经济条件不宽裕，但作为家里年纪最小的孩子，她从小受尽宠爱，童年生活过得很快乐。

她从很小的时候，就已经展现出过人的音乐天赋，5岁时，她在自己家的小酒吧里为大家唱歌，在大家的掌声和鼓励声中获得了极大的满足感，于是自此立志成为一名歌手。

12岁时，因为一次偶然的机会，她的母亲得知了著名经纪人雷尼·安杰利的地址，为了支持女儿的梦想，她把自己录制的一张女儿的唱片寄了过去，然而就是这一个小小的机会，却成了席琳·迪翁命运的转折。

很快，12岁的席琳·迪翁得到了一次面试的机会，她第一次见到了这个对她的一生产生重要影响的男子——大她26岁的著名经纪人雷尼·安杰利。

年幼的她怀着忐忑的心情，在他面前清唱了一首歌，她的演唱那样完美，让他为之感动落泪。

他毫不犹豫地签下了这个年仅12岁的小女孩，并精心为她铺就成名之路，为了实现她的梦想，他更是不惜将自己的房产作为抵押。他像一位导师，更像一位父亲，在幕后用强有力的臂膀，为她撑起了一片广阔的天地。

年轻的席琳·迪翁在歌坛一举成名，并成为第一个在法国获得金唱片认证的加拿大歌手。

他用最专业的眼光为她选择歌曲，从《美女与野兽》的主题曲，到《泰坦尼克号》的主题曲，她一路走得坦荡而势如破竹，这一方面得益于她的音乐天赋，另一方面，也得益于他的全力扶持。

而与此同时，在两人之间，还有一种情愫在隐秘地生长，当20岁的席琳·迪翁在阳光下用一个吻勇敢地将这份情愫公之于众后，两人收获的不是祝福，而是强烈的质疑和反对。

26 岁的年龄差距，离过两次婚、有三个孩子的大叔和歌坛当红巨星的身份差距，都让这场爱情看起来那样的不可思议，即便是在爱情观开放的西方，这样的差距也让人难以接受。

在洪水般的质疑声中，雷尼选择了退出，他有意疏远她，不想让自己成为阻碍她事业进步的绊脚石。但勇敢的席琳并没有退缩，她坚守自己的爱情，坚定不移地朝着他的方向去靠近，直到这份勇气战胜了所有的质疑。

1994 年，26 岁的席琳·迪翁和 52 岁的雷尼·安杰利，有情人终成眷属。

5 年后，雷尼患了癌症，为了照顾丈夫，席琳选择暂别歌坛。为了见证这份爱情，也为了给疾病中的丈夫带去希望，席琳决定生一个孩子，为此她坚持了长达半年的药物注射。

而当那个男孩呱呱坠地的时候，所有的苦难都化作了幸福的泪水。在这样的幸福之中，雷尼的癌症竟然奇迹般地被扼制住了。

之后的十几年里，他们彼此相守，他们有三个儿子，过着幸福的生活，虽然疾病依然折磨着他们，但他们彼此相伴的每一天，都充满感激。

2016 年，73 岁的雷尼与世长辞。他们也终于实现了当初相守一生的诺言，成就了一段让人感动、让人艳美的旷世绝恋。

这世上有太多的情侣，都是在一见倾心的刹那中轰轰烈烈地相爱，然后在漫长的平淡中渐行渐远。但爱情的本质，不是相爱，是相守，不是传奇，是平凡。

我们的一生，会遇见数不清的磨难，再美好的爱情，也只能在现实的考验中跌跌拌拌，不要幻想爱情是轰轰烈烈的，因为漫长的相守更多的只有柴米油盐，不要幻想对方是拯救世界的英雄，因为在强大的生活面前，你和他都只是个满身缺点的普通人，会跌倒，会软弱，会任性。

如果你不能接受这些，不是因为他不够好，而是因为你还没有看清现实。

唯有经过磨难的考验，经过时间的磨合，当岁月把两个人的眉眼渐渐刻画成相似的模样，当你们一起努力拼搏成为并驾齐驱的战友，当你懂了他坚强外表下的软弱，他懂了你任性背后其实是渴望关心。这份爱情，便已经在漫长岁月的打磨下，成为它最好的模样，不需华丽的誓言做约束，不需你侬我侬的甜蜜来证明。

所有的浪漫到最后，不过是倦了累了的陪伴，苦难面前的坚守与扶持，而这样的爱情，才是真正的般配。

••

这世上最令人伤心的两个字，就是“爱过”。

相爱时，我们山盟海誓，都以为可以天长地久，海枯石烂，可现实是残酷的，并不是每一段感情，都能在漫长的时光中熬到最后。

如果有一天，那个曾对你许下誓言的人突然说不爱了，那个说好会牵手一辈子的人突然放手了，那个每天会准时回家的人突然消失不见了，没关系。

所有会离开的人，都不值得留恋，因为那个真正对的人，是绝不会离你而去的。

所以，如果到了该分别的时候，不要哭泣，不要怨恨，不要不依不饶，有再多的泪水，也要留到转身以后，在转身之前，好好地做一场告别，用最优雅的姿态，就当是给这场无疾而终的爱情，画上一个圆满的句号。

那天，或许是她一生中最落魄的一天。

她一向是个爱面子的人，就是那种就算不小心跌倒了，也会装作是在低头系鞋带，然后若无其事地起身走开的那一种。可是那天，当穿着一身特别定制的水钻婚纱，被一个人扔在教堂的红毯上，在所有亲朋好友的面前不知所措的时候，她有很长的一个瞬间，不知道自己应该怎么解决这种局面。

6 岁大的小花童在身后随意摆弄着她长长的裙摆，对发生的一切一无所知，她的手里依旧捧着那象征着幸福甜蜜的手捧花，而她原本应该在完成整个仪式后，一脸笑容地把它传递给某个期待幸福的人。

可此刻，这花，这教堂，这红毯，这婚纱，都像是一场赤裸裸的嘲笑，嘲笑着她在婚礼的当天被新郎抛弃，嘲笑着她在 30 岁的这一年竟然重回单身。

母亲在一旁急得直哭，父亲气得去和新郎的亲人理论，而在这混乱的场景中，她就那样安安静静地站在那儿，没有说话，没有哭，甚至没有任何多余的表情，就像一个被放错了位置的雕像。

穿着伴娘衣服的闺蜜走到她身边，小心翼翼地安慰，可绞尽脑汁组织出的安慰语言，她却好像一个字也没有听进去。闺蜜越安慰越生气，索性掏出手机拨通了新郎的号码，对方的手机关机了，可闺蜜还是忍不住冲着手机破口大骂。

然后，像是终于弄清楚了眼前的事实，她突然将捧花丢在地上，撩起长长的裙摆，一个人默默地走出了教堂，随手拦了一辆出租车坐了上去。

相恋8年，其实早已没有了当初心动的感觉，只是似乎习惯了在一起，这种习惯让她觉得，他们就应该走入婚姻的殿堂。可是到这一刻她才发现，原来他们之间的爱情早已消磨殆尽，而“习惯”两个字，并不足以成为把两个人一辈子绑在一起的牢固纽带，他察觉了，所以逃走了，留下后知后觉的她，去承受这个凄惨的局面。

她从商业街上下车，在自己最爱的那家服装店里买了一套当季的最新款套装穿上，在商场的洗手间里卸了妆，然后将那套精心定制的婚纱，扔进了路边的垃圾桶。

那天下午，她先是在半岛吃了一顿丰盛的西餐，然后去了最近的一家美容院——她早就想种假睫毛了，可是之前一直忙着工作和结婚的事，总也没找到空闲。

从美容院出来，她又去了理发店，照着杂志上的图片，剪了一个清爽利落的短发。这是她埋在心底好几年的愿望，只是因为他喜欢长发的女生，所以她便一直没有剪短。

当她开门回到家的时候，家里已经乱作了一团，亲朋好友早已经散去，母亲害怕不知所踪的女儿会做傻事，在家里急得直哭，父亲在客厅里沉默地抽着烟，烟灰缸里已经堆满了烟头。

看到女儿神态轻松地回来，手里提着购物袋，就像平日里周末从外面逛街回来一样，母亲有些担心地走过去，小心观察着，唯恐她是精神出了问题。

她只能无奈地笑笑，把手里的购物袋交到母亲的手中。“爸，妈，我有点累了，先回房休息，我在外面吃过饭了，这是给你们带的晚饭。”

那一晚，收到了他发来的E—mail，长长的一封，无非是说着道歉的话和逃婚的理由。她没有耐心看完，只是扫了一眼开头，便将电脑关了，钻回被窝里去。

她知道，自己不过是遭遇了一次分手，就像所有分手的情侣一样，只不过场合有些特殊，方式有些惨烈。

她在心里默默告诉自己，不要哭，不要难过，只是跟一个错的人说了再见而已，没什么好伤心。

第二天一早，她在同事异样的目光中走进办公室，所有人都偷偷观察着她，似乎想从她脸上看到因痛哭而红肿的样子，然而事实上，她却依旧光彩照人，仿佛昨天发生的那一切，都不过是大家的一场幻觉。

上司体贴地说，“婚假虽然取消了，但是你这一年也辛苦，我准你带薪休假一周，下周再来上班吧。”

她却满不在乎地开玩笑说：“不过是被人甩了，没什么大不了的，如果每个员工失恋了都能带薪休假，那公司岂不要破产了？”

席慕蓉曾说：在年轻的时候，如果你爱上了一个人，请你，请你一定要温柔地对待他。不管你们相爱的时间有多长或多短，若们能始终温柔地相待，那么，所有的时刻都将是一种无瑕的美丽。若不得不分离，也要好好地说声再见，也要在心里存着感谢，感谢他给了你一份记忆。

世界那么大，有那么多的人，谁也难保自己会在生命的最初，就遇到那个注定相守一生的人。在遇到真爱之前，你或许曾经历过苦恋无果的伤心，经历过遇人不淑的痛苦，经历过彻头彻尾的背叛，经历过激情退去的离别。

没关系，这一切都将成为你遇到命中注定之前一段微不足道的插曲，只要你愿意放开手，让它云淡风轻的过去。

既然相爱过，幸福过，那么又何必相互伤害，让这段缘分到最后，以两败俱伤、彼此难堪而收场呢？

既然注定要分别，就好好地做一场告别，并且对他心怀感激，因为离开了一个错的人，才能遇见那个对的人。

在时间把那个对的人带到你身边之前，请先好好地学会爱自己。

我们渴望爱情，却不想屈服于爱情，不愿因为爱一个人而卑微了自己，不愿为了另一个人，而舍弃自己的灵魂与追求。

女孩，请记住，你爱他，并不取决于他是谁，而取决于你在他面前可以成为谁。错的爱情，只能让你失去自我，而对的爱情，会让你开心地做自己；错的爱情，让你误以为他就是你的全世界，而对的爱情，能让你通过他，看到一个更加广阔美好的世界。

所以，如果你正幸运地拥有一份对的爱情，就请好好珍惜，如果不幸单身，就一边前行，一边等待。不要因为寂寞而恋爱，那只会浪费你的年华与感情，两个人寂寞，不如一个人优雅。

相爱时，就好好地去爱，不做作，不任性，努力经营一份最好的感情。不爱了，就好好地分别，不怨恨，不纠缠，有尊严地优雅转身，绝不看着对方的背影哭泣。

请坚信，每一个好姑娘，都将得到上苍眷顾，遇见那个命中注定的人，你只需要在他到来之前，做好自己就好。

拒绝吃亏，拒绝上当，拒绝沉默，从容生活。你有能力，有态度，有脾气，有原则，你有权利不开心。

第十八天

原则

不要轻易触碰我的底线

•

这世上有两种截然不同的女人。

有一种女人，自己不上进，却总是义正词严地催促着身边的人，也有一种女人，一边宽恕着身边人的过错，一边朝着自己的目标沉默前行。

有一种女人，喜欢不劳而获，叫嚣着男人赚钱女人花是天经地义的，也有一种女人，用自己赚的钱去买想买的东西，过想过的生活，独立而有底气。

有一种女人，一旦遭遇感情危机，便哭天怨地，以受害者的名义乞求怜悯，也有一种女人，勇敢相爱，不惧分手，从不辜负真心，也从不原谅假意。

原则和底线，是一个人拥有尊严，被人尊重的基础，身为女子，如果不明白这个道理，就永远无法让别人对你高看一眼。

最大连锁超市老总的独生子，娶了普通工人家庭出身的女孩，这件事情，只用了短短两天，就传遍了H城的大街小巷。

有人说："这女孩真是好福气哟，那男孩家钱多得花不完！"

有人说："听说女孩长得漂亮，还不是看上了人家有钱！这穷人家的女孩啊，只要有点姿色，都想往上攀！"

还有人说："别看现在结婚了，可毕竟门不当户不对的，以后日子难过着呢！"

而作为事件女主角的她，却丝毫没有被这些流言蜚语所影响，结婚后，依旧按时上班，认真工作，只是下班后，多了一份为人妻的责任。

她的丈夫依然如恋爱时一样，对她礼敬有加，并且关怀备至。这让她身边的同事、朋友都不安分了，总有人凑过来打趣似的问她："真没想到你这么有本事，把嫁入豪门的秘籍给我们传授传授呗，让我们也能钓个钻石王老五，下半辈子吃穿不愁！"

每次听到这样的话，她都一笑置之，但心里多少是不舒服的，她知道，这场婚姻在外人眼里，因为贫富差距而显得很不纯粹，但没关系，她并不在乎别人的看法，只要她自己问心无愧就好。

她跟他相恋了三年多，彼时爱上他，并不是因为他的家世，而是因为那天傍晚，他在露天广场上弹着吉他，为她唱了一首情歌，那个画面，让她怦然心动。

可相恋一周后，当他自信满满地约她到一家高级餐厅里，并将一条价值不菲的钻石项链摆在她眼前的时候，她开始意识到问题的严重性了。

她神色自如地陪他吃完那顿法式大餐，他送她回家，临分别前，她将一千元钱和那条钻石项链偷偷塞进他口袋里，这一千元钱，或许不够这一顿饭的一半，但却是她钱包里所有的现金了。

他发现后，神色有些不悦。她说："我这样做，是因为我喜欢你，我希望这份感情是纯粹的，是完美无瑕的，而你的慷慨，会让我变节。在结婚以前，我们在一起所有的花销都必须AA，你送我的礼物，不要超过1千元。两个彼此相爱的人，如果想天长地久地在一起，就必须生活在同一个世界，我的经济能力有限，没办法追上你，就只能委屈你来迁就我了。"

她很认真地对他解释，她知道这话对他来说会有些伤人，但她也清楚，这是自己能够有尊严地面对这份感情的唯一方式。

然而，她的提议执行起来却出奇顺利，在接下来的日子里，他们像寻常情侣一样，他接她下班，有时候会在路边的小店里随意打发晚饭，有时候一起去超市大采购，然后她换上围裙，为他精心做一桌好菜。

节假日或者纪念日的时候，她也会默许他偶尔奢侈一回，两人去美美地吃一顿大餐。

美好的恋爱生活一过就是三年，他向她求婚，用一枚异常精美的钻戒，他说，这钻戒不贵，但是是我自己亲手设计的，是这世界上唯一的一颗，就像你在我心里的位置一样。

那枚钻戒，是她跟他在一起这么久，接受的唯一一个超过一千元的礼物。

结婚前，双方父母见面，他的父母原本已经做好了“割肉”的准备，毕竟就这么一个儿子，儿子看上了人家女儿，对方就算是要天价的彩礼，他们也只能应允。

然而，她的父母却只要了十万零一的彩礼。男方家长有些错愕，觉得这么点彩礼太委屈她，她的母亲却说：“十万零一，这是咱们当地嫁女儿的习俗，寓意万里挑一，咱们就按这个习俗来。只要我的女儿过得幸福，比什么都重要。”

她感激地看着母亲，她知道，是母亲教会了她一个女孩无论出身如何，都要体面地站在别人面前。

大学时，她第一次谈恋爱，打电话害羞又开心地告诉父母，母亲二话不说，多给她的卡上打了一倍的生活费，告诫她不要事事都让对方买单。

当时的她一直以为，母亲这样做是害怕她被对方瞧不起，可后来，她的初恋只谈了几个月就分手了，得知分手后，母亲才对她说：

“我让你不要花对方的钱，不是为了证明咱家不穷，而是为了让你在不想继续的时候，能够有底气、有尊严地分手。”

从那天开始，她便把这句话牢牢地记在了心里，所以在遇到他时，她从没有想过在金钱上占他一分的便宜，她坚信这是自己能够有尊严地站在他和他家人面前的底线。而事实证明，她用这样的方式，为自己赢得了这份尊严。

在这个充斥着铜臭味的社会中，许多人误以为金钱的多少能成为定义一个人的标签，所以羡慕豪车别墅，羡慕穿金戴银。所以很多女孩，宁愿坐在宝马车里哭，也不愿坐在自行车上笑。

可是到头来，别人只是一边羡慕你的富有，一边毫不留情地把你的尊严踩在脚下。他们尊重的只是你身上的名牌衣服，并不是你。

所以，女孩，无论到任何时候，切记不要因为眼前的诱惑而忘记自己的原则，一个失去了原则的人，何其可悲。

许多年前，某女星嫁入豪门，一度淡出演艺圈，曾招来许多非议。然而丈夫破产后，她却毅然担起了所有的重担，独自打拼和支撑起了这个家，毫无怨言。

她的故事，让我们不得不感叹，这世界上最美好的爱情就是：你赢，我陪你君临天下；你输，我陪你东山再起。

而身为女子，唯有做到如此这般，才能让人不得不赞美，不得不尊重。

财富、名利，这些东西其实并不能成就谁，也并不能摧毁谁，在它们面前，是高贵还是卑微，只有你自己能做出选择。

:

因为善良，我们习惯了助人为乐，就算有些事情我们不愿意去做；因为心软，我们习惯了迁就他人，就算自己会因此受委屈；因为脸面薄，我们习惯了一忍再忍，总说不出那一个“不”字。

你可以选择去做一个老好人，把吃亏当作是福，但是，一味地隐忍退让并不会让这个世界善良起来，人们只会因为你的好欺负而变本加厉。

做一个有原则的女人，首先要从学会说“不”开始，我们可以迁就别人，可以包容别人，但这一切并不是无底线无原则的。

当一个人的行为已经对你造成了伤害和影响，你有权利发声，即便对方是你的顶头上司；当一个人的要求超出了你的能力范围，你有权利拒绝，即便对方是你最亲近的亲人朋友；当一个人因为你的包容谅解而得寸进尺，你有权利失望，并选择不再继续包容。

你有能力，有态度，有脾气，有原则，你有权利不开心。

连续加班了一周，好不容易熬到了周五下班，拖着疲惫的身子回到家，娜娜躺在沙发上，刚打开电视，手机就响起来了。

看了一眼来电显示，她无奈地皱起了眉头，把手机送到耳边。

“亲爱的，这周末我要跟孟伟去海南，你帮我照看一下安吉好不好，我明天一早把他送到你那儿去。”好闺蜜小梅在电话那头自顾自地说。

“对不起，我明天没空。”思考了一秒钟，娜娜斩钉截铁地拒绝。这是她第一次对好闺蜜说出拒绝的话，但语气却异常坚决。

电话那端的小梅稍稍愣了一下，继续请求：“娜娜，你就帮帮忙吧，你知道的，我外婆住院了，所以我爸妈回老家去照顾她了，孩子放在别人那里我也不放心，你就帮我看两天好不好？”

“小梅，安吉是你的儿子，你这样每周末都把他推给别人，有没有考虑过他的感受呢？如果孟伟真的想跟你在一起，他就应该接受你有一个儿子的事实啊。”

“哎呀，不想帮忙就算了，说这些没用的干什么！什么好朋友好闺蜜的，遇到事情才知道，连这点小忙都不愿意帮！”

还没等她解释，电话那端的小梅就愤愤地挂了电话。她把手机扔在沙发上，长长叹了一口气。

小梅是她最好的朋友，离婚后独自抚养三岁的儿子安吉，前不久，她认识了一个叫孟伟的男子，两人迅速进入热恋，在这之后，娜娜的苦日子就来了，每个周末，小梅总是以要约会为由，把安吉塞给她，然后去跟孟伟过甜蜜的二人世界。

工作了一周的娜娜只能替她做免费保姆，小心翼翼地照看安吉。

可是事情再一再二不再三，她不可能永远做另外两个人爱情甜蜜的牺牲品，她也有自己的生活，也希望在周末可以见见好友，或者做些自己的事情。更何况安吉才刚刚三岁，他需要妈妈的照顾，总是把他丢给别人，这对孩子的心理会产生很严重的影响。

而且，娜娜其实对那个孟伟很不看好，毕竟既然知道小梅是一个妈妈，如果想跟她真心实意地在一起，就应该接受她有孩子的事实，总不能每次约会都把孩子推给别人。

那个周末，娜娜享受了难得的休闲时光，终于赶走了这一个多月的疲惫。她也曾心软，想要给小梅打个电话，可左思右想，还是忍住了。

可没想到，周日晚上，小梅却主动给她打来电话，在电话里哭着跟她绝交，原来，小梅跟孟伟分手了，因为她要求带着安吉一起去海南，结果对方要求她把孩子送回前夫那里去，还说如果小梅想让这段感情继续下去，就必须把抚养权交给前夫。结果失恋的小梅把这一切都归罪到娜娜身上，认为都是她不肯帮忙的结果。

娜娜明白，或许她说的只是一时气话，或许她只是需要安慰，但虽然心疼小梅的遭遇，她却并不后悔，她认为在这件事上并没有做错什么，也不需要因此而道歉。

女孩，这并不是一个善良的世界，你的善良和隐忍，不应该变成懦弱。

面对不公平的事情，你有权利反驳，不要因为害怕权势，害怕被质疑就轻易放弃自己的立场，一个不懂得对不公平说不的人，是无法拥有威严的。

面对别人过分的要求，你有权利拒绝，不要一味妥协和退让，做一个没有原则和底线的老好人。很多时候，我们以为无原则无条件地去对一个人好，对方就会感激不尽，然而事实往往正相反，你的善良一旦超过限度，就会被人认为是柔善可欺，你的退让如果没有底线，别人只会变本加厉，肆无忌惮。

凡事有度，你可以善良，可以心软，可以助人为乐，但永远不要放弃自己说不的权利。

拒绝贪婪，拒绝私利，拒绝谎言，拒绝背叛，我们敢于对所有的不公平说不，敢于拒绝被人虚情假意的好意，敢于拒绝别人过分的请求，我们善良有度，爱每一个别人，也爱我们自己。

••

某女星曾说：我挨得住多深的诋毁，就经得住多大的赞美。我的所有努力都只是为了让自己掌握主动。别人说好不好不重要，我喜欢就好。我从来就不是为了别人而活，万箭穿心，习惯就好。

我们的身边有许许多多的人，就会有许许多多种生存方式和行为准则，但我们要遵循的，是我们心里的那一个方式和准则，而不是随波逐流，人云亦云。

对看中名利的人而言，金山银山都比不过一个职称，而对看中财富的人来说，口袋里的人民币才是实实在在的宝贝；对一个治病救人的医生来说，每一个生命都重如泰山。

所以，别人是谁不重要，你是谁才重要，别人怎么看一件事不重要，你的心里怎么看才重要，别人怎么做不重要，你应该怎么做才重要。

遵从自己的原则，做自己认为对的事情，成为应该成为的那类人，人生便没有被荒废。

“我没有什么了不起的，我只是知道我自己应该做的事情是什么。”那一天，她的公司在新三板正式挂牌上市，在蜂拥而来的记者面前，她并没有表达海阔天空的豪言壮语，只是说了这简简单单的一句话作为总结。

当年，梁云还是一家公司里的普通白领，那时各种社交 App 正当风靡时期，为了抢占市场份额，公司组成了一个研发小组，设计运营一款手机交友 App，她是这个小组的组长。

为了设计出一款完美的社交 App，他们每天加班加点地讨论，从大的理念到其中每一个微小的细节，都一一去探讨，然后寻找可靠的技术团队去合作开发。

那段时间，梁云的手机上下载了数十款社交类的 App，每天只要有时间就低头拿着手机研究，把收集来的灵感随时记下，然后添加到自己的 App 中去。

半年后，他们的 App 终于问世，上架第一周，用户就突破了十万，为此公司特意办了一场庆功宴。那是她工作以来，最有成就感的一天。

可几个月后，随着用户的增加，后台服务器已经无法承载这么多的用户，他们向公司申请追加投入，更新服务器，然而当时公司已经把工作重心转移到其他的项目上去了，领导以资金不足为由，没有为他们拨款。

其实公司的决策就形式而言是对的，因为当时许多大型社交 App 已经进入成熟阶段，他们的这款 App，注定无法掀起大的风浪来，再做投资，无疑是不划算的。

果然，不久以后，由于在知名度和市场竞争力上远不如其他的社交平台，他们的 App 用户锐减。看着后台显示的用户数量一天天减少，而公司已经拒绝再为它投入任何的人力和财力，她的心里有说不出的难过。

一年以后，这款 App 上的活跃用户，只剩下了 8 个人。公司决定宣布下线，并停止服务。

一听到这个消息，梁云二话不说冲进领导办公室，请求领导保留这款 App，虽然她知道这个想法很幼稚。

“当初我们曾承诺用户永久运营维护，现在就算它已经不能为公司盈利，但里面依然有 8 个活跃用户，我们可以不再更新，但不应该违背自己的承诺。”

毫无疑问，她的请求被领导无视了，一款不能盈利的产品，在商人的眼中，是弃如敝屣的。

那天晚上，开着服务器，看着那 8 位当天曾上线的用户，她彻夜未眠，做出了一个让自己的都吃惊的决定。

梁云辞职了，并且用 30 万跟公司买下了这款 App，她的想法很简单，她不能对自己的用户食言，不能在用户抛弃它之前自己先说放弃，虽然只有 8 个用户，她也要坚持下去。

利用手上的现有资源，她走上创业之路，全力打造这款 App，并且线上交友与线下同城活动相结合，在她的努力之下，它终于起死回生。

因为加入了许多新鲜的元素，它受到众多青年人的喜爱，以独特而优质的设计理念，占据了小众市场，拥有了稳定用户群，虽然依旧不能跟主流社交 App 抗衡，却也拥有了自己的一席之地。

回顾这段艰辛的路程，梁云说：“我要感谢那 8 位用户，是他们的宽容和不放弃，让我有了坚持的理由。”

就像这世界上的每一件事都有它运行的规律和准则，每一个人也都应该有自己的处世之道和做人原则。

对战士来说，家国利益高于一切，可以为之抛头颅洒热血，但对于医生来说，生命才是凌驾一切之上的最高权威；对于商人来说，利益是权衡一切的唯一尺码，但对于修行人来说，金银钱财不过是身外之物，天边浮云。

一个人，只有明白自己心里最重要的是什么，才能做出最正确的选择。

所以，不要因为害怕被说成是另类，就放弃自己的原则；不要因为害怕被诋毁，就缴械投降，将心里的城池拱手相让。

对你来说，最重要的人不是别人，而是你自己，别人说好不好不重要，重要的是你的心里是否认可。

女孩，你永远无法取悦所有的人，你可能不会成功，可能不够优秀，但是，无论是工作还是生活，都一定要遵从自己内心的选择，去做你认为对的事情。不要被诱惑迷失双眼，不要为了眼前的利益做出让自己后悔的决定。

因为唯有如此，才能活得坦荡，无愧天地，无愧于心。

我们常说，做女人要做37℃的女人，不沸腾到热火朝天，不冰冷到让人难以靠近，就刚刚好37℃，不温不火，让人舒服。

这种舒服，其实就来自于女人的原则。她们凡事有度，不多不少，不左不右，因为拿捏有度，所以让人感觉温暖而舒适。

有原则的女人，爱钱却不贪财，因为爱钱，所以努力工作，用经济独立为自己铸就一个安全的壁垒，离开了谁都能够安然度日。因为不贪财，所以不会被金钱诱惑，去出卖自己，出卖灵魂，所以可以一辈子优雅从容，高傲地独立，不依附，不卑微。

有原则的女人，有事业心，但不是工作狂。她们把工作当成实现自我价值的平台，全力打拼，明白自己想要的是什么，因此不左顾右盼，平稳进步。但她们从不把工作当成生活颓废的借口，在该休息的时候休息，在该聚会的时候聚会，工作之余，也会把生活打理得精致而有序。

有原则的女人，脾气很好，却从不做无底线的老好人。她们的心里有一杆秤，能够精准地把握每件事情的尺度，在该包容的时候包容，在该退让的时候退让，但是一旦事情越过了她们心里的底线，便会化身为战士，勇敢拒绝，决不妥协，让所有人看清楚她的原则和底线在哪里，并且小心尊重，不敢轻易触碰和跨越。

是原则守住了她们的尊严，成就了她们的优雅，才让她们拥有了那份淡然从容，荣辱不惊。

同为女子，你也应如此，拒绝吃亏，拒绝上当，拒绝沉默，从容生活。

生命，流动的时候才珍贵，时光，穿堂而过的时候才隽永。涓细点滴与无尽岁月，珍惜的时候才有意义。

第十九天

珍惜

让珍惜成为岁月最好的解药

•

我们总说，生活不应该只有苟且，还有诗和远方。

所谓的诗和远方，其实并不是存在于对未来的幻想里，它就融合在我们一点一滴的生活中，就停留在当下一分一秒的时间里。

总有一些人，一边幻想着洱海边惬意的盛夏晚风，一边窝在出租屋里吃着泡面，或者蓬头垢面看着电视剧，懒得起身去刷牙洗脸，却幻想着自己像女主角一样光鲜亮丽。

诗和远方，并不只是说说而已，美好的生活，需要自己用心去打造。

如果你因为懒散就放任自己肥胖、邋遢，在生活的方方面面都得过且过，那么你的日子就只会平庸而苟且。

但如果你愿意珍惜当下的生活，把美好的愿望都分解成每一次微小的努力，用心去对待生活中的每一个细节，那么即便从没有到过远方，也能把单调的日常生活，变成风景。

朋友圈里，白笙随手发的一张截图，短短半个小时，就收到了数百条好友的评论。

那是她在扇贝英语上打卡 1000 天整的截图，只是想要纪念一下，所以截了图发在朋友圈里，却没想到引起这么大的反响。

朋友们都对她的毅力感到震惊，或夸赞，或羡慕，或立下豪言壮志要奋起直追。她只是微微一笑，关了手机继续忙眼前的事情——将那几株在她的精心照料下已经发芽的非洲菊移栽到大一些的花盆里去。

阳台上的那个三层的白色花架上，上面两层已经摆满了各种各样的鲜花绿植，都是她一株一株亲手栽下的，如今还差几盆，就可以摆满整个花架。

或许是因为处女座的关系，她从小到大都有一个毛病，就是生活一定要过得井井有条，任何事情一旦被规划到她的日常事项里，就会坚持到底，从来没有半途而废的时候。

上大学时流行爵士舞，女生们都很羡慕那些在校庆晚会上穿着慵懒的韩范衣服，跳着又酷又性感的爵士舞的学姐们，所以晚会之后，纷纷报名参加了学校健身房的爵士舞课，每个周一、周三、周五的晚上7点，健身房那间不大的舞蹈教室里总是挤满了人。

可是随着时间的流逝，这份热情一点点退去，舞蹈教室里的人一天天减少，一个月后，只剩下了二十多个人还在坚持。白笙原本是和另外两个室友一起报名的，为此还省吃俭用才攒够的学费，可是每天又累又枯燥的练习，渐渐让两个室友坚持不住了，一开始是三天两头地翘课，到后来干脆不再去了。

到最后，只剩下白笙一个人坚持了下来。除了期末复习的那一个月，整整一年，她几乎从没缺席过舞蹈课，一直到那张一年期限的健身卡到期。

第二年的运动会开幕式上，她以院系领舞的身份出现在操场上，带着啦啦队跳了一支少女时代的舞蹈，转眼成了全系的知名人物。室友在一旁又是后悔又是羡慕地说，当初如果跟她一起坚持下来就好了。

工作后，假期越来越少，每天朝九晚五，可打开手机和电脑，铺天盖地的新闻都是谁谁辞职去旅行，谁谁年纪轻轻环游了世界，以至于许多人都觉得，那才是生活该有的样子。

于是，同事们总是一边坐在办公桌前敲着键盘，一边抱怨自己的生活太枯燥，工作遇到不顺心的事情，更是恨不得踹开领导的办公室，甩给他一张“世界那么大，我想去看看”的辞职报告就潇洒离开，去过浪迹天涯的生活。

可抱怨过后，幻想过后，都还是依旧每天按时的上班下班，那些小小的躁动从没有发展成燎原之势。等到假期真的来了，有时间去看看这个世界的时候，他们又会以假期游客太多、机票酒店太贵、得陪家人、需要好好休息等理由，窝在家里不愿意出去。

白笙却不会，她在工作的时候，会安心踏实地好好工作，但是总会在假期到来之前，为自己的旅行提前做好规划，周末常常会选择自驾游，或者跟朋友去爬山、徒步，三四天的小假期会去近一些的地方，而每一年的年假，她总会去一些远的地方，或者与家人一起，或者独自成行。

这些年算下来，那张想去的地方的旅行清单里，已经去过了大半，自己动手写写画画的旅行游记，也已经攒下了七八本。

把栽好的非洲菊放到花架上，拿起喷壶给每一盆花都浇了水，看着阳光下已经摆满了鲜花的花架，她揉了揉发酸的肩膀，露出一个很幸福的笑容。

女孩，放弃你对远方空旷无望的幻想，把视线收回到眼前的生活中，去看看自己是否可以变得更加完美。

因为，当你把所有的希望都寄托给明天，而放任自己在每一个今天里懒散度日，那你的生活里就注定只有苟且。

而当你认真去面对当下的每一天，认真地对待今日的一餐一饭，用全身心的努力去成全明日的梦想，用点滴的美好去装点生活的美丽，那么，你的生活就已经在不知不觉中，活出了诗意，活成了远方应有的模样。

你看到别人身材有型、肤白貌美，却没看到她们为了这份美丽每一天坚持运动，无论多晚多累也要卸妆护肤的努力；你看到别人跳一支好看的舞蹈、说一口流利的外语，却没看到他们在枯燥的学习中每天坚持的毅力。

这世上任何的成功都不是一蹴而就，就像每一个远方的到达，都源自于一步一个脚印的累积，就像天空中的每一朵云，都源自于无数个微小水滴的缓慢凝结。你心里的那个远方，唯有在每一个今天的努力过后，才能在未来的某一天最终到达。

所以，不要怪别人的生活美好，而你的生活糟糕，因为只有珍惜每一个今天的人，才有权利在明天活得耀眼。

无论是工作还是生活中，总有一些人比我们优秀，我们拼尽全力去争取的一切，他们可以轻而易举地拥有，我们努力想做却做不好的事情，他们可以毫不费力地做好。

有些人不需刻意装扮，就能成为人群之中的焦点，可我们花尽心思去效仿，却依然无法拥有耀眼的光环。

但是，即便如此，我们也应该好好爱我们自己。因为即便是这样一个不完美、不优秀的自己，也依旧是这世上独一无二的，而每一个独一无二的生命，都理应被珍视。

你活不成别人的样子，但可以活成最好的自己。

小雅和俊丽是同一天进入报社的同事。

小雅是个性格很内向的女孩，领导总说，她不适合做记者这一行，因为在一群很善谈的同事中间，她总是最默默无闻，最不引人注目的那一个。大家已经习惯了忽视她的存在。

而俊丽却与她截然相反，她不但人长得漂亮，而且性格外向，为人热情又聪慧，很受领导的赏识。每一个曾接受过俊丽采访的人，都对她赞不绝口，因为她总是能跟别人聊得来。

久而久之，那些抛头露脸的机会就都被领导交给了俊丽，而小雅只能在她背后，做一些默默无闻的工作。

小雅很羡慕俊丽，她也希望自己能够成为一个引人注目的人，希望能够有机会多去采访一些有头有脸的大人物，毕竟，她那样热爱着自己的这份工作。可是，她觉得自己一直生活在俊丽的阴影之下，就像一棵被大树遮挡住阳光的小草，既无法逃脱大树的遮挡，又无法变成一棵树。

月初分配工作，俊丽被安排去采访一位备受媒体关注的外国贵宾，而小雅却被派去采访当地一位没有什么名气的手工匠人。

虽然知道这一次自己的采访素材又是社里最不受关注的那一个，可小雅还是尽心尽力地准备好了采访提纲，并如约前往城郊胡同里的那家老旧的小店铺，对那位已经70岁高龄的老匠人做一次专访。

那是一家做纯手工金银饰品的老店铺，在过去曾非常有名，只是在城市的高速发展中，渐渐被人们所遗忘。

小雅走进店铺时，老人正在狭小的工作间里低头敲打着手中的一件银饰，见她进来，便站起身，用一旁的毛巾擦了擦手，一脸慈祥地走出来迎接。

寒暄过后，老人带着她参观了这件只有十几平方米的小店，并把自己最得意的作品一一拿出来向她展示。

那都是些非常精美的金银饰品，由于是纯手工打造，每一件都与众不同。在观赏的过程中，小雅发现，老人的作品大多都是以叶子为原型的，她对此感到很好奇，便向他求解。

老人却说："你不要小瞧了叶子，这小小的叶子里其实有很大的学问。"

原来，老人的家里从他太爷爷开始，就一直是金银匠，手艺传了几代，在当地也算小有名气，可是老人年轻时，却并不甘心做一个手艺人，他独自一人跑到大城市里去，希望能够闯出一些名堂，可是混了十几年，却依旧一事无成。

无奈之下，他只能重返家乡，继承了父亲的手艺，把家族的店铺传承下去。

一开始，他只是迫于生计，并不热爱这份事业，可是有一段时间，他应顾客的需求，打造一件枫叶形状的饰品。为了打造出一件令顾客满意的饰品，他每天都进山里去搜集树叶，然后他发现，原来每一片树叶都是不一样的，就算是同一个枝丫上长出来的两片叶子，也不可能一模一样。

当花尽心思把那件饰品打造出来以后，他突然豁然开朗。

"我就是我啊，成不了那些能当大官、赚大钱的人，可是做好一个地地道道的手艺人也是一种成功，我成不了别人，别人也代替不了我，何必跟别人去比较呢！我就是这世上最好的我，就像每一片叶子，都是世界上独一无二的叶子。”

这一次的专访，让小雅开始重新反思自己。她发现自己其实一直走错了方向，总想着要成为俊丽那样耀眼的人，却忘了，其实人活着不是为了成为别人第二，而是为了成为那个独一无二的自己。

从那天开始，她不再纠结如何去成为俊丽，也不再因为自己接到的任务没有俊丽好而难过。而是另辟蹊径，在所有人都忙着去采访大人物的时候，独自一人走街串巷，去寻找那些生活在社会底层的人，去关注他们的喜怒哀乐。

一次偶然的机会，小雅发现并披露了某棚户区因为旧房改造导致居民冬季无法供暖的问题，报道一出，问题便得到了当地政府的重视和妥善解决。为了感谢她，居民们写了很长的感谢信，还特意制作了一面锦旗送到了报社。

第二天的例会上，小雅第一次受到了领导的表扬。

也许，你并不是那个能在舞台上获得掌声的人，但能尽力做好幕后的配合工作，便也很好；也许，你并不是那个天生就智商超群的人，但能经过努力一点一点获得成功，便也很好；也许，你并不是那个性格外向受人喜爱的人，但能拥有两三个懂你的知心好友，便也很好……

这世上的每个人，都有他存在的价值，所以我们不必羡慕别人，只要把自己的价值发挥到最大，没有让时光荒废，没有辜负这短暂的一生就好。

所以，你无须去仰视那些更好的人，也无须轻视这个平凡的自己。

在偌大的森林里找到自己立足的位置，然后努力做好一片独一无二的叶子，在风雨中坚强，在阳光下生长，不必羡慕飞舞的彩蝶，亦不必效仿柳条的招摇，成为那个最真实的自己，便已经足够优秀。

女孩，请好好珍惜这个与众不同的自己。

••

或许，唯有经历过死亡的人，才会明白生命的意义，经历过病痛的人，才会明白健康的意义，经历过离别的人，才会明白团聚的意义。

我们总是习惯了在拥有时肆意挥霍，在失去后才懂得拥有的幸福。而所有的不幸，都由此而生。

日照当空时，我们丝毫察觉不到这温暖与光明是多么的可贵，所以当夜幕降临时，便开始怀念，开始后悔，开始哭泣。可当低头哭泣，泪水盈满眼眶的时候，又何尝不是对星空的一次挥霍。

生命，从来不是因为拥有得多而幸福，当你将生命馈赠的一切都小心珍藏，去珍惜眼前每一秒时光的时候，即便生活贫困，即便疾病缠身，即便一败涂地，你也会觉得幸福。

可假若你总是把目光望向自己不曾拥有的一切，却对已然握在手中的一切弃如敝屣，那么你将永远是不幸的。

生命是多么珍贵的一件礼物，无论你曾遭遇过何种坎坷，都不应放弃对它的珍视与敬畏，因为小心珍惜，好好过活尚且不够。

从昏迷中醒来，当被医生告知她是从只有5%的生还几率之下活过来的幸运儿时，她却并不认为这是一种幸运，她巴不得自己就在那场车祸中丧生。如果可以选择，她情愿自己再也没有醒过来。

因为如果死了，她或许就能在天堂里开开心心的，不必留在这尘世，面对自己已然残缺的身体。

没有人知道，下半身的瘫痪，对于一个17岁，梦想着当模特的少女来说，意味着什么。

她叫Tiphany Adams，她原本很年轻，很美丽，生活幸福，她原本以为自己会一直美丽和幸福下去，直到那一天，一场车祸彻底改变了她的命运。30个小时的抢救，把她从死亡线上拉了回来，却没有能挽救她粉碎性骨折的双腿，她瘫痪了，再也不能跳舞，再也不能走路，甚至再也不能站起身。

这样的事实任谁都无法轻易接受，在之后的整整四年里，她都是在消极与沉沦的深渊里度过的。她扔掉了自己所有的鞋子，不再穿漂亮的衣服，不再化妆，更不再与朋友联系。

她把自己关在家里，整天躺在床上，用电视剧和零食来填补自己生命的空虚。

因为下肢没有知觉，运动量过小，再加上整日暴饮暴食，她的体重一日日飙升，四年之后，一个青春靓丽的美少女，已经成了一个坐在轮椅上四面朝天的大胖子。

21岁的她，看着镜子中已经面目全非的自己，突然有了振奋的欲望。

没人知道她是下了多大的决心，才推着轮椅走进健身房的大门。但是从那一天起，她以惊人的毅力，开始了一场与命运的对决。

因为下肢不能动，她健身的过程正常人困难许多倍，很多普通的器材和项目，对其他人来说轻而易举，她却需要付出很大的努力。举杠铃时，因为没有下肢辅助平衡，她需要将双腿绑在轮椅上，做引体向上时，更是带着轮椅一起起落。

每天在健身房里挥洒汗水的她，不仅体重一天天减少，身体一天天紧实有型，心情也天天阳光了起来。

她开始重新拾起生活的希望，每天穿好看的衣服，化好看的妆，开始重新喜欢拍照，在轮椅上露出一副灿烂的笑容。

而更令人意想不到的是，随着身体的一日日强壮，她的双腿竟然渐渐恢复了知觉，如今，她已经可以扶着东西站起来，离开轮椅，一点一点地挪步。这对她来说，是一个奇迹，而这个奇迹是她自己创造的。

这或许就是当年车祸时，上帝赋予她的那5%的幸运的意义。

她健身的照片被发到网络上，很快就引起了很大的反响，大家都说，她是这世界上最性感最美丽的女人。

她成了美国的又一个励志代表，为了鼓励那些跟自己一样不幸的人，她常常去看望那些双腿残疾的孩子们，用自己的坚强和笑容，带给他们鼓励，带给他们生活的希望。

女孩，当你在抱怨自己的鞋子不够贵的时候，这世上还有一些人，连脚都没有；当你在因为自己的脸不够美的时候，这世上还有一些人，因为失明从没有目睹过自己的容颜……

我们不是这世上最幸运的人，却也远不至于最不幸，既然如此，又哪里有悲伤和自暴自弃的理由呢？

人生不如意事十之八九，谁又不是在漫长的一生中摸爬滚打地走过，经历过失败才换来成功，经历过坎坷才等来坦途的呢？

与其在风雨中哭泣，在苦难中绝望，倒不如擦干泪水，给自己一次重新爬起的机会，给自己一个幸福的希望。

或许眼前的生活并不尽如人意，但是只要你有一颗愿意变好的决心，只要你愿意把生活打造成自己希望的那个模样，就没有任何人能够阻止你去努力。而当你终于如愿以偿的时候，你会发现，其实残缺并不代表遗憾，因为生命总会在另外一个地方给你足够的报偿，上天从不会亏待那些珍惜生命的人。

女孩，当阳光还愿意正常升起，当你还能自由的行走和呼吸，当一抬头就能看到蔚蓝的天空，当脚下还有一片坚实的土地，你就没有理由不去坚强，不去乐观，不去珍惜。

我们常常会因为很多事很感到幸福，比如赚到了很多钱，买了一件漂亮的衣服，认识了一个志同道合的人……然而，却很少会因为拥有一次活着的机会，拥有眼前美好的光阴而感到幸福。

殊不知，我们最应该感到幸福和庆幸的事情，就是我们当下正在拥有的这段时光。

眼前的你，可以选择努力拼搏，用美好的光阴为明天的自己积蓄力量，可以选择纵情山水，为明天的自己开阔眼界，也可以选择懒散度日，把手中的时光随意挥霍，然后在明天依旧两手空空。

生命，其实就是一个耕耘和收获的过程，每一个你未曾珍惜的今天，都会成为明天追悔莫及的理由，而每一个牢牢把握的今天，都会为明天带来惊喜。

身在其中，我们总觉得自己是一个贫穷的人，因为生命的缺憾很多，拥有的快乐很少。但是如果你认真去感受，就会发现，其实自己是一个很富有的人，因为我们身边的所有美好，都是来自生命与时光最慷慨的馈赠。

春日的百花盛开，夏日的树底蝉鸣，秋日的天清气爽，冬日的白雪皑皑，甚至天边的浮云和路边的野猫，它们都可能在未来的某一天，定格成为你记忆中最美好的风景。而你总有一天，会因为当初未曾好好看过它们一眼而懊悔。

人生到最后，最朴实的真谛，就是在怀念中才懂得了珍惜。

所以，我们应当趁年华正好的时候，好好把握住手中拥有的一切，努力成长，努力幸福，不要让流年匆匆到最后，只剩下无尽的遗憾。

优雅，是蓝色天鹅绒缎子上那寂暗慵懒的光，是冬日里蓬蓬松松的棕褐色的长发，是嘴角涟漪，是心头暖光。

第二十天

优雅

优雅是女人最美的外衣

我们总有一种错觉，认为那些恬静优雅、出尘脱俗的女子，往往都是命运的宠儿，她们因为生活富有，现世安稳，所以才拥有了优雅绽放的资本，可以不必理会尘世喧嚣，只需要美丽高贵就好。

为凡尘琐事而操劳奔波的我们，总是可以安心于眼前的平庸，把优雅当作一个太过遥远的梦境，每天在忙碌的生活中打滚，一不小心就成了黄脸婆，然后埋怨说，这都是生活的错。

可你有没有想过，生活在这世间的，谁又不是食人间烟火的凡夫俗子？ 谁又不是在苦乐参半、高低起伏的人生道路上一步一步熬过来的呢？ 为什么她可以像出水莲花一样优雅芬芳，而你却只能在泥土里反复打滚，面目全非呢？

千人千般苦，各人有各人的劫难，没有谁比谁幸运，所不同的，唯有对待生活的态度而已。

几个月前，我曾跟着姐姐去拜访一位她的多年好友，以前她们两人曾在同一家机关单位里做文秘，而如今姐姐依然做着文秘的老本行，那位好友却已经辞职多年，成了一个随性洒脱的自由作家。

她叫南湘，住在成都郊区的一栋小别墅里，那时已经临近傍晚，我们驱车前往，一下车就看见打扫得干净利落的院子里种着一排小雏菊和矮向日葵，旁边的草坪上，一个穿着淡青色棉麻长裙的女子，正斜坐在躺椅上低头看着一本书。

姐姐隔着大门唤她的名字，她见了我们，放下书过来给我们开门，还热情地跟我打招呼。她高挑白皙，气质淡雅，跟我想象中的文艺女青年一模一样。

她跟姐姐坐在客厅里聊天，而我有幸得到允许，可以在房子里随意参观，那是一个上下两层的小别墅，大概400平方米的样子，一层是客厅和开放式厨房，是很简约的北欧风格，但每一个角落和细节，都能看出女主人细腻的心思和追求完美的生活品质。

二楼是卧室和书房，出于礼貌，我没有去参观卧室，只是瞥了一眼占据了二楼一半面积的大书房，便不由被那一整墙的藏书惊呆了。

书房的风格跟楼下截然不同，给人感觉清新而随性。一张很有设计感的木质书桌，被放置在窗前，窗外正对着近处庭院里的花草和远处一望无际的群山。书桌旁还有一个圆形的小茶几和一个藤椅，可以想象如果坐在这书桌前看着窗外的景色寻找灵感，或者坐在藤椅上喝着咖啡安静地读一本书，这样的生活将是多么的惬意和优雅。

回家的路上，姐姐说自己一辈子很少佩服过谁，但却不得不佩服南湘，因为她总能把生活过成所有人都期待的样子。

我却不屑一顾，有些愤世嫉俗地说："那是因为她有钱啊，物质基础决定上层建筑，像我这种还在温饱线上挣扎的人，怎么可能像人家一样小资！"

姐姐朝我撇了撇嘴，"那是你没见过以前的她。当时我们就是你现在这个年纪，刚刚进入单位工作，每天累死累活的，工资又少得可怜，我还比她好一些，毕竟我吃住都在家里，还有父母接济，可她一个外来女孩，什么都得靠自己。”

姐姐一边开车，开始一边给我讲她们以前的事情。

她们两个是同一批进入政府机关工作的，在外人看来，这是个稳定又体面的铁饭碗，可是工作却繁杂而辛苦。每一天，不仅要应付好本职工作，还要提前到办公室，去帮领导整理好当天的日程，准备好所有的文书材料，还要沏好茶水，备好不同场合的衣服。

领导外出开会，她们要跟着做记录、打下手，领导出去应酬，她们要跟着喝酒、熬夜，领导不想见的人，她们要负责挡驾……不管每天多累多忙，她们都必须要保持精力充沛，否则一不小心就会出错，而在政府机关里，一个小小的疏忽都有可能会酿成大错。

令姐姐最佩服的是，南湘无论前一天忙到多晚，第二天永远都是最早到单位，并且永远神采奕奕。

那时，南湘住在单位的职工宿舍里，宿舍面积很小，没有客厅，只有一个卧室带着卫生间和小厨房。每天早上，她都5点钟准时起床，用小砂锅煮上一锅白米粥或养颜汤，趁着等待的时间去梳洗打扮，然后听着音乐在晨起的阳光中吃完早餐，再精神矍铄地出门上班。

工资不多，所以她的衣服很少，但是每一件都是得体而适合自己的，在她的观念中，东西要么不买，要买就一定是拿得出手的。

每天下班回家，无论多累，她都会把那间小小的宿舍收拾得干净整齐，然后洗个澡，敷一贴面膜，点一支熏香，在沙发上放松自己。她的床头柜上，永远都放着一本书，上床前，她会把所有电子产品放得远远的，然后在临睡前安静地看一会儿书。

正是因为生活规律而精致，她总是给人一种容光焕发的感觉，无论什么时候见到她，总是优雅而得体的，从没有懒散拖沓的时候。姐姐说，这就是她最佩服南湘的地方，因为无论在人生的谷底还是巅峰，她都能活出一份优雅与坦然来，让人羡慕。

有的人，可以在最贫穷落魄的谷底，在苦难中倔强绽放，惊艳世界，而有的人，即便腰缠万贯，也只能是满身铜臭，满身戾气。

所以，优雅与财富、与境遇没有关系，它是一种生活态度，是一种由内而外的气质，拥有这种气质的人，不需要依靠外界赋予的其他条件，只需要孑然一身安安静静地立在那里，你便能够感受到她身上散发出来的自信与美丽。

我们总是觉得，生活困苦的人，就应该是一副落魄的样子，否则似乎有些对不起命运的折磨。但是，这个世界并不会因为你衣衫褴褛、生活拖沓而对你网开一面，你要憔悴给谁看呢？

人生，越是在谷底，越应该好好照顾自己。哪怕只是在出租屋简陋的墙壁上贴上好看的壁纸，哪怕只是为自己精心挑选一套好看的餐具，哪怕只是在劳累了一天之后为自己精心准备一顿晚餐，或者在睡前敷一片面膜，只要你愿意，就没有人能够阻止你优雅。

而这种优雅，并非矫情，它是一种积极向上的态度，也是一种对人生负责的态度，当你把今天的自己照顾得很好，就等于给了明天的自己一个美好的希望。而有能力驾驭生活和工作的人，也往往能够很好地驾驭自己的人生。

女孩，无论眼前的境遇如何，你都要学会好好地去照料自己的人生，美好的时光短暂，要抓紧时间，优雅绽放。

人生短暂，老去很容易，但是又有几个人能够做到优雅一生呢？

在巴黎，在伦敦，在许许多多的地方，我们总能看到那些已经老去的外国女性，她们气质独特，形象时髦，举止优雅，或许声音不再清脆甜美，或许皱纹已经爬上了脸颊，但从外在气质，到举手投足，都依旧配得上美丽二字。

这样的女人，让人羡慕，因为她们在经历过世事变迁之后，依然沉静从容，淡定自如，在经历过岁月的洗礼之后，让所有的丑陋、痛苦都随风而逝，却把美丽与智慧留了下来。

精心挑选的衣着、配饰，并不是超出年龄的搔首弄姿，而是在以得体的外表向世界宣示，即使年华不返，我依然愿意在最后的时间里，与自己和睦相处，不辜负短暂的时光，也不成为谁的负担。

苦难、虚伪面前的沉着一笑，并不是不自量力的孤傲，而是在提醒自己，一个人越是在逆境之中，越应该站姿优雅，笑看风云。

她们乐观、谦卑、仁慈，像是这世间最美丽的花朵，也像是岁月打磨出的最温润剔透的宝石，任凭世事变化，依旧带着生命最初的傲骨。

“尽管我已经98岁了，我还要恋爱，我还有梦想，我还要登上云端，乘风飞翔。”

这句话出自日本一位百岁老人的口中，她叫柴田丰，是日本最高龄的女诗人，她一生坎坷，从 92 岁开始写诗，却用温暖的笔触和优雅的生活态度感动了无数人，日本媒体把她的诗被比作“治愈系诗经”。

1911 年，她出生在一个富裕的盐商家庭，作为独生女，受到父母的百般恩宠，因此童年生活非常幸福，然而，十几岁时，因为家道中落，她从原本无忧无虑的小公主，变成了饱尝生活艰辛的穷家女，不得不到旅馆里去做女佣来赚钱补贴家用。

20 岁时，她嫁给了自己的第一任丈夫，然而对方却是个地痞无赖，不但没有肩负起家庭的责任，反而游手好闲，甚至稍有不满，就会对她拳打脚踢。实在忍无可忍的柴田选择结束了这段婚姻。

然而当时正值战争时期，社会动荡不安，父母又都已经离世，无家可归的她只能独自一人在外漂泊闯荡，生活十分艰难。她就这样一个人挨过了漫长的 13 年的岁月，直到 1944 年，遇见了自己的第二任丈夫，才重新有了一个温暖的家庭。

每天辛勤劳作，相夫教子，日子平淡无奇，一转眼到了 92 岁高龄，丈夫的去世让她再一次回归孤独，可她却从不肯因为自己年纪大了就将就度日，每一天都过得有板有眼，毫不马虎。

她曾说：“到了我这个年龄，每天要起床都是件很累的事，尽管如此，我还是‘呀呼儿哟’地从床上爬起来。不论怎样孤单、寂寞，我也都在考虑：人生，不论到了什么时候也还是要从当下开始的，不论是谁，都不必灰心和气馁，因为黎明定会来临。”

也是从那一年开始，她爱上了写诗，她把生活中那些微小的幸福都融入简练的语言之中，写下了一首又一首温暖的诗。

随着诗集的发表，她越来越受到人们的关注，而每一个见到过她的人，都发自内心的赞美她的美丽，因为即便100岁高龄，她也总是把镜子和口红放在身边，随时对着镜子查看自己的衣着是否得体，妆容是否精致。

她每天认真地生活，认真地化妆打扮，认真地写诗，似乎那颗少女的心灵从没有因为岁月的流逝而苍老过，心里对生活的热爱也没有被生活的磨难消磨过。她的笑容那样温雅、笃定，能让人忘却尘世间所有的不美好，只留下阳光与清风，温暖与感动。

有人说，优雅是一生的修为，但它的难处在于，你需要跟现实做一场抗衡，即便生活要你跪地劳作，双手沾满泥土，你也决不能弄乱整齐的盘发。

20岁时，她攒下自己的第一份工资买了第一套精美的礼服，而你只是默默把钱存起来，把所有希望留待将来。

25岁时，事业不温不火，她却拥有一个开满鲜花的小阳台，一套款式精美的酒杯和餐具，可以在温馨浪漫的小窝里沐浴阳光赏花，可以在劳累了一天后在餐桌前品一杯红酒，而你，每天回到家里，把鞋包衣服随手一扔，蓬头垢面地瘫在沙发里，吃着零食看肥皂剧。

30岁时，初为人母的她每天在跑步机上坚持2个小时，在孩子睡觉的间隙做瑜伽、敷面膜，把最好看的衣服摆在显眼的地方激励自己恢复身材，然后在流汗过后，美美地吃一顿健康营养的孕期餐，而你，为了照顾孩子手忙脚乱，遇到一件事情就焦躁不安，头发很多天不洗，穿着松垮的大码衣服，在乱作一团的婴儿用具里寻找纸尿裤。

40岁时，去参加孩子的家长会，她一身干练的套装，身材紧致，气质高雅，所有的同学都对她的孩子说，你的妈妈真漂亮，而你，因为长期疏于打理自己，涂上厚厚的粉底也遮不住脸上的皱纹，翻遍衣柜也找不出一身能够遮住腰上赘肉的衣服。

女孩，人生能有几个20岁、30岁、40岁呢？

你在该美的年纪里选择等待，在该努力年纪里选择了颓废，你总是把生活、把家庭、把事业当作借口，你骗自己说生活匆忙，说以后会好的，可是人生又有多少个以后呢？

如果你在当下的这一刻都做不到优雅，又怎么可能在老去以后，再做到优雅？

人生苦短，容不得片刻等待，我们不应该给自己堕落的理由。

••

优雅，不是谁的专属品，任何一个向往着美丽的女子，都可以拥有。

谈及优雅，有一个人不得不提，那就是英国著名女演员奥黛丽·赫本，虽然她的美丽已经被赞颂了半个多世纪，早已没有任何新鲜感，但不可否认的是，这个名字本身，早已经成为优雅的代名词。

美丽的容貌，出尘的气质，时尚的装扮，名利双收的事业，轰轰烈烈的爱情，丰富多彩的人生……她拥有着所有女人梦想中的一切，她似乎生而优雅，一颦一笑，举手投足，都可以让整个世界为之倾倒。

一袭小黑裙，一串短珍珠项链，站在蒂芙尼珠宝橱窗前吃早餐，嘴里说着那句经典的台词："在那儿吃早餐不会不愉快。"电影一开始的短短一个镜头，就已经让她，让小黑裙，让 Tiffany 成为了经典和永恒。

这个角色之所以能够成为经典，不是因为女主角美丽时尚，是因为她虽然身陷贫困，却从没有放弃对美丽和时尚的追求，而这份追求并没有流于拜金，到最后，她依旧用一双清澈的双眸和一颗纯粹而向往美好的心灵收获了幸福。

现实生活中的赫本，跟剧中的 Holly 有着相似的人生经历。她出生在比利时布鲁塞尔，父亲是英格兰银行布鲁塞尔分行的总经理，母亲是男爵夫人、荷兰王室直系贵族血统后裔。

然而，在战争年代，出身贵族的她依然受尽了凄苦——信仰法西斯主义的父亲抛弃妻子。为了躲避战争，母亲带着她远赴荷兰，隐姓埋名，每天过着食不果腹的生活。有很长一段时间，她只能靠食用郁金香球茎来充饥，生活的艰苦可想而知。

然而，或许是因为体内流淌着贵族的血统，即便是在生活的百般折磨之下，她依然从骨子里透出一种优雅和高贵，依然要体面地生活。战争一结束，她就进入芭蕾舞学院学习舞蹈。

后来，她机缘巧合参加了电影《罗马假日》的试镜，当她高贵迷人却清澈单纯的形象出现在荧幕中的时候，原本坚信前凸后翘、浓妆艳抹才是美丽的大众审美，开始重新定义美丽的标准，以奥黛丽·赫本为样本的优雅的女性美，开始成为女人们最美妙的梦。

在《罗马假日》结缘，她与身为男主角的好莱坞著名男星格里高利·派克相恋，然而彼时，他已经是 36 岁的有妇之夫。这份感情并没有成为粗俗的三角恋，而是被两人深埋在心底，各自隐晦，各自安好而告终。直到 1993 年，63 岁的赫本与世长辞，白发苍苍的派克才在她的棺材旁哽咽着说出：“你是我一生最爱的女人。”

如果生命本身是一场电影，那么画面定格到此处，应该就是最美好的结局，这位优雅美丽了一生的女性，到生命走向尽头的时刻，依然拥有着这世上最浪漫、最完美的结尾。

人们不禁感叹，真正优雅高贵的女子，她会拥有一场轰轰烈烈的爱情，但这场爱情，并不需要相守一生，把它小心埋藏在心底，不会因为柴米油盐的生活而感到厌烦，不会因为漫长的时光而归于平淡，等到白发苍苍时，彼此相见，笑着说一声，我曾在最美好的年华里爱过你，这样的结局，多么美好。

半个世纪过去，时尚圈依然对当时那个剪着俏丽短发的安妮公主念念不忘，依然把 Holly 小黑裙、珍珠项链和太阳镜的搭配奉为经典。在这个美女如云的时代，人们依然愿意称她为世界上最美的女人，连把她的名字说出口时，都带着一种虔诚的目光。

这是因为，她带给了我们一种美丽的高度，叫作优雅。她让世人知道，身为女子，不需要为了迎合男人的审美而把内衣填满，把腰身紧缠；即使生活贫瘠，食不果腹，也要对美丽的人生充满向往，活出属于自己的态度。

她用纤瘦的肩膀，在那个时尚刚刚萌芽的时期，独自一人撑起了一个优雅的时代。

女孩，并不美丽的你，是否愿意在自己的外表上下足功夫，多做保养，多做锻炼，学会化妆，学会搭配？自卑内向的你，是否愿意让自己的内心强大起来，不胆怯，不哭泣，笑着面对生命中的风雨坎坷，留给众人一个女王般的姿态？

它不在于你穿多贵的衣服，而在于你是否穿对了衣服，不在于你办多贵的美容卡，而在于你是否愿意少吃多运动去维持容貌和身材，不在于你读了多有名的学校，而在于你是否从不停止上进的步伐。

它代表着一个女人的尊严，意味着你并没有因为生活的琐碎而放弃对美好的追求，意味着你愿意在平淡的流年里接受历练，把自己打磨成岁月最好的作品。

优雅，是蓝色天鹅绒缎子上那寂暗慵懒的光，是冬日里蓬蓬松松的棕褐色的长发，是嘴角涟漪，是心头暖光，只要你愿意，你就可以成为一个优雅的人。

一个人的生活很孤单，但并不寂寞，因为即便独自一人，我也愿精心准备一份早餐，温一杯牛奶，在面包的香气里把新鲜的蔬菜水果认真摆盘。

工作了一周很疲劳，周末的空闲里，我愿意把时光留给那些最美好的事情，与闺蜜小聚、回顾一部经典的电影、看一场画展，或者窝在家里，听着音乐侍弄一些花花草草。

优雅的人，内心永远是充实而多彩的，因为繁杂忙碌的生活，并没有淹没对美好的热爱，在杂乱无章的世界里，依然会给自己留一块净土。

我愿意把生活填充成自己最喜欢的颜色，愿意去亲近阳光和雨露，愿意把最美丽的自己，留给每一段最美好的岁月。

生命是一个不断老去的过程，但活着的每一天，都应该尽情绽放，因为我知道，年华易逝，月桂树总是转瞬苍翠，玫瑰花总是转瞬就凋零。所以，在可以美丽的年纪，就应该去美丽，在可以从容的岁月，就应该去从容。

我愿意在岁月中站成最美丽高贵的姿态，笑对风霜，笑对苍茫，留给世界最挺直的脊梁，和最优雅的笑容。

我将老去，可我绝不停止优雅。

你向前的每一步，都是在倒数。你人生中的沙漏，终归会流淌向长长久久的远方。你将执着地向前进，然后在不远的未来遇见你自己。

第二十一天

女王

向前进，是一种别无选择的姿态

•

女王两个字，总是给人一种孤傲而冰冷的感觉，似乎让人难以亲近，注定孤独一生。所以，很多男人避之唯恐不及，很多女人相比女王，更希望成为公主或王妃。

这是因为，作为女子，我们从小就被训练好要去如何做一个女仆，如何服务家人，为家庭付出，低眉顺眼是温柔，坚持己见是偏执，相夫教子是贤良，沉迷事业是强势。

所以相比自己争气，我们更愿意做那个男人背后的女人，渴望高贵，就去寄希望于父亲的高贵，好让自己成为公主，如果不行，就寄希望于丈夫的高贵，好让自己成为王妃。

但这一切，都是出于我们对“女王”二字的偏见。所谓女王气场，并不是处于高处的一种强势压迫，也不是与世隔绝的孤芳自赏。

它是一种强大恒久的力量，当困难摆在眼前，不是软弱哭泣乞求怜悯，也不是心怀恐惧半途而废，而是凭借着这股力量勇敢起身，刀山火海闯过去再说。

它是一种尊重自我的人生态度，服从命运，却不屈服于命运，热爱家庭和亲人，却不因此放弃自己的追求，有主见，有梦想，并愿意为之付出努力。

我们不强势，不欺人，却也不能被别人踩在脚下，不孤高，不任性，却也不是毫无脾气毫无底线；我们外表柔弱，但心怀力量，我们慈悲善良，却有能力化解悲伤。

我们的气场，不是为了伤害别人，也不是为了炫耀，只是为了在芸芸众生之中，活出自己的尊严。

她从出生的那一刻起，就注定将卑微地存活，因为黑色的皮肤，在一个白人的国度里，就像是一个标签，意味着她无论走到哪里，都将遭受白眼和歧视。

所以，年幼的她一直生活在自卑之中，她不明白为什么上帝偏心地将人分成高等和低等两类，更不明白自己做错了什么，从一出生开始就要受到如此不公平的待遇。

她觉得自己似乎连灰姑娘都算不上，灰姑娘衣服是脏的，可皮肤是白的，只要穿上水晶鞋，就能成为公主，而她，不管怎么洗，也不可能变成白雪公主。

可是，母亲却似乎是有意不想让她接受这样的命运，总是在用实际行动告诉她，她其实可以像公主一样高贵。

那天，母亲带着她去伯明翰的商场里买衣服，当她拿着一件好看的衣服走到试衣间门口时，却被一个白人店员拦住，店员面带鄙视地瞥了她一眼，告诉她试衣间是白人专用的，黑人要到旁边那个简陋的储藏室去试。

感觉备受羞辱，她攥着衣服不知所措，眼泪在眼眶里打转，可母亲却沉下脸来，很强势的说："我的女儿必须用这个最好的试衣间，否则，我们绝不会在你们店里花一分钱。"

为了留住顾客，白人店员只能妥协，让她使用了白人专用的试衣间。那个场景，令她终生难忘。

还有一次，在路过一家帽子店时，她看到一个非常好看的帽子，便走过去拿在手里仔细端详，可白人店员却一把夺回帽子，一脸鄙视地骂她，让她离店里的帽子远一点，因为他们的帽子只卖给白人。

她被吓了一跳，本能地后退，可母亲却走过来，很坚定地对她说："你去把这家店里的每一顶帽子都摸一下。"

有了母亲撑腰，她不再害怕，沿着橱窗把每一顶帽子都摸了一遍，那些挂在高处够不到的，她甚至跳起来去摸。店员在一旁看着很生气，却被母亲冰冷的目光吓到，不敢再多嘴。

她曾受到过太多次类似的待遇，但是母亲每次都用自己的坚持为她赢得了尊严。在母亲的教导之下，她开始明白，一个人，有着什么样的肤色、什么样的出身并不是最重要的，当你弱小无助的时候，所有人都会欺负你，轻视你，可是如果你足够强大，就可以改变这一切。

因此，她从小便立志，要通过自己的努力超越所有看不起她的人，用努力和优秀来捍卫自己的尊严。

在学校里，她的学习成绩一直名列前茅，她会说俄语、法语和西班牙语，还能弹一手好钢琴。

最后，她成功了，她用别人无法企及的成绩证明了自己的卓越，让所有白人对她另眼相看。她就是曾任美国国务卿的康多莉扎·赖斯。

提起她的名字，几乎是无人不知无人不晓的，她用超过别人几倍的努力，换来了辉煌的成就。

一个人在弱小的时候，是没有权利叫嚣公平的，当你站在山脚的时候，没有人会用心听你说话，没有人会可怜你的不幸，他们只会站在高处嘲笑你的落魄，或者善良一些，以居高临下的姿态向你伸出援助之手。

而你，要想拥有自己的尊严，要想以平等的角度直视别人的双眸，就必须向上努力。爬山的过程很艰辛，但当你到达山顶的时候，你才有了俯视一切的权利。

但这座山，并不是跟别人去比较，因为每个人出身不同，追求不同，能力不同，所能达到的高度也不同。只要沿着自己生命的路径努力向上，到最后，总能成为自己人生的女王。

所以，如果你是一棵树，就像树一样的不卑不亢，如果是一株草，就要像草一样的坚韧顽强。

如果做一朵花，就尽情地开放，不要错过了花期，徒留落寞的悲伤，即使没有玫瑰一样惊艳的颜色，但一定要散发出最诱人的馨香。用绽放一朵花的时间，去绽放人生的多彩多姿。

:

想要成为女王，先要学会疼爱自己。这世界如果太冷酷，我们更应该爱好我们自己。

从小到大，有太多的教诲告诉我们，要学会怎么样去爱别人，但是一个人只有学会了爱自己，才能爱好别人。

生活永远不会只有一种活法，美丽也永远不会只有一种评判标准，而我们要做的，就是选定自己的生活方式，活出自己最耀眼的色彩，让自己成为宇宙中的一颗恒星，而不是做一颗行星，围绕别人去旋转。

Brian Chesky 的大名，相信很多年轻人都并不陌生，作为 Airbnb 的年轻总裁，这位三十出头的青年用短短几年创造了 33 亿美元的身价，成为许多女生心目中的白马王子。然而，这样一位有样貌、有能力、有身家的优质青年，最终拜倒在了 Elissa Patel 的石榴裙下。

而面对 Brian Chesky 几十亿美元的家底，人们不但没有觉得这对情侣不匹配，反而认为是他高攀了 Elissa。因为这个女子，用丰富的人生履历盖过了男友的光芒，让人们不再关注她总裁女友的身份。

Elissa 成长在一个硅谷家庭中，虽然她的从小的梦想就是成为一名艺术家，但是受家庭的熏陶，她还是选择了商科专业，毕业后曾先后进入联合国、英特尔、WePay 等公司工作，她在这些许多人梦寐以求的硅谷大企业里充分展示了自己的能力，从实习生一直升到了经理。

可是，因为对整日对着电脑屏幕处理数据的生活感到厌烦，2015 年，她去巴黎旅行，参观了许多的画廊、博物馆和艺术家的工作室，于是，心里又重新燃起了那份对于艺术的梦想。

回到硅谷后，她做出了人生中一个很重要的决定：辞职去追逐自己的艺术梦想。

她进入旧金山艺术学院学习，并成立了自己的工作室。她是一个很有独立思想的人，对艺术有着自己独到的见解。她认为绘画并不是为了追求美感，而是为了向世人传达自己的思想。

为此，她创作了许多幅画作，用来关注当今存在的许多社会问题。她利用动画与现实冲突的画面感，来表达心中美好世界与现实的巨大差距，从而呼吁人们关注生态，保护环境。

在她的作品中，冰雪女王 Elsa 对全球气候变暖的恶劣环境无能为力，原本住在丛林的城堡中的迪士尼公主，只能面对植被被破坏后的断壁残垣，可爱的维尼熊被巨大的垃圾场所吓到，汽车总动员在雾霾中悲伤不已。

她会通过画板告诉人们，旅行的意义不仅仅是看看名胜古迹、拍几张好看的照片那么简单，每一个地方，都有它最独特的风景和内涵，只有用心去感受，才能够读懂这一切，才能够与那些风景融为一体。

她也会告诉人们，钢筋混凝土里的生活并不能限制一个人的梦想，只要你的心足够大，世界就会任你翱翔。

她还拉着男友去世界各地关注弱势群体，讨论如何为受剥削的儿童争取受教育的机会，并为了女性解放而四处奔走。

她用作品和实际行动去传达自己的理念，希望尽自己的力量让这个世界变得更加和谐美好；她在最美的年华里勇敢去追求自己的梦想，从不因为生活富足而有丝毫懈怠；她内心阳光，笑容明媚，总是带给别人春光一般的温暖和盛夏一般的热情；她用努力收获了闪亮的人生，收获了一段美丽的爱情，也让人们愿意遗忘他总裁女友的身份，单纯为她的人格魅力点赞。

生活喜欢给我们牢笼，但我们可以抓紧自由的机会。当你愿意释放自己，到笼子外面去看一眼这个广阔的世界，你会发现，其实生活远不止眼前的一点。

你可以遇到很多有趣的人，拥有很多新鲜的生活方式，可以不停地为自己开疆扩土，然后在最适合自己的领地上，安心过自己最想要的生活。

生活喜欢给我们难题，但是我们却可以坚守快乐。当你愿意把明媚的笑容挂在脸庞，你会发现其实生活还是幸福多于苦难的。

而你的乐观，也将传递给身边的人，让人们不自觉地愿意跟你亲近。你将拥有一种独特的魅力，不需要刻意讨好，也可以让心仪的人围在你身边。

生命属于你自己，你应当对自己负责。

所谓女王，就是敢于直面这种重大抉择，遵从内心，去选择最好的生活方式，不逃避，不闪躲，不做别人背后的乖乖女。

我们总以为社会对我们有太多的定义，总以为别人对我们有太多的要求，但其实，这些都只是我们自己的心理障碍，只有勇敢突破这些障碍，才能发现这世界的广阔，才能以女王的姿态，去走自己想走的路，收获一个最美的人生。

••

人们有时是冷酷的，对于优秀的人，常常喜欢百般挑剔和苛责，你是明星，就不得不时刻美丽优雅，你是冠军，就必须次次拔得头筹，你是公众人物，就必须成为道德的楷模，踏错一步就可能万劫不复。

我们总说人言可畏。但是有一句话说得好：欲戴王冠，必承其重。

那些在成功的道路上因为种种外界原因而跌倒或放弃的人，永远成不了女王，真正的女王，是能够在被嘲笑被摧毁时，沉默地起身，然后用百倍的努力重塑金刚不坏之身，然后在所有人都以为你这次必死无疑的时候，用华丽的出场，宣告回归。

就像她，有着200斤的体重，独自带着3个收养来的孩子，曾经几次重重摔倒在人生的低谷里，却一次又一次，高傲地起身。

她就是珊达·莱梅斯，曾经饱受恶评，如今却红透大江南北的美国著名编剧。

她出生于美国芝加哥，父母都在大学里工作，家境良好，从小受到很好的教育熏陶。高中毕业后，她进入达特茅斯学院就读，并获得了学士学位。

在读书期间，她就已经对影视行业充满兴趣，将大部分课余时间都用来学习导演和剧本写作。大学毕业后，她来到洛杉矶，进入南加州大学学习编剧，凭借优异的成绩取得艺术创作硕士学位，并且获得了著名的加里·罗森伯格写作奖学金奖。

毕业后，她一心想从事剧本创作，然而美国的编剧行业早已经是人才济济，每天在好莱坞徘徊，希望成为编剧的人很多，可是真正能够成为职业编剧的人却寥寥无几。她四处求职，却屡次被拒，毕业很久以后，才终于找到一份实习的工作，创作了几部剧本，却像是石沉大海，没有引起任何反响。

那时，安妮·海瑟薇主演的电影《公主日记》火爆全球，她抱着学习的心态尝试着写了续集《公主日记2》，然而结果却是备受争议，恶评如潮。

所以，珊达·莱梅斯的第一次出名，实际上就是以这样的方式被人熟知的，一位从来没有代表作的新人编剧，第一部备受关注的作品，就收获了劈头盖脸的负面评价。她在人们的心中也由此定位，一个糟糕透顶的编剧。

然而，面对事业上如此巨大的一次滑铁卢，在媒体面前，她只是一脸高傲地说："我生来不是为了失败的。"

没有写出一部令人称赞的公主日记，但这并不妨碍她在成为女王的道路上所向披靡。第二年，她开始沉下心来创作《实习医生格雷》，这部剧一写就是12季，剧情丰富，逻辑严谨，医学知识专业，几乎挑不出任何毛病，随着这部剧的热播，人们忘记了她在《公主日记2》中的失败。

她的作品成为全美收视冠军，捧红了无数演员，拿了许多的大奖，而这个站上云巅的女人，当年没有因为恶评而气馁，如今也没有因为成功而骄傲，她依旧坐在自己的书桌前，每天保持着长达10个小时的工作量，用汗水捍卫着自己女王的地位。

而随着《丑闻》《逍遥法外》等作品的大热，她更是成为当之无愧的美国编剧一姐，吸粉无数。

事业上功成名就，生活上的问题就开始受到人们的关注，31岁时，她开始不断被质疑为什么始终单身，人们认为她是个不折不扣的工作狂，所以做不了一个顾家的好女人。

然后，在争议声中，她出人意料地收养了一个孩子，没有结婚，先做了母亲。在之后的这些年里，她先后领养了3个女孩，事实证明，她不但是一个优秀的编剧，还是一个优秀的妈妈，她不但照顾好孩子们的生活，还给了她们最好的教育。

一生大起大落，但她从不被别人的评价左右，活得潇洒而漂亮，成功而独立，真可谓是当之无愧的女王。

外表美丽的女人，可以自信，可以优雅，但不一定能够成为气场十足的女王，事业成功的女人，是别人眼中的强者，走到哪里都自带光环，但也不一定能够拥有女王的气质。

但有些人，即便样貌平凡，身材消瘦，但只要静静地站在那里，不需要说一句话，不需要做任何动作，就会让人看到她头顶的王冠。那种气质，像是一种宣誓，宣誓着她的强大和与众不同，让人心生敬畏。

如果可以形容，那应该是一种劫后余生后的强大，是从谷底爬出来的人的坚毅，而它之所以让人敬畏，是因为我们从心底知道，这种力量，将让她们无所不能。

再多的打击，也压不垮她们庄严挺立的身姿，再多的质疑，也无法动摇她们追求理想生活的那份坚毅。她们的目光坚定，从不动摇，从不闪躲，只要站在那里，就是一副傲视天下的女王模样。

如果可以，我也愿意做一个这样的女人，任凭命运摧残，依旧迎风而立，让世界看见我骄傲不屈的风骨，守住我心底的那座自由与梦想的城池。

女孩，这已经是一个宣扬独立的时代，泪水只能换来片刻的安慰，却换不来幸福，懒惰只能换来一时的惬意，却换不来长久的安稳，软弱退缩只能换来今天的和平，却换不来明天的成功。

你的人生，没有人能替你走完，你只能在一次次打击中，在黑暗的路途中，选择努力向前，或缴械投降。

不要逢人就诉说你的苦难和遭遇，那只能暴露你的软弱无能，谁也不能代替谁的痛苦，你的苦痛，只能自己咬紧牙关挺过去。

不要一遇困难，就先对自己做出否定。那些看起来不能逾越的障碍，如果你努力尝试，说不定就会创造奇迹，你不逼自己一把，就永远不知道自己能发挥出多大的潜能。

不要去理会外界的质疑和谩骂，他们之所以愿意花时间来评价你，是因为你已经优秀到让他们倍感压力，你该庆幸，你至少没有失败到让别人懒得花时间来评价你。所以，就请继续朝着自己的目标前进，继续优秀下去，当你优秀到无可挑剔时，所有的质疑和谩骂，都会转为赞扬。

不要盲目地随波逐流，把自己的生活堆满杂七杂八的东西，认真选好最适合自己的事情，然后脚踏实地、心无旁骛地去做，把所有的精力都用在对自己最有利的事情上。

不要爱一个人爱到失去自我，一个没有了灵魂的人，是不可能让对方永远对你死心塌地的。如果爱一个人，就努力让自己优秀起来，优秀到足够匹配他的步伐，优秀到让他心甘情愿地把目光落在你身上。

时光转瞬即逝，你人生中的沙漏，终归会流淌向长长久久的远方，所以，对你而言，生命不应该有片刻的犹疑。

当向前进已经成为一种别无选择的姿态，就请担好你该肩负的重量，去执着地向前进。

总有一天，你会在不远的未来，遇见那个头顶王冠的自己。